空之境界

中

KARA NO KYOUKAI

〔日〕奈须蘑菇 著

郑翠婷 译

上海文艺出版社

4/ 伽蓝之洞

境界式

5/ 矛盾螺旋　　ENJOH TOMOE

解说 菊地秀行
……is nothing id.nothing cosmos

Kinoko Nasu

4 / 伽蓝之洞

garannodou

—— and she said.

如果接受一切,
就不会受伤。
无论是与我不合的、
我讨厌的、
我无法认同的,
如果毫不抗拒地选择接受,
就不会受伤。

如果抗拒一切,
就只会受伤。
无论是与我合拍的、
我喜欢的、
我能够认同的,
如果毫不接受地选择抗拒,
就只会受伤。

两颗心是伽蓝洞,
唯有肯定与否定两个极端。
两者之间,空无一物。
两者之间,只有我。

/伽蓝之洞

0

"你听说了吗？三楼单人病房那个患者的事。"

"当然啰，这种大消息昨天早就传遍了。连脑外科那位平常不苟言笑的芦家医师都感到讶异，我怎么可能会不知道。真不敢相信，那名患者居然苏醒了。"

"不不，我指的不是这件事。不过的确和那个女孩有关，那之后还有新的发展。你知道她从昏睡中醒来后做了什么吗？听完可别吓到，她居然想弄瞎自己的眼睛。"

"搞什么，这是真的吗？"

"嗯。虽然医院里下了封口令，不过我是从陪芦家医师看诊的护士那边听来的，不会有错。听说她趁着医师没注意，以掌心从眼皮上压迫眼球，真恐怖。"

"等等，那女孩不是昏睡了两年吗？照理说身体应该会不听使唤才对。"

"话是没错，但她家不是很有钱吗？自从她住院以来一直由我们细心复健，关节没有僵硬的问题。不过复健行为毕竟不是由她本人进行的，因此身体还无法顺利活动。幸亏如此，她弄瞎双眼的企图才没有成功。"

"就算没成功也够厉害了。我们以前有学过吧，卧床照护虽然轻松，但身体却很容易变得衰弱。如果足足睡上两年，人体大多数的机能应该都不管用了。"

"所以医生才会一时大意啊。对了，那种眼白出血的症状叫什么？"

"球结膜下出血。"

"对对对，这种症状一般而言会自然痊愈，那女孩却把眼球压迫到差点造成青光眼的程度，现在看不见东西。据说她本人要求缠上绷带把双眼遮住。"

"喔，也就是说，那位患者自从醒来之后连一次都没见过阳光吗？从黑暗再到黑暗，听起来不太正常呢。"

"岂止有点而已。那女孩还有别的问题，好像得了什么失语症？无法与别人正常交谈，医生还找了认识的语言治疗师来看诊。谁叫我们医院没有这方面的专家。"

"因为荒耶医师上个月辞职了嘛。

不过——这样一来，那位患者目前应该是谢绝访客了吧？"

"好像是。在她的精神状态恢复稳定之前，就连父母的会面时间也很短。"

"是吗，这么一来那男孩还真可怜。"

"什么男孩？"

"你不知道吗？自从那位患者送到我们医院之后，有个男孩每周六都会前来探病。他的年纪或许不适合再称作男孩了，真想让他见见她。"

"啊，你说忠狗小弟吗？他还有来啊，这份真情时下很少见了。"

"对呀。这两年来，只有他一直守候着那位患者。我总觉得——她从昏睡中苏醒的奇迹，有几分之一是那男孩的功劳……在这边工作都已经几年了，还说得出这么梦幻的话，我自己也觉得很奇怪啦。"

— 1 —

◇

那里无比漆黑，底部一片昏暗。

发现自己周围只有黑暗后，我接受了自己死去的事实。

我漂浮在无光无声的海洋中，一具名叫两仪式的人偶浑身赤裸、毫无遮掩地逐渐沉没。

黑暗没有尽头。不，或许我打从一开始就不是在坠落，因为此处空无一物。不是没有光，是连黑暗也没有。由于空无一物，我什么都看不到，连坠落的意义也不成立。

连"无"这个词汇，恐怕也不可能形容。

即使是形容也毫无意义的"空"①之中，只有我的躯体逐渐下沉。赤裸的我带着令人忍不住想别开目光的刺眼色彩，这里"存在"的一切全都蕴含强烈的毒素。

"——这就是死亡。"

连这声呢喃，都像是梦一样。

我仅仅观测着类似时间的事物。

虽然"空"甚至没有时间，我却观测得到。

如流动般自然、如腐败般难看，我仅仅数着时间。

空无一物。

---

① 原文及台湾版译文中此处是""，引号内没有任何文字，用于虚空无尽的传神体现，但出于出版文字规范，编者决定以"空"字暂代，望读者理解。

我一直注视着远方,但什么也看不见。
我一直等待着什么,但什么也看不见。
十分安稳,十分满足。
不。因为没有任何意义,这里仅仅"存在"即已完美。
这里是死亡。
一个唯有死人才能抵达的世界,活人无法观测的世界。
然而,却只有我还活着——

我快发狂了。

两年以来,我在这里接触死亡的观念。
其过程并非观测,反倒近乎一场激战。

◇

清晨来临,医院内渐渐嘈杂起来。
走廊上护士的脚步声与患者们起床后活动的声响交叠在一起,和深夜的寂静相比,早晨的忙碌散发出祭典般的热闹气氛。
对于刚刚清醒的我来说,太热闹了。幸好我住的是个人病房,虽然外头吵吵嚷嚷的,在这个箱子内依然安静又平和。
不久之后,医生前来看诊。
"身体感觉怎么样,两仪小姐?"
"我也……不太清楚。"
听到我不带感情的回答,医生困惑地陷入沉默。
"……是吗。不过,你看来比昨晚冷静多了。听这些话对你而言或许很难受,但我得谈谈你目前的状况。万一有感到不快之处,请尽管告诉我。"

我对早就知晓的事不感兴趣，用沉默作为答复，他好像误以为我同意了。

"我简单说明一下。今天是一九九八年六月十四日，你——两仪式小姐在两年前的三月五日深夜遭遇车祸，被送至本院。你在行人穿越道上遭汽车冲撞，还记得吗？"

"……"

我没有回答——我不知道那些事。

我能够从记忆抽屉里取出的最后影像，只有呆立在雨中的同学身影。我不记得自己为何会碰上车祸。

"喔，即使想不起来也不必感到不安。你似乎在即将被撞上之前发觉来车，往后跳了一步。多亏如此，身体方面的伤势并不严重。

可是你的头部反而受到剧烈撞击，送达本院时已呈现昏睡状态。你之所以想不起来，多半是长达两年的昏睡使意识暂时陷入混乱，昨晚诊察时也没发现脑波有异状。你的记忆日后应该会逐渐恢复，但我不敢打包票。毕竟，过去从未出现过昏睡中苏醒的案例。"

即使他说我已昏迷了两年，我也没什么真实感。对于沉睡的两仪式来说，这段空白几近于无。

对两仪式此人而言，昨天想必还是两年前的那个雨夜吧。

不过，对如今的我来说却非如此。

在如今的我眼中，昨天正等于"无"。

"此外，你两眼的伤势也不严重，压迫造成的伤害在眼球障碍中算是较轻微的，幸好昨天在你身边没有什么利器。绷带很快即可拆下，只要再忍耐一星期，你就可以看见外面的景色了。"

医生的台词透着责备之意。我企图戳烂自己双眼的行为，给他添了麻烦吧。昨天他也追问我为何要这么做，但我没有回答。

"从今天起，请你上午和下午分别做复健，与家人的会面时间先限定在一天一小时比较适当。等身心恢复均衡后，你就能立刻出院。这段期间虽然难熬，请多加油。"

他不出意料之外的台词令人扫兴。

我连开口讽刺都嫌累，试着挪动自己的右手……身体的每一部位仿佛都不属于我似的。不仅移动起来很花时间，关节与肌肉也传来撕裂般的疼痛。既然长达两年没活动过，这或许是理所当然的状况。

"今早的诊察就到此为止。看来两仪小姐已恢复冷静，我就不派护士看守了。若什么需要请按枕边的叫人铃，隔壁房间有护士待命。就算只是些琐事也无妨，请尽管通知。"

医生说得很委婉。

如果眼睛看得见，我大概正看着他应付的笑容。

医生离开前似乎想起什么，补上最后一句话。

"对了，从明天起会有位心理治疗师过来，是与两仪小姐年龄相近的女性，请跟她轻松地谈谈吧。对现在的你来说，交谈是恢复不可或缺的一环。"

他们离开后，病房里又剩我一个人。

带着一双自行闭上的眼眸，我躺在病床上朦胧不定地存在着。

"我的名字——"

我张开干涩的嘴唇说道。

"两仪——式。"

可是，那个人不在此处。两年的虚无杀死了我。

两仪式的生活回忆全都历历在目，但这又代表什么？对于死过一次又复生的我来说，这些记忆有何意义？

两年的空白，完全切断了昔日的我与现今的我之间的连结。

我无庸置疑地是两仪式，除了式以外什么都不是——却无法亲身感受到从前的记忆属于我。

在复苏后的我眼中，两仪式这个人的一生只不过是一段段影像。我并不认为那电影里的角色是我。

"简直像映在底片上的幽灵一样。"

我咬住下唇。

我不明白我自己，甚至连是否真的身为两仪式都模糊不清。

我仿佛是个来历不明的人。体内空荡荡的像座洞窟，连空气也如风一般穿透而过。

虽然不知理由何在，我的胸口仿佛真的开了个大洞。这让人十分不安——十分寂寞。胸中欠缺的那块拼图是心脏，轻飘飘的我无法忍受空隙的存在。

我太过空洞，找不到生存的理由。

"这是——怎么回事？式。"

我试着说出口，结果并未发生什么。

不可思议的是——这股令人忍不住抓挠胸膛的不安与焦躁，没让我感到痛苦或悲伤。

不安、痛苦确实存在，但这些感情终究属于过去的两仪式。

我没有任何感触，也对长达两年的死亡中复苏一事不感兴趣。仅仅漂浮不定地存在着，对于自己活着的事实极度缺乏真实感。

2

时间来到第二天。

看不到光线的我也能察觉清晨来临,是个小小的发现。

这无关紧要的小事令我格外高兴。晨间看诊在我思考自己为何高兴时开始,不知不觉之间结束了。

这个上午过得并不宁静。

母亲和哥哥前来探病,和我聊了一下。谈话内容就像双方素昧平生一般牛头不对马嘴,我只得无可奈何地按照式记忆中的态度应对,好让母亲安心回去。

我简直像在演戏,滑稽得令人沮丧。

◇

下午,心理治疗师来访。

这名据说是语言治疗师的女子,态度活泼得不得了。

"嗨,你好吗?"

我不曾听说过有哪个医生像这样对病人打招呼的。

"我本来以为你会很憔悴,但肌肤还是很有光泽呢。听人转述的时候,我把你想象成像是站在柳树下的女鬼之类的,不怎么想接这份工作。嗯,是我偏好的可爱女孩,我真走运!"

从音色听来年约二十七、八岁的女子,在我床边的椅子上坐下。

"初次见面,我是来协助你治疗失语症的语言治疗师苍崎橙子。我不是这间医院的员工,没有相关证件,反正你看不见,这也无所谓吧。"

"——是谁跟你说我有失语症的?"

当我不禁回嘴,女医生似乎连连点头。

"你会生气是很正常的。失语症给人的印象不太好,更何况这是误诊。芦家活像教科书般一板一眼,不擅长处理你这种特殊案例。不过,你也有错喔。因为懒得开口就什么都不说,才会被人怀疑有这种问题。"

她非常亲切地格格发笑。

尽管这完全是偏见,我自顾自地认定她一定有戴眼镜。

"他们以为我得了失语症啊。"

"没错。毕竟你的脑部在那场意外受创,他认为语言回路可能受损了。不过这是误诊,你不说话并非出自肉体的障碍,而是精神上的影响吧?因此这不是失语症,是无言症。如此一来,我也没有用武之地,但我可不想刚上班不到一分钟就被解雇啊。我的本业工作上碰巧有空,就陪你一阵子好了。"

……多管闲事。

我伸手想按叫人铃,却被女医生迅速地一把抢走。

"你……"

"好险好险,万一你将刚才那番话告诉芦家,我恐怕得立刻走人。让他们误会你得了失语症有什么关系,你也不必再回答无聊的问题,不是很划算吗?"

……她说得确实没错,但把这点明白说出口的她究竟是何来路?

我包着绷带的双眼转向来路不明的女医生。

"你并不是医生吧。"

"没错,我的本业是魔术师。"

我傻眼地吐出一口气。

"我对变戏法的家伙没兴趣。"

"哈哈,的确如此。你胸口的洞靠魔术师根本填补不起来,只有一般人才有办法填补。"

"胸口的洞?"

"没错,你应该早就察觉了吧?你已经是孤单一人了。"

女医生轻轻一笑,从座位上起身。

传入我耳中的只有她摆放椅子的声响与离去的脚步声。

"现在说这些似乎还太早,今天先到此为止。明天再见啰。拜。"

她突然地现身,又突然地离开。

我举起不听使唤的右手捂住嘴巴。

我已经是孤单一人。

胸口的洞。

啊,怎会有这种事。

我竟然忘了。

他不在。无论往何处呼唤,都找不到他。

两仪式体内的另一个人格,两仪织的气息彻底消失无踪——

◇

式是内在拥有不同人格的双重人格者。

两仪的家系,遗传上有机率生出具备两个人格的小孩。这种一般的家庭当作忌讳的特殊孩子,在两仪家反倒被尊为超越者,视为正统的继承人看待。

……式继承了这个血统。她的父母之所以跳过长子选择身为女性的她当继承人,也是出自此一理由。

然而,这种事本来不该发生的。

两个人格——阳性的男人格与阴性的女人格之间，以男性的主导权较强。至今以来为数不多的"正统"两仪继承人全都生为男性，内在拥有女性人格。只有式不知出了什么差错，与过去的例子正好相反。

身为女性的式体内，包含男性的织。

拥有肉体主导权的是女性的式——也就是我。

织是我的负面人格，承担我压抑的感情。

式藉由抹杀织这个负面的黑暗一路活到现在，无数次杀掉等于自身的织，伪装成普通人度日。

织本人似乎对此没什么不满。他大多数时间都在沉睡，当我为了应付练剑一类的场面叫醒他，他会一派无聊地答应下来。

……我们的关系有如一对主仆，但本质上并非如此。式和织到头来都是一体的。式的行动就是织的行动，抹杀自身的嗜好也是织本人的意愿。

……没错，织是杀人魔。据我所知的范围内，他没有实际下手的经验，却渴望杀害人类这种同类的生物。

主人格式无视这个愿望，一直禁止他动手。

即使互相忽视对方，式和织对彼此都是不可或缺的存在。因为还有织这另一个自我，式虽然孤立却不孤独。

可是，这段关系破裂的时刻到了。

两年前式读高一时，从前没有支配肉体欲望的织，在那个季节开始期望主动现身——

从那时候开始，式的记忆变得模糊不清。

如今的我，想不起式从高中一年级到遭遇车祸为止的记忆。

我记得的——是自己撞见命案现场的身影。

我看着流动的暗红色血液，喉头咕咕作响。

比起这一幕，还有别的影像更加鲜明。

被如燃烧般赤红的暮色笼罩，傍晚时分的教室。

摧毁了式的同班同学。

Siki 想杀的一名少年。

Siki 想保护的一个理想。

我明明应该从很久以前就知道他是谁了，但从长眠中醒来的我，怎么也想不起他的名字。

◇

入夜之后，医院内安静下来。只有拖鞋偶尔踏过走廊的脚步声，让我察觉自己还醒着。

即使在黑暗中——不，正因为置身于黑暗中，什么也看不见的我才痛切地感受到自己是孤独的。

从前的式没尝过这种感觉吧。

式的体内原本还有另一个自我，可是织已经消失了。不——我甚至分不清自己是式还是织。

我的心中没有织，仅仅凭借这个事实认定自己是式。

"哈……真矛盾。若非其中一方消失，竟然无法判断哪一个才是自己。"

我发出嘲笑，却一点也无法填补胸中的空虚。如果至少能感到悲伤，这颗毫无感触的心应该也会产生某些变化的。

难怪我无法判断。因为我谁都不是，才无法实际感受到两仪式的记忆属于自己。就算有两仪式这具躯壳，一旦内容物被冲走也没有意义可言……这座伽蓝洞，究竟该放入什么东西？

"——我、要进、去了。"

突然间,我听到一个声音说。

空气一阵流动,病房的门好像打开了。

大概是错觉吧?我紧闭的双眼转向门口。

物体就在——那里。

一团白色的雾气缓缓地摇曳着。我应该看不见的双眼,却独独捉住了那团雾气的形状。

那团雾形似人类,不,只能比喻成人类像水母般抽掉骨骼后随风飘动的样子。

恶心的迷雾呈一直线靠近我。

身体还不听使唤的我,就这么茫然地等待着。

即使那是幽灵,我也不怕。

真正可怕的东西没有形体。无论外形多么怪异,凡是有形的事物都无法让我畏惧。

白雾若是幽灵的话,就和现在的我差不多吧。没有生命的它,与没有生存理由的我并无太大的不同。

雾气触摸我的脸颊。我全身迅速冻结,如鸟爪般锐利的恶寒窜过背脊。

感觉虽然不快,我却一直茫然地注视着它。触摸我一会儿之后,雾气如同碰到盐的蛞蝓般溶化了。

至于理由很简单。雾气触碰我的时间是五小时左右,时刻即将走到清晨五点。既然天色已亮,幽灵大概也得溶化。

我决定从现在开始补眠,把没睡的份补回来。

— 3 —

我迎向苏醒后不知第几度到来的清晨,双眼依然包着绷带什么都看不见。

这是个无人打扰的静谧早晨,宛若涟漪般的寂静过于健康,让我迷茫。

——我听见小鸟的啼叫声。

——感觉到阳光的暖意。

——清新的空气充满肺叶。

——与那个世界相比,这里非常美。

然而,我却一点也不为此欣喜。

每当透过气息即可察觉的清晨空气包围我,我就心想。

——明明如此幸福。

人却又如此孤独。

孤独明明比任何状态更加安全,人为何会无法忍受?从前的我很完整,只要孤独一人就够了,不需要任何人。

可是现在不同,我不再完整。

我在等待自己缺少的部分,一直默默地等待着。

不过,我究竟在等谁?

◇

自称是心理治疗师的女医生天天都会出现。

不知不觉间，我似乎把与她谈话当成空虚一天的依靠。

"喔，原来如此。织不是没有肉体主导权，而是没有使用罢了。你们真是让我觉得越听越有趣。"

她一如往常地将椅子拉到病床边，愉快地开口。

不知道为什么，她对我的数据知之甚详。无论是只有两仪家知情的双重人格，还是我与两年前的连续杀人案有关她都清楚，这些本都是必须瞒着外人的秘密，对我来说却无关紧要。

无意之间，我开始配合心理治疗师俏皮的口吻搭腔。

"双重人格哪里有趣了。"

"啧啧啧……你们的情况才不是双重人格那么单纯。听好了？同时存在，各自拥有明确的意识，而行动又获得统合。如此复杂诡异的人格并非双重人格，该说是复合个别人格才对。"

"复合……个别人格？"

"对，不过我仍有些不解。若是如此织根本不需要沉睡，但你又说他总是在沉睡，这一点让我有点……"

织为何总是沉睡……大概只有我才知道这问题的答案。

因为织比式——更喜欢作梦。

"那么，他目前也在沉睡吗？"

我没有回答女医生的问题。

"这样啊，织果然死了。两年前发生车祸时他当了你的替身，因此你的记忆才有所缺陷。也是出于这个理由，你对织承担的那场意外才会记得模糊不清。既然失去了他，记忆的空白将找不回来……两仪式与两年前的连续杀人案有着怎样的关连，这下可真的永无真相大白之日。"

"我听说那起杀人案的凶手还没抓到。"

"没错。自从你遭遇车祸之后，凶手就像从没出现过似的消声匿迹了。"

她不知有几分认真地说完后,哈哈一笑。

"但是,织并没有消失的理由。他只要保持沉默,消失的应该是式才对吧?他怎么会想要主动消失呢?"

即使她问我,我怎么可能知道。

"不知道。倒是你有带剪刀来吗?"

"啊,他们还是不答应。因为你有前科,他们禁止让你持有刀械。"

女医生的答复正如我所料。

拜每天的复健所赐,我的身体已恢复到勉强可以自主行动的程度。据说光靠这每天两次短短几分钟的运动便恢复得如此迅速的案例,我还是第一个。

当女医生提议想祝贺我的康复,我开口说想要剪刀。

"你为什么要剪刀?难不成是想插花吗?"

"怎么可能,我只是想剪头发。"

没错,自从身体恢复行动能力之后,我感到长达背部的头发很碍事,从脖子披泄到肩头的发丝实在烦人。

"那请美发师过来不就好了。要是你不方便开口,我帮你找人吧?"

"不用了,我连想都不愿意去想让别人碰我的头发。"

"说得也是。头发可是女人的生命。你明明保持两年前的样子不变,却只有头发留长,看来真是楚楚可怜。"

我听见女医生起身的声响。

"这个给你代替贺礼吧。虽然只是刻了如尼符文的石头,起码能当成护身符。我就挂在门上,你要注意别让任何人拿走喔。"

她似乎站到椅子上,在门上挂了什么护身符。

"我先告辞了。明天可能会换其他人来,到时还请多指教啰。"

留下一句奇怪的话后，女医生离开了。

◇

当晚，平常的访客没有出现。

唯有那一天，每到深夜必定现身的雾气幽灵并未进入病房。

那团白雾每天都会进来触摸我。即使明知危险，我却置之不理，就算它想附身或想杀了我都无所谓。

不，幽灵若干脆杀了我，事情该有多么简单。

缺乏生存实感的我甚至没有活下去的理由，不如干脆选择消失还轻松得多。

我在黑暗中以手指触摸包着眼睛的绷带。

我的视力即将恢复。到时候，我大概真的会戳烂眼球。尽管现在看不见，一旦眼睛痊愈，我就会再看到那东西。与其再次目睹那个世界，我宁可舍弃双眼。即使失明将使我再也看不见这边的世界，总比面对那一切好上几分。

……然而，我在视力复原的瞬间来临之前都无意行动。

过去的式大概会毫不犹豫地破坏眼球，但如今的我得到这片临时的黑暗之后就停滞不前。

多么没出息。

我明明没有生存意志，却连求死的意志也没有。在无动于衷的我眼中任何行动都缺乏吸引力，除了接纳他人意志之外什么也办不到。

这团来路不明的雾气若要杀我，我不会阻止。虽然死亡对我缺乏吸引力，我却无意抵抗。

……反正，既然不论悲喜都只属于昔日的两仪式，如今的我就连活下去的意义也没有。

◆── 伽蓝之洞 ──◆

1

一个刚进六月的晴朗午后，苍崎橙子听说了两仪式这人物。

她一时心血来潮雇用的新社员是两仪式的朋友，事情的开端，是她为了打发时间听他聊起往事。

依照他的描述，两仪式两年前遭遇车祸后即陷入昏睡，尽管仍维持生命活动，却没有苏醒的希望。不仅如此，据说她的肉体也停止了成长。一开始，橙子并不相信"明明有生命活动却停止成长"这种荒唐事是真的。

"嗯，不会成长的生物就是死了。不对，时间压力的影响甚至也作用在死人身上。尸体不就透过腐烂这种成长回归大地吗？明明会动却没有成长的，顶多只有前阵子你不小心触动的自动人偶而已。"

"不过这是真的。自从那一晚以来，她的年纪不像有增加过。橙子小姐，还有其他像式一样莫名陷入昏睡的例子吗？"

面对新社员的问题，橙子抱起双臂沉吟道。

"我想想。外国有个著名的案例，一个新婚不久的二十多岁女子陷入昏睡长达五十年后苏醒，你不知道吗？"

"不。"他听完后摇摇头，"请问，那个人清醒时状况如何？"

"听说一切正常，简直像中间五十年的岁月都不存在似的。

她抱着二十多岁的心直接苏醒,导致她的丈夫悲伤不已。"

"咦?悲伤?妻子能够醒来,不是值得高兴吗?"

"因为她的心仍停留在二十多岁,肉体却已是七十岁的衰老之身。即使当事者处于昏睡中,让人活下去就等于衰老下去,这实在无可奈何。于是,七十岁的太太仍以二十来岁的心态催丈夫出门游玩。用正确方式活过七十年的丈夫还不要紧,问题出在妻子这方。不论再怎么说明,毫无知觉地耗尽五十年时光的她都无法接受现实。她并非不愿承认事实,而是真的无法理解。要说是悲剧,这的确是场悲剧。据说那位丈夫含泪阻止妻子拖着布满皱纹的身体前往娱乐场所,同时心想:早知事情会演变到如此地步,要是她没醒来有多好。怎么样?这场如梦幻故事般的悲剧,其实早在许久以前就实际发生过了,足够供你做为参考吗?"

听到橙子的台词,新社员严肃地垂下头。

"哎呀,难道你心中有数?"

"……嗯,有一点。我偶尔会想,式是不是自愿选择昏睡的?"

"看来有什么隐情呢。好,就当成是打发时间,你讲来听听吧。"

当她真的为了打发时间而提议,他生气地别开头。

"我拒绝,你这种没神经的一面很有问题啊。"

"怎么,先抛出话题的人不是你吗?快说吧,我也不是全为了兴趣才打听的。鲜花那家伙每次讲电话都会提到Siki这名字,若不知道对方是什么样的人,我该如何答腔?"

鲜花的名字一出现,他皱起眉头。

"我从以前就很想问,舍妹和橙子小姐是在什么地方认识的?"

"在我一年前旅行的时候。当时我被卷入一桩猎奇凶案里,不小心被她发现真实身份。"

"……算了,鲜花性格纯真,请别向她灌输一些有的没的。那家伙本来就正值情绪不安定的年纪。"

"鲜花很纯真？那个样子或许是纯真没错。你和妹妹之间的冲突是你的问题，我不会介入。更重要的是，快来谈谈叫Siki的女孩吧。"

看着橙子兴致勃勃地往桌面探身催促，他叹口气，开始诉说两仪式这位朋友的性格，以及她特殊的人格。

他和两仪式是高中时代的同学。

在入学之前就与两仪式这名字有缘的他和她分发到同班，之后成了朋友。据说，他是不太结交朋友的两仪式唯一亲近的对象。

然而，自从那起连续杀人案在他们高中一年级时发生后，两仪式出现微妙的改变。

她向他表明自己有双重人格，以及另一个人格有杀人癖好的事实。实际上，两年前的连续杀人案与两仪式有何关连是个谜团。在解开谜底之前，她就当着他的面出了车祸被送进医院。

那是一个三月上旬的冰冷雨夜。

橙子原本只把一连串的话题当成下酒菜听听，但新社员越谈越深入，她脸上的笑容也跟着消失。

"这就是我和式之间的来龙去脉，不过都是两年前的事了。"

"——于是她就停止成长吗？居然能保存生命，又不是吸血鬼。对了，那女孩的名字怎么写？汉字应该是一个字吧？"

"是公式的式，有什么问题吗？"

"式神的式吗？姓氏还叫两仪，未免也配得太好了。"

她将嘴边的香烟按熄在烟灰缸里，按耐不住地站起身。

"你说那间医院在郊外？我挺感兴趣的，过去看看情况。"

橙子没等他回答，随即离开事务所。

没想到会在这种地方碰上这等异例，命运真是难测。她边走边咬住下唇。

2

　　几天之后，两仪式苏醒了。
　　目前连亲人都无法轻易探望她，一般访客想会面更是免谈。
　　大概是受这个缘故影响，新社员像变了个人似的阴郁起来，埋首处理文书工作。
　　"好阴暗啊。"
　　"嗯，差不多也该加装电灯了。"
　　他看也不看橙子地回答。
　　性格认真的人若钻起牛角尖，有时会做出超乎想象的奇特之举。橙子想象着青年是否也属于这一类人，对他开口。
　　"别太钻牛角尖了，你看来活像今天就要非法入侵医院的样子。"
　　"不可能，那里的警备系统和研究设施同等严密。"
　　看他轻描淡写地回答，大概已详细调查过警备系统。
　　总不能让难得的新社员变成罪犯啊，橙子耸耸肩。
　　"……我本来没打算说的，真没办法，还是告诉你吧。我正好代理别人的职务，从今天开始要到那间医院工作。我会帮你打听两仪式的近况，你今天就安份点。"
　　"——咦？"
　　"他们招聘我担任医生。平常我会回绝啦，但这次又不算事不关己，既然硬从你身上问出话来，起码也该帮这点忙。"
　　橙子一脸无聊地表示。

青年从座位上站起身走向橙子，握住她的双手一起上下挥动……她不明白这动作代表感谢之意，困惑地盯着青年的脸。

"你的嗜好还真奇怪。"

"我好高兴。真让人惊讶，没想到橙子小姐也有跟普通人一样的温情和道义精神！"

"……我是没有跟普通人一样，但这种话最好还是别说出来吧。"

"没关系，是我太肤浅了。啊，所以你今天才穿西装吗？看起来好帅，真适合你，简直像变个人似的！"

"……我的服装和平常没差别啊，算了，多谢称赞。"

橙子发现不管说什么都没用，迅速替对话做个收尾。

"那边的事有我处理，别太冲动了。那间医院本来就很不对劲，你留在事务所照看着就好，懂了吗？"

听到这番话，兴奋的青年恢复平时的冷静。

"——那间医院不对劲？"

"没错。有人在那边进行过铺设结界的前置工作，看来有除了我之外的魔术师介入。不过，对方的目的应该不是两仪式。"

这话摆明在撒谎，不过看她态度堂堂地一口咬定，青年也没有起疑。

"……嗯，你所说的结界，是不是像这栋大楼二楼张设的东西？"

"对。虽然有等级之差，结界就是用来隔绝一定区域的屏障。其中有用真正的墙壁建造，也有靠肉眼看不见的墙构成的。最高级的结界和这栋大楼一样，是明明什么也没做却无人会接近的强制暗示。'没有理由来访者，就无法察觉此地'，下了这样的暗示后，可让结界不受人注意地默默存在。大张旗鼓地圈出一块异域，提醒周遭的人这里有异状的结界，可是三流中的三流。"

让人感觉不到异常的异常，正是她工房的屏障。

即使拿着地图找路，任何人依然会错过这个结界。谁想得到卓越魔术师的巢穴，竟是稀松平常的隔壁人家。

然而——这名新社员却无意识地打破了结界，轻而易举地发现这栋不认识苍崎橙子就找不到的大楼。其惊人的搜寻能力，也是橙子雇他的理由。

"……那么，医院的结界很危险吗？"

"别人说的话你要听进去啊。结界本身不会造成危害，这字眼本来是佛教用语喔。结界终究只是隔绝外界与圣域的屏障，不知从何时开始变成了魔术师护身之术的总称。

听着，我刚刚也说过，最高级的结界是一般人感觉不到异常的'对潜意识作用的强制观念'。其中最顶级的是空间遮断，不过那已超出魔术师的范围，进入魔法师的领域。这个国家目前只有一名魔法师，因此不可能张设那种结界。

虽然不可能，但张设在那间医院的结界相当精巧，甚至连我一开始都没发觉。我的旧识之中有个架结界的高手，对方应该和那家伙有同等实力……结界的专家大都是哲学家，不擅长打打杀杀的，暂时可以放心。"

没错，结界本身并不危险，问题是术者打算在与外界遮蔽的世界内做些什么。

那间医院的结界并非朝外，而是朝内而设。

简单的说，无论院内发生任何事都不会有人发觉。即使深夜有哪间病房传出惨叫声，也不会有任何人惊醒。

"时间也差不多了。"

橙子没说出这个事实，看看手表之后迈开步伐。

"橙子小姐，式就拜托你了。"

"好。"她挥挥手回答。

青年对头也不回的她抛出另一个小问题。
"对了,你认识的那个高手是谁?"
橙子突然停下脚步……思考一会后,转头答复道。
"说到张设结界的专家,自然是僧侣啰。"

3

　　自从橙子以临时医师的身份受雇之后，六天的时光流逝。

　　每次向青年转达两仪式日渐恢复的好消息时，橙子心中都忍不住抱着某种不安。

　　在别人眼中，如今的两仪式和过去的两仪式是否仍是同一个人？

　　"她每天固定做两次的复健和脑波检查，等到出院当天应该也能会面了，你再忍耐一阵子。"

　　从医院归来的橙子松开橙色的领带，坐在办公桌上。

　　时值夏日将近的傍晚，夕阳的红光将没装电灯的事务所染成一片深红。

　　"只靠一天两次的复健够吗？式可是足足昏睡了两年耶？"

　　"在昏睡期间，大概有看护天天活动她的关节吧。复健可不是运动，每天能做上五分钟就很厉害了。复健原本并非医学用语，原意是指恢复身为人类的尊严。因此，只要先前一直卧床不起的两仪式实际体会到自己是个人类就行了。至于身体状况的恢复是另外一回事。"橙子停顿一下，点燃香烟，"但问题不在身体，而在精神方面。她不再是从前的两仪式了。"

　　"——她失忆了吗？"

　　或许是事先有所觉悟，他战战兢兢地说了这句傻话。

　　"嗯，很难讲。她的人格本身应该跟从前一样。两仪式本身没有变化，改变的是式，对你而言说不定是个打击。"

　　"我已经习惯了，请详细说明吧。式……出了什么状况？"

"说得直接点,她是个空壳。从前式的内在怀抱着另一个自我,可是织却消失了。不,她甚至不确定自己是式还是织吧。她醒来之后发现体内没有织,失去他,导致她的心化为一片空白。那女孩——恐怕无法忍受那个空隙……胸口空空荡荡的像个空洞般缺少了什么,连空气也如风一般穿透而过。"

"织消失了——为什么?"

"应该是代替式丧生了。总之,两仪式已死在两年前那场车祸中。虽然她还勉强活着,容易让人误解,不过就假设她死了吧。两仪式作为一个全新的人,于两仪式的肉体上重生。对如今的式来说,昔日的式还有从过去衍生而成的她都只是陌生人。谁也无法对别人的历史产生真实感,那女孩大概正抱着自己不是自己的感觉,度过漫漫长夜吧。"

"……陌生人?式不记得从前的回忆了吗?"

"不,她还记得。如今的她确实是你所认识的式。她之所以能活下来,是因为有式和织这两个单独的同等人格。两仪式死于车祸带来的精神冲击,当时应该是织承担了赴死的任务。这使得她虽然死亡,大脑中却还有式在,因而精神没有死亡。两仪式死亡的事实令式持续沉眠,但死掉的终究只有织一个人,她还活着。这也是她昏睡两年的理由。她明明有生命活动却停止成长,是因为明明死了却还活着。不过如今苏醒的她,在一些小地方上跟以前的式不同。虽然不到失忆的程度,但除了必要的时刻,她不会想起从前的记忆吧。

尽管不是完全不相关的人,但如今的她和过去的式不一样。你可以当成她是式与织这两个人格融合而成的第三人格。"

……但是,这情况其实不可能发生。式既然有两仪的血统,就不会与作为一半的织融合,也无法独力填补织留下的空白。

橙子没说出事实,继续往下谈。

"然而，即使重生为截然不同的人，她依然是两仪式。无论她再怎么对自己缺乏自觉——仍旧是两仪式。或许她现在连活着的感觉都没有，但她迟早会认知到自己就是式。

蔷薇不论怎么种，还是会长出蔷薇。即使孕育的土壤与水份改变，也不会长成其他花朵。"

所以别为这种事烦恼，她悄声补充一句。

"到头来，空出来的洞穴只能拿其他东西填补。她没办法依靠记忆，只能透过累积当下藉以形成全新的自我。这个建造伽蓝的过程谁也帮不了她，没有旁人插手的余地。总之，你只要以一如往常的态度对她就好。那孩子出院的日子就快到了。"

橙子将抽完的烟蒂扔向窗外，举起双臂伸了个懒腰，骨骼豪爽地霹啪作响。

"真是的，不该做起不习惯的事啊，连烟都变难抽了。"

她没特别针对谁地说完后，发出一声长长的叹息。

4

例行的晨间看诊结束,我听说今天是二十日,从我清醒之后已过了七天。

我的身体顺利地逐步复原,明天即将出院,包着双眼的绷带也会在明天早上取下。

七天……一星期。

我在这段期间获得的东西并不多。我失去太多,甚至弄不清自己缺少了什么。

父母和秋隆和过去没什么两样,然而看在我眼中已是不同的人。连身为两仪式的我都改变了,周遭的一切事物会消失,想来也是无可奈何。

我突然碰触遮住双眼的绷带。用丧失的一切,我换得了这玩意。

两年来——我活生生地接触着"死",得到能够看见这种无形概念的体质。

当我从昏睡中醒来,首先跃入眼帘的不是慌忙奔至床边的护士,而是划过她颈子的横线。

无论在人体、墙壁或空气之上——我都看得见不祥流畅线条,朦胧的线时时变动不定,但总是确实分布在个体的某处,线里仿佛随时会渗出"死"的强迫观念束缚着我。我产生幻觉,看到正对我说话的护士从颈子的横线开始四分五裂。

当我理解到那线条究竟是什么时——我试图亲手压烂自己的双眼。

光是使力抬起两年来从没动过的双臂，身体便传来一阵剧痛，但我还是动了手。不知是幸或不幸，我的臂力还很虚弱，破坏双眼的行为半途遭到医生制止。他判断这是意识混乱造成的突发性冲动行为，没有追问我企图弄瞎眼睛的理由。

"眼睛——就快复原了吗？"

我不要，我不想再目睹那样的世界。

一个空无一物的世界。"待在"那边的时候，我感觉十分平静而满足。

真不敢相信。我醒来后试着回顾，再也没有什么世界比那里更恐怖。即使那只是沉睡时的一场恶梦——我也无法忍受再掉进那片黑暗里，还有这双通往那个世界的眼睛。

我的指尖对准眼瞳。只要像挥落竹刀一般，把手指利落地刺入眼球——

"慢着，你未免也太干脆了。"

一个声音突然响起，我的注意力转向房门。

是什么人——在那里？

有人无声无息地走来，在我床边停下脚步。

"直死之魔眼吗？就这么毁掉很可惜喔，式。再说，就算你戳瞎眼睛，'看'得到的东西还是'看'得到。所谓的诅咒，可是企图抛弃也会自动回来的。"

"你是——人类吗？"

面对我的问题，那人似乎忍住笑意。

噗地一声，我听见打火机燃起的声响。

"我是魔术师，我打算教你怎么使用那对眼睛。"

熟悉的女声回答道……她肯定是那名心理治疗师。

"使用这对眼睛？"

"没错。虽然用我教的方法只会改善一点，但总比没有的好。

35

打从居尔特神话的神祇以来,就没出现过仅靠目光即可具体呈现对手之死的魔眼,毁掉实在可惜。"

拥有魔眼的神祇叫巴洛尔喔。她补上一句我听不懂的说明。

"魔眼是指对自己的眼球施行灵能手术,替视线追加特殊效果,你的眼睛却是自然形成的。你本来便具备资质,这次的遭遇又使得才能开花结果。听说式这孩子不是打从以前开始,就有能力看穿事物的核心吗?"

……说得好像她有多懂似的。

不过正如这女子所说的一样,式从以前开始就注视着远方,看人时也不光只看表面,能够捕捉到对方内在的本质。式本人大概没有意识到吧。

"那一定是两仪式在无意识下进行的控制,因为你只看到表面,才会出问题。万物皆有破绽。完美的物体并不存在,大家都有想要破坏一切重新来过的愿望。你的眼睛能够'看'到那些破绽,好像显微镜一样。你的灵视力太强,'看'得到我们无法辨识的线。过去长期接触死亡的你,脑袋也能自然理解那是什么。于是,你的大脑'看'到了死亡。不只如此,你应该也碰触得到才对。只要生物还活着,死线会不断改变位置。可以准确'看'出死线的能力,与仅靠目光即可夺走生命的魔眼相差无几。如果你想毁掉这双眼睛,干脆卖给我吧,价钱随便你开。"

"……你说即使失去眼睛,我也'看'得到那些线吧。既然如此,我也没有理由自毁双目。"

"没错,你无法过着正常生活。要烦恼也该有个限度,两仪式,你该认清现实了。你原本就是属于我们这边的人吧?

所以——别再梦想什么普通(幸福)的生活了。"

"……"

……这句话从某种意义上而言是绝对性的一击,但我总觉得不可以承认。

我竭力反驳道。

"我根本——不想活下去。"

"喔，因为内心是空的吗？但你也不想死吧？因为你已经认识了正常的世界。明明得以置身于连喀巴拉教徒都无法抵达的王冠（Kether）深处还不满意，你这女人真不知足。听着，你的烦恼很简单。以另一个人的身份重生又怎样？只不过是织消失罢了。式和织确实是成对的，既然织已消失，你等于变成不同的人。即使你正是式，我也知道你和从前不同。

不过，这只代表你有所欠缺。但你分明根本不想活下去，却又不想死。分明完全没有活下去的理由，却又怕死。无法对生死做出抉择，走在两者交界处的钢索上，难怪你的心会成为伽蓝洞。"

"……别说得你好像什么都懂！"

我瞪着女子。刹那间——我应该看不见的眼睛确实看到了她的轮廓和黑线。"死"从她的在线延伸而来，纠缠着我。

"我没说错吧。正因为你浑身是破绽，这点程度就足以让你失措。对于此处的杂念来说，你的身体是个再好不过的容器。再不清醒，你的性命迟早会葬送在它们手中。"

她是指那团白雾会杀了我吗？

可是，它没有再出现过。

"杂念只是生命死后残留的灵魂碎片，它们没有意志，仅仅飘荡着。不过那些碎片会渐渐凝聚在一起，形成完整的灵体。虽然没有意志，它们还保有本能，想变回从前的自己，想得到人类的躯体。

医院里充满杂念，化为浮游灵寻觅躯壳。因为力量微弱，一般人感觉不到也接触不到它们。唯有感应得到它们的通灵师，才能与无形的灵接触。以灵视为业的法师会守护自己的躯体以免遭到附身,因此被浮游灵夺走身体的案例十分少见。

然而——像你这种内心是伽蓝洞的人,可是很容易被附身。"

女子轻蔑地说。

原来如此,这就是那团白雾接近我的理由吗?但它为什么不附身?即使它企图取代我的心,我也不会抵抗啊。

"——真丢人现眼。看这副德性,给你如尼符文护身也是白费功夫。算了,我果然不适合当个保姆。接下来就随你的便吧。"

女子抛下一番毒辣台词后离开床边,在关上房门的同时开口。

"不过,织真的是白死的吗,两仪式?"

我无法回答这问题。

这女的——真是专挑我逃避的问题刺人痛处。

◇

夜晚来临。

四周一片昏暗,唯独今晚,连走廊上也没响起脚步声。

躺在沉稳的黑夜中,我反刍与那女子之间的对话。

不,正确地说是她的最后一句话。

为什么织会代替式而死?

有能力回答的织不在了。

——织已经不在了。

他是为了什么原因消失的?为了换得什么而消失的?

喜欢作梦的织总是在沉睡,但他甚至放弃了睡眠,选择在那个雨夜死去。

他是我再也见不到的自己,打从一开始就无法相会的自己。

原本是我的织——

我潜入意识之中专注地追溯记忆,试图找出他的结论。

病房的门吱呀一声打开,一阵迟缓的脚步声接近了我。

是护士吗?不,现在的时刻早已超过午夜零时。

这种时候若有访客上门,那就是——

一双手擒住我的脖子。冰冷的手掌开始使力,想直接折断我的颈骨。

5

"啊——"

颈上的压迫感令式发出喘息。她无法呼吸,脖子被人紧紧勒住。

式用看不见的双眼凝视眼前的对手。

'……不是——人类。'

式缓缓地接受了眼前的异状。

不,那个轮廓确实是人形,但压在她身上勒着她的人早已断气多时。

自行移动的死人袭向病床上的式,施加在颈上的力道毫不间断。她抓住对方的双臂试着抵抗,双方的力量之差却显而易见。

再说——死亡不正是她的期望吗?

"……"

式停止呼吸,放开死人的手臂放弃挣扎,不在乎就此送命。

即使活下去也没有意义可言。明明没有活着的实感却得存在,根本是种苦行。她甚至认为,就此消失才符合自然之道。

对手加重力道。

式被扼住的实际时间还不到几秒钟,却流逝得十分缓慢,如橡皮筋般越拉越长。

死人勒着活人的脖子。尸体的手指有如不带体温的木材,陷入她的咽喉。

这场杀人行动毫不留情,打从一开始就没有意志存在。

式颈部的皮肤裂开，自伤口流下的鲜血是她活生生的实证。

她将会死掉——像织一样死掉——舍弃生命。

舍弃？这个字眼拉回式的意识。

她突然产生疑问。

他是不是——欣然赴死的？

……没错，她没想过这一点。

先不提理由，织选择死亡是否出于自愿？

织不可能想死。

因为——死亡明明是如此孤独又毫无价值。

死亡明明是如此黑暗，让人毛骨悚然。

死明明比什么都来得恐怖——

"——我才不要。"

式瞬间鼓起力气。

仍然受制的她以双手抓住死人的手臂，一脚抵在对手肚子上——

"我才不想再掉进那里了——"

——竭尽全力狠踹这团肉块。

死人的双手带着血在皮肤上一滑，松开她的脖子。

式从床上站起身，死人扑向了式，双方在没有灯光的病房里缠斗在一块。

那是具成年男性的尸体，体格比她高上两个头，无论式再怎么挣扎仍被对手按倒。

她被人抓着双臂一步步地往后退，很快撞上狭小个人病房的墙壁。

当背部一抵上墙，式已做好觉悟。她早知道自己一定会被对手制住，故意朝窗户所在的方向逃跑。

问题在于——这里有几层楼高。

"——别犹豫。"

她告诉自己,松开格挡对方的双手。

死人朝式的颈项伸出手,但还没碰到——她已抢先用重获自由的手打开玻璃窗,两人纠缠成一团向外坠落。

◇

在坠落的刹那间,我抓住死人的锁骨将它甩到身下。位置调换成我在上,死人朝向地面之后,我仅凭着直觉纵身一跳。

地面已近在眼前。

那具尸体重重地摔在地上,我则在落地前往水平方向跳了出去。

唰唰!我滑过医院中庭的泥土地,以双手双脚着地。

尸体坠落在医院的花圃内——而我一路滑进相隔甚远的中庭。虽然用连在道场都没练过的高难度动作神乎其技地着地,从三楼坠下的重力仍令我四肢麻痹。

我的周遭只有中庭栽种的树木,以及在异变发生后依然没传出任何声响的寂静夜色。

我动弹不得,只感觉得到咽喉的痛楚。

啊——我还活着。

而且——那个死人也还没死。

既然不想死,我该采取的行动也变得十分清楚。在被杀之前先杀了它。光是浮现这个念头,我胸口的空虚便消失无踪,种种感情也随之转淡。

"怎么会……"

我喃喃自语。

面前的遭遇竟让我清醒过来。

没错——先前烦恼的我好像笨蛋。

答案居然如此简单——

◇

"真是吓到我了，你是猫吗？"

一个辛辣的声音自背后响起。

式没有回头，拼命忍受着地带来的冲击。

"是你，你怎会在这里？"

"我判断今晚是紧要关头，就过来监视。好了，现在可没时间休息。真不愧是医院，有新鲜的尸体可用。因为保持灵体状态无法入侵，那些家伙改为动用武力了。杂念附身在尸体上，准备杀了你当新躯壳再转移过去。"

"这一切都是你的古怪石头害的吧。"

式依旧趴在地上开口，脸上再也看不到一丝先前的迷惘。

"哎呀，你知道吗。嗯，这点确实是我的失误。我在病房布下结界不让灵体进入，没想到它们为了突破结界，居然去找来躯体。一般而言，它们应该没那么聪明。"

呼呼……魔术师愉快地笑了。

"是吗，那你就给我想办法处理。"

"知道了。"

魔术师一弹手指。

对于看不见的式来说，这一幕不知是什么情景。魔术师用香烟的火星在半空中划下文字后，拉长的文字投影与死人的身躯交叠。

当如尼符文这传自遥远的国度、遥远的世界，只以直线构成的魔术刻印开始回转——倒地的尸体起火燃烧。

"啧——用我手边的F（Ansuz）太弱了吗。"

魔术师发出抱怨。

被火焰包围的死人缓缓站起来。它完全骨折的双脚不知为何还能动，只靠肌肉拖着脚步朝式走来，身上的火焰没多久即消散无踪。

"喂——你这个诈骗犯。"

"这样算吗？要破坏人体大小的物体难度很高的。如果还活着只要烧掉心脏就好，但对死人就行不通了。因为已经死了，就算缺了手臂或脑袋对它都没差。你应该知道，杀害和破坏是两回事吧？若想要解决它，不是靠火葬场等级的火力——不然就要找得道高僧来。"

"不用解释这么多。总之，你就是应付不来。"

式的发言似乎伤了魔术师的自尊心。

"即使是你也没办法啊。死人已经死了，所以杀不掉。很不凑巧，凭我手边的装备虽然能杀人，却无法消灭它。我们先逃再说。"

魔术师往后退，可是式没有移动，

理由并非从三楼坠落时跌断了脚。

少女仅仅开口嘲笑。

"管他是死了还是怎样，那依然是具'活尸'对吧？既然如此——"

式抬起匍匐的身躯，

宛如一头俯低背脊扑向猎物的肉食动物。

她触摸自己的咽喉，皮开肉绽的伤口正流着血，上头残留着被勒出的指印——不过，她还活着。

这感觉让式心醉（发颤）不已。

"——不管它是什么，我都杀给你看。"

式轻轻解开包住眼睛的绷带。

直死之魔眼出现在黑暗中——

她纤细的双脚一踏地面，猛然往前冲。

死人挥出双臂迎击奔来的式。她于千钧一发之际闪过，沿着眼睛所见的线单手撕裂敌人。

式的五爪如斜肩一斩般扎进尸体的皮肉里，一路从右肩划向左腰。

她的指骨因而骨折，对手所受的伤却远比她更重。

尸体像具断了线的人偶般颓然倒地。它唯一还能动的手从地面爬过来，抓住式的一只脚——被她毫不犹豫地踩烂。

"死亡的肉块，不该站在我面前。"

她无声地嘲笑着。

她还活着。先前的空虚心情简直一扫而空，她真真切切地感受到自己是活生生的。

"式！"

魔术师呼唤少女，扔来一把短刀。

式拔出地面的刀子低头望向还在蠢动的死人，一刀刺中尸体的喉咙。死人的动作戛然而止。可是……

"笨蛋，要杀就杀本体！"

异变比魔术师的斥喝声来得更快，白雾在式刺中尸体的瞬间窜了出来，拼命逃进式的体内。

"——"

她颓然跪倒。

杂念原本受式的意识阻挡无法附身，却算准她沉醉于杀人亢奋感的时机趁隙侵入体内。

"最后下手太轻了吗？蠢蛋。"

魔术师冲上前——式的身躯却伸出一手制止她，用行动表明"别靠近我"。

她的身体以两手握住短刀，让刀尖对准自己的胸口。

式原本空洞的眼眸恢复强韧的意志，抿起原本发僵的嘴唇咬咬牙。

刀尖触及她的胸口。

她的意志还有肉体——都不容一介亡灵亵渎。

"这下你就别想逃了。"

这声呢喃并非对任何人而发，式只是告诉自己。

她直视着在体内蠢动的物体之死。

虽然将贯穿两仪式的肉体，但她深信刀子只会杀掉无法存在的杂质，绝不会伤害自己。

于是，她在手上使力。

"我要杀了软弱的自己。绝对不把两仪式——交给你这家伙。"

短刀流畅地扎进承认自己不想死的少女胸膛。

◇

她抽出银色的刀刃。

少女的身体没有流血，只感受到胸口被刺的疼痛。

式一挥短刀，仿佛要净化沾染刀身的污秽怨灵。

"……你说过，要教我使用这双眼睛吧。"

她的声调渐渐稳定下来。魔术师满意地点点头。

"不过有附带条件。我会教你使用直死之魔眼，条件是你要协助我做事。因为我的使魔没了，正想找个好使唤的手下。"

"这样啊。"式没有回头看她，静静地回答，"帮你做事的话，有机会杀人吗？"

她的呢喃，连魔术师听了都为之战栗。

"嗯，当然。"

"那我就答应你，随便你使唤。反正除了杀人，我也找不到其他目标。"

悲哀的式直接缓缓地倒向地面，不知是受到至今所累积的疲倦——还是贯穿自身胸膛的激烈行为影响。

魔术师抱起她的身躯，注视她闭上双眼后的睡脸。式的神态不只熟睡那样轻描淡写——根本是死者冻结的容颜。

魔术师注视着这张面容良久良久，最后喃喃开口。

"没有其他目标吗？这也满悲惨的，你还是没搞清楚。"

她看着式安稳的睡颜恨恨地说。

"既然叫伽蓝洞，意思就是可以无止境地填塞啊。你这个幸福的家伙，哪里还有比这更好的未来？"

魔术师说完后，对自己竟讲出肺腑之言的不成熟举动啧了一声。

……真是的。什么真心话，她明明早已遗忘多时了。

◆──伽蓝之洞──◆

我以为我又坠入梦中、沉入意识深处。
再也不存在的织,另一个我。
他是为了换得什么,
为了守护什么而消失的?
我回溯两仪式的记忆,找到了答案。
我猜想——织守护了自己的梦。
那个同学就是他对于幸福生活的梦想吗?
或者,那名少年是他期望成为的男性?
我已无从得知。
可是,织为了保住少年和式消失了。

留给我如此深沉的孤独。

晨光射入室内。
温暖的阳光洒在身上,我睡眼惺忪地睁开恢复视力的双瞳。
我躺在病床上。那个魔术师想必巧妙地掩饰了昨晚发生的状况。
不,比起这些微枝末节,还是想想他吧。

我保持卧姿迎接清晨的空气，连脖子也不转一下。
不知有多久没在晨光中醒来了。
强而有力的耀眼阳光淡淡洒落，缓缓扫去我心中的黑暗。
刚获得的临时生命——
与再也回不来的另一个我融为一体，逐渐消失在光亮中。
两仪织的存在，与他的梦想一起逐渐消失。
如果哭得出来，我很想流泪，可惜眼眸一片干涸。
我决定一生只哭一次——不该为此哭泣。
正因为失去的事物永不复返，我决定不再后悔。
他应该也盼望，
像这片在朝阳下渐渐变淡的黑暗般干净的逝去吧。

◇

"早，式。"
一个声音从身旁响起。
我转头望向一旁，相识已久的朋友就站在那里。
一副黑框眼镜配上不烫不染的黑发，他真的一点都没变。
"你还记得我吗？"
他的声音微微颤抖。
……嗯，我知道。你一直在等待式，只有你一直在保护我。
"黑桐干也，听起来好像法国诗人的名字。"
听到这句呢喃，他破颜一笑。
那寻常的笑容，就好像我们只是一天不见后又在学校重逢。
我不知道他的笑容之下藏着多少的努力。
只是——我记得和他之间也有个约定。
"幸好今天放晴，很适合出院。"

他尽可能以最自然的态度说道。
对于身怀伽蓝洞的我来说，这比什么都来得温暖。
比起哭泣，我的朋友选择露出笑容。
比起孤立，织选择承认孤独。
——但我还没有做出选择。
"……啊，原来有些东西并没有消失吗？"
我茫然地望着他脸上仿佛与柔和的阳光合而为一的笑容，一直看到厌倦为止。
——虽然知道这么做无法填补胸口的空洞，这仍是我此刻唯一想做的事。

他柔和的笑颜，
与我记忆中的笑容如出一辙。

/伽蓝之洞　完

境界式

◇

在一如往常毫无变化，也不该会有变化的病床上，她衰弱的身体正微微发抖着。

理应不会有人拜访的门被打开了。

虽然听不见脚步声，但来访的人带着强烈的存在感。

那访客是男性。有着高大壮硕的体格。脸上的神情严肃而笼罩着阴影，仿佛一名挑战无解难题的贤者。

恐怕——这个人有着永远无法改变的表情吧。

男人以凶恶而严肃的眼神凝视着她。

那是一种，令人恐惧的闭塞感。

这束缚让病房内产生了宛如真空状态般的错觉。

就连不畏惧死亡、只担心短暂余生被局限住的她，都从这个人身上感觉到死亡的不安。

"你就是巫条雾绘吗？"

浑重的声音，像是怀有什么苦恼般回响着。

她——巫条雾绘将已经丧失视力的双眼转向他。

"你是家父的友人吗？"

尽管男人并未回答，不过巫条雾绘很确定。眼前这位就是帮助失去家人的自己，一直在支付医疗费用的人。

"你来做什么？我已经什么用处也没有了。"

雾绘发抖地如此问道。

男人连眉毛也没有动一下。

"我来实现你的愿望了。能够自由活动的另一具身体，你想不想要。"

在这句超脱现实的话语中笼罩着一股魔力。巫条雾绘暗暗感觉到。于是她莫名地毫无抵抗，便接受了男人所提出的要求。

经过短暂的沉默,她颤抖着喉咙点点头。

男人也点了点头。

然后举起他的右手。

将雾绘长久以来的梦想,

以及不断延续下去的恶梦,同时给予了她。

而在那之前——她问了一个问题。

"你是什么人?"

对于这个问题,男人兴味索然。

◇

从已成为废墟的地下酒吧中解放之后,她踏着虚弱的步伐走在回家的路上。

呼吸的节奏变得紊乱,头也开始晕眩。

要是不靠着什么东西,就没办法顺利往前移动。

恐怕,是因为刚才所承受的暴行吧。

和往常一样对她进行凌辱的五名少年中,其中一人不知道为什么,拿起球棒用力往她背上挥打。

已经不痛了。不对,应该说,她原本就没有痛觉。只是觉得很沉重。从背上传来的恶寒折磨着她,背后被殴打的事实让她内心变得扭曲。

即使如此,她仍然没有流泪,她忍耐着被凌辱的时间,然后只想尽快回到自己的宿舍里。

然而,今天这段路仿佛永无止境般地遥远。

身体无法灵活行动。

她看到路边橱窗上所反射出的影子,才知道自己的脸色有多么苍白。

对于没有痛觉的她，无法判断自己到底是受了什么样的伤。因此虽然她知道自己背后遭到殴打这件事。但她却无法注意到由这件事所引发出的另一个问题——她的脊椎已经骨折了。

尽管如此，她还是能够判断自己身体是正在承担痛苦的。

不行去医院。瞒着父母偷偷去看的医院又离这边太远，就算打电话给医生，肯定也会被问到受伤的理由。

不擅长说谎的我，没有把握瞒过医生的追问。

"怎么办？我该怎么办才好？"

她喘着气，往地面倒去。

这时——一只男人的手将她扶住。

她吃惊地抬起头来。

出现在面前的，是一位表情严肃的男性。

"你就是浅上藤乃吗？"

声音隐隐透露着不容否定的感觉。

她——浅上藤乃生平第一次感受到，一种全身仿佛都被冻结住的恐惧。

"你的脊椎裂开了。这样下去是没办法回家的。"

没办法回家，这个词汇就像是变魔术一样将藤乃的意识束缚起来。

这样，不行。我不要回不了家——不要回不了宿舍。现在只有那里，才是浅上藤乃唯一能休息的地方。

藤乃用求助的眼神看着那个男人。

虽然是夏天，那个男人却穿着厚重的外套。

而且不管外套也好里面的衣服也好，全部都是黑色。

看着像披风一般的外套和男人严峻的眼神，不知为什么——让藤乃联想到寺庙里的和尚。

"想要我把你治好吗？"

像催眠术般,他的声音似乎带着一股魔力。
让藤乃连自己点头同意的事也没有发现。
"知道了。我这就来治好你身体的异常。"
男人表情不变,将右手放在藤乃的背上。
然而在那之前——
她问了一个问题。
"你是谁?"
对于这个问题,男人兴味索然。

◇

不过,在那之前——他问了一个问题。
"你是何方神圣?"
穿黑色外套的男人眉毛动都没动一下地回答。
"魔术师——荒耶宗莲。"
那句话仿佛神的声音,在小巷中沉重地回响着。

5／矛盾螺旋・上

paradox paradigm

小时候，这个小小的金属片是我的宝物。

弯曲的、小小的、仅仅拥有一种机能上的美。

银色的铁片有点冰冷，

当用力握紧时会感到一阵痛楚。

咔嗒，一天的开始把它转半圈。

咔嗒，一天的结束把它转半圈。

我小时候每次听到那个声音，

心里都会感到很骄傲。

因为，每当听到那个声音时的我总是抱有想要哭
出来般的心情。

咔嗒，咔嗒。开始时一次，结束时一次。

一天正好能画出一个圆形，

就这样每天重复着这样的动作。

转啊转啊，不厌倦也不费力。半是欢喜半是忧伤。

不停转动的每一天，就如同理发店的招牌。

但是，如同无尽螺旋的日子唐突地结束了。

银色的铁片只是冰冷地……毫无喜悦之情。

用力紧握的手渗出血来……毫无悲伤之情。

那是当然的。铁终究还是铁。里头并不存在幻想。

八岁时知道现实以后，

铁已经不再像过去那样耀眼的存在。

那时候我明白了。

所谓的变成大人，就是明智地将幻想取代。

自以为早熟的愚昧，让我骄傲地接受了这个事实。

／矛盾螺旋

0

今年的秋天很短。

明明还不到十一月,感觉就好像已经要进入冬天一样。在这个时候,警视厅搜查一课的秋巳刑警碰到了一件诡异的怪事。

由于工作的关系,在这个接触死人数目仅次于医院的职场上,总是免不了会流传些奇闻怪谈之类的恐怖传说。大家通常对这种事情尽量都不去谈论,已经成为一种不成文的规定。

理所当然地,即使是面对一般怪谈连眉毛都不会皱一下的秋巳刑警,对于这件事情的反应也与目前为止所听闻的故事有着明显的差别,毕竟那可是堂皇地以怪谈作结而记录在正式报告书上了啊。至于这份原本应该没人注意的派出所报告之所以会落到他的手中,恐怕是因为他喜好神秘事物的怪癖在署里相当有名的关系吧。

这起事件,起初是当成说谎的窃盗案来处理。

内容相当单纯。十月初,距离市中心不远的某个住宅区一角发生窃盗案。犯人是某个专趁屋主不在时闯空门的家伙,受害的人家共有十户以上,而这故事是发生在其中最高级的公寓里某一户。

犯人是有前科的闯空门惯犯,他不是有计划地进行犯罪的类型,而是心血来潮就会溜进附近的公寓。犯人如往常一般随随便便地走进第一眼见到的公寓,随意选择没人在家的房间并潜入。

问题是那之后,隔没几分钟犯人就急忙跑到了最近的派出所来求救。虽然犯人惊吓过度导致说话内容让人摸不着头绪,但大致上意思是在公寓里头发现那一家人的尸体。于是留守的警官便和犯人一起赶去现场。然而，跟犯人描述的完全不一样，那一家人都还健在，而且还幸福地吃着晚饭。

犯人为此大感不解，认为他行为可疑的警官一问之下，发现对方是为了偷窃才会到那栋公寓里，最后这件事情以闯空门未遂之罪名逮捕落幕。

"啊？什么跟什么啊。"

秋巳刑警读完报告后大喊，底下的椅子被他坐得嘎吱作响。

要说奇怪也的确是件怪事，但也不是说有多特别到能够引人注意。

根据报告书记载，犯人既没喝酒也没有吸毒，精神方面也毫无问题。一个闯空门惯犯突然发疯跑去警局乱报案而被逮捕，说少见也的确是很少见。

不过这种琐碎、而且也已经结案的事件（说起来这是否算得上事件还是个疑问），现在可没有时间去理会。

现在的他就像三年前一样忙碌。在巷子里失去行踪的人越来越多，让人怀疑那个事件是不是再次发生了。虽然没有公开，但十月以来已经出现了四名失踪者。要堵住被害者家属的口也越来越困难了。

在这种情况下可没多余的时间来调查这种疯子胡言乱语的事件。尽管如此，他还是被这个事件给吸引住了。

"可恶。"

他一边发着牢骚一边拿起电话。打给呈交报告的派出所。对方迅速地接起电话，他便询问这起事件的相关细节。

例如是否已经和犯人所说的"发现尸体的房间"周围几户人家确认过，以及犯人对于尸体的描述有没有什么矛盾。

得到回答正如所预想，派出所当然向隔壁的人家询问过。至于犯人所描述的尸体状况，就算是疯子的胡言乱语也未免太过于详细了。

道谢后放下电话的同时，背后传来了声音。

"你在那边干什么啊大辅？快点，出现第二名死者的遗体了。"

"已经发现了吗？这么说来今天又是吃剩下的。"

"是啊。"对方点头回答。

秋巳刑警连忙从椅子上站起来，利落地转换思考模式。再怎么在意这份报告书，毕竟都是已结案的事件。现在也不应该以它为优先。

于是，就连被称为搜查一课最好事的秋巳刑警，也忘了去追究这桩诡异的事件。

1
矛盾螺旋 1

　　明明十月才刚开始，街道上却异常寒冷。
　　时间接近晚上十点。
　　风很冷，夜晚的黑暗如刀锋般锐利。
　　这时候街上原本应该还很热闹才对，但今晚的景象却如此阴郁，让人忍不住怀疑时钟是否慢了一个小时。寒冷的天空就算下起雪来也不意外，让人不禁想着，冬天似乎提前来临了。
　　大概因为这样，总是人潮拥挤的车站前感觉也就不如平时那般繁华。
　　从车站走出来的人几乎都拉着上衣的领子，毫不犹豫地直接往自己的家走去。说到"家"这个名词，是无论再怎么小也能让人温暖安歇的地方。特别是这么寒冷的日子里，每个人都会加快脚步回家吧。
　　流动的人群所散发的热气很快地消失。街道显得比平时更加黑暗。
　　少年一直观看着这样的景象。
　　离车站前有一段距离的路上，在一台罐装饮料贩卖机的旁边。有一位少年好像躲藏般坐在那里，眼神看起来似乎并不太正常。
　　抱膝而坐的少年，乍看之下很难分出性别。
　　细致的脸庞和纤瘦的身躯。染成红色的头发并没有整理而任其随意翘起。年龄约十六、七岁。飘移不定的眼神十分细腻，要是做点女性化的装扮，再从远一点的地方观看，搞不好真的会被认为是女性。

少年的牙齿喀喀地打颤，服装也有点奇怪。脏兮兮的牛仔裤上面配着一件群青色的大外套。但是里面居然打着赤膊。

少年不知道是很冷——还是在忍耐什么，他只是一直喀喀地撞击着牙齿。

不知道他维持这样的状态多久了。

从车站出来的人影开始稀少起来。不知不觉间少年被几个年轻人包围起来。

"唷，巴。"

其中一个年轻人用轻蔑的口吻喊道。

然而红发少年完全没反应。

"……胭条。你这家伙，竟敢忽视我们！"

那个年轻人粗暴地抓住少年的外套，将他拉了起来。

开口说话的这个人年纪和少年差不多大。旁边另外围着五个年龄相仿的人。

"什么嘛，一休学就翻脸不认人啊？是吗，小巴巴已经是社会人士了，所以不会跟我们这些混混在一起了是吧，嗯？"

啊哈哈哈，众人笑声四起。

少年——巴什么反应也没有。

男子哼地一声松开抓住巴的手，接着一拳打在少年的脸上。少年被揍的瞬间发出锵的一声，好像有什么东西掉在地面上。

"——"

"别想装死，混蛋。"

男子嘲弄似的骂道，旁边的人也跟着笑了起来。

这个声音让少年——胭条巴从冲击状态中恢复过来。

"……胭条……巴。"

巴喃喃念着自己的名字。仿佛思考已经停止，连自己是谁都忘得一乾二净。这个从口中说出名字的动作，就好像是让自己再次启动的仪式。

回过神来，巴瞪视着眼前的男子。

这群人曾经是他的同学。

对他们都还有印象。在普通的学生当中，总是有一部分的家伙会变成专门欺负弱小的不良学生。

"相川吗。你这家伙，这个时间在这里干什么。"

"这是我该说的话吧。我还担心你会不会跑去出卖肉体呢，毕竟小巴巴你可是柔弱的女孩呢。"

对吧，男子向周围的同伴问道。

当然巴并非女儿身。只是在高中时，因为他体型很纤瘦、加上名字的关系，让他常常被同学们嘲笑。

巴什么也没回答，只是随手捡起地上的空罐。

"相川。"巴叫着对方的名字。

在对方张开嘴正准备响应的瞬间，巴拿着空罐，直直地往那张长满青春痘的脸伸了过去。

男子的嘴被空罐塞住。随即巴一掌就往空罐用力拍打。

"呜!?"

男子忍不住倒在地上。吐出的空罐上面还沾着血迹。

男子的同伴惊愕之余，连动也动弹不得。

他们只不过偶然见到了从高中退学的老同学，想上前找点乐子。以为只有自己才会使用暴力，却没想到巴先动起手来。

所以，对于同伴被打倒的事情，瞬间没能反应过来。

"相川。你这家伙还是一样没什么大脑呢。"

胭条巴一边说着一边朝倒在地上的男子头部猛踢。宛如踢足球一样用脚尖施力。与淡淡的语气相反，脚下毫不留情地踢了下去。

男子就这么动也不动了。不知是昏过去了，还是脖子折断了？

——还是因剧痛而无力站起来？确认这一点之后，巴跑了起来。

他跑的方向并非行人较多的车站前，而是更为安静的小巷里。

看到巴逃跑，对方总算理解他们的立场了。

打算敲诈点零用钱的对象，不但出手殴打同伴，让他嘴里流血倒在地上——现在还打算逃跑。

"那个混账，开什么玩笑——看我宰了你！"

其中一人大叫着，激动的情绪迅速传达给其他人。他们就好像在追捕逃走的雌鹿一样，为了报复而追了过去。

……

看我宰了你吗？

听到那伙人的叫声，我忍不住笑了出来。

那些家伙明明是认真的，却没认真思考过话中的含意。没有杀人觉悟的家伙，居然向才刚亲手体验过的对象叫嚣"我要杀了你"，简直轻率至极。

——我明明才刚杀过人啊。

咔嗒咔嗒咔嗒……刺杀人体时的触感在脑海中复苏，我险些吐出胃里的东西。

我一试着回想就浑身发抖。牙齿颤抖得几乎敲碎，脑袋里简直像有暴风肆虐般一团混乱。

那些家伙并不明白杀人这行为有多么严重，正因为不明白才能轻易说出口。

——既然如此，就由我来教你们。

干涸的心灵让我扬起嘴角。

……我不认为自己的性格特别凶暴。虽然以牙还牙是我的信条,但像今天这样加倍奉还地打昏对手还是第一次。今晚的我并不正常……不,或许我只是渴望变得不正常罢了。

——地点就挑这附近吧。

我钻入夹在两栋建筑物之间称不上是道路的小巷,那群家伙没过多久就追上了我。正确地说,是我故意让他们追上的。

我在无人注意的暗巷内停下脚步,确认五人都追来后扑向带头的家伙。

我一掌拍向对手的下颚。外行人的斗殴等于是反复的揍人与挨揍,谁先挺不住就会单方面地遭到痛击。我非常清楚,打起架我没有胜算——要打,就得拿出真正想杀对手的气魄。

我下手毫不留情。因为唯一的生路就是在他扑过来、其他人包围我前——撂倒敌人。

挨揍的家伙企图还手,我的指尖却抢先一步刺进他的左眼,触感宛如钻入一团偏硬的明胶。

"咿——不要啊啊啊啊啊!"

那家伙痛得惨叫。我趁机抓住他的脸,鼓起浑身之力拖着他的后脑勺往墙壁砸。

砰地一声,带头的家伙摇摇晃晃地瘫软倒地,一只眼流出血泪,后脑勺在墙上划出一道血迹。

——伤成这样也还是不会死。

面对这片令人目不忍视的惨状,赶来的四人愕然地呆立当场。

他们应该看过打架时流的血,但多半是首度目睹生死关头的流血场面。

我抓准空档袭击最接近的对象,先拍出一掌,揪住对方的头发让他低头,接着弯起膝盖用力往上顶。膝盖骨传来鼻梁断裂的触感,一举夺走对手反击的意志。

我连续三次以膝盖撞击他的脸,朝奄奄一息的对方往后脑勺用尽全力挥肘。强劲的冲击震得我的手臂嘎吱作响,第二个人就此倒下,鲜血喷上我的膝盖。

"胭条,你这混账!"

两个人。看到两个同伴倒地不起后,那些家伙总算有所觉悟,剩下三人毫无理智与秩序地一起扑向我。

一旦被包围,接下来的结果显而易见,光凭我一个人不可能应付三个对手。

我不断挨打遭踹,轻易地被逼到墙边瘫坐下来。

他们用力殴打我的脸颊、踢我的肚子,然而我冷冷地观察到,这些家伙攻击的暴力程度不如我刚才的行为。

——只不过是三人合力围殴一个毫无抵抗的对象。

这种暴力,没有明确想"杀害"对手的意志。

可是再继续挨打的话,我迟早会死。即使一拳一脚不至于造成致命伤,不断承受攻击终究会伤及心脏。非得持续忍受被殴打的痛楚直到死亡的时刻到来,说难熬倒也挺难熬的。

——看吧。即使没有杀意,人依然能够轻易杀人。

那是罪吗?像我一样抱着明确的杀意杀人,或是像他们一样无意之间错手杀了人,哪一种行为的罪比较重?

如雨点般的拳脚不断落下,我以混乱的脑袋思考这个问题。我的脸庞和身上已全是瘀青,也习惯了疼痛。那些家伙恐怕也习惯了不断殴打我,才收不了手。

"你长了张可爱的脸,下手倒是很重嘛,胭条!"

砰!我被特别强劲的一脚踹中胸膛,开始咳个不停。不知是口腔内破了皮还是内出血,我竟咳出血丝。即使他们三个没有发现,再多围殴几秒钟胭条巴大概就会死……此时我终于察觉,我对自己的性命毫不在乎。

那些家伙的拳头打中我一边眼睛,划破眼皮。正如红肿的眼

67

皮遮蔽视野，我的意识也即将中断——

喀嘟……

一个清脆的音色响起。

如铃的声响，比拳脚打在人体上的钝响细微得多。

三名少年停止动作，回头望向声音的来源……他们方才走进来的小巷入口，我也张开瘀肿的眼皮注视来人。

"——"

意识冻结了。

我的目光牢牢钉在那人身上无法转开，除此之外不出别的解释。

伫立在小巷入口的人影——正是如此脱离常轨。

当着这片寒空，那家伙赤脚踩着浑圆的木屐。木屐的黑漆底色与红鞋带衬托得那双白皙的裸足越发醒目，印象强烈得让人哑然失声。

不，撼动人心的奇异之处还不仅如此。

那人身穿橙色的和服，不是豪华的正装，而是可以在祭典上看见的简朴款式，居然还在和服上披了件红色皮夹克。

喀嘟……声音再度响起。

木屐敲打地面的声响一步步地靠近。

摇曳的发丝、衣物的摩擦声。和我——腼条巴的意志无关，我感到自己的双眼正直盯着这个人物，不放过任何细微动作。

人影以若无其事的自然态度走上前。

一头仿佛用浓墨晕染的黑发长度不到肩膀，随意剪短的发型很适合他。

人影拥有纤细的身体与轮廓，雪白的肌肤与——一双仿佛直视我灵魂的黑眸,以及跟肮脏暗巷不相衬的优美站姿。

她好像是个女人。

……不,她的年龄和我们差不多,应该称作少女。因为相貌太过端正,要说她是男是女都说得通。当然,无论她是男是女都一样美得让人发寒。然而,我却察觉这个人是女性。

"喂。"

融合和风与洋风的少女粗鲁地开口。

她一脸不悦地看着我们,毫不顾虑地走了过来。

原本包围我的三人组先是有些困惑,接着开始围住少女。这群已对暴力麻痹的家伙,对此刻出现的女人产生了欲望。他们暴露出平常压抑的感情,威吓着她。

"找我们有什么事?"

那群家伙缓缓地逼近,三人似乎齐心一致想包围她不让人跑掉。人渣!我这么唾骂,却无能为力。这顿毒打让我的手脚处处瘀青,使不上力气。

我无法忍受那名和服少女被这群像假货一样的小鬼玷污。不——她有可能被这种杂碎玷污吗?

"我问你找我们有什么事?没长耳朵啊?"

其中一人走到她身边怒吼。

她没有回答,只是随意伸出手……接下来发生的一切,真的像魔法一样。

少女纤细的手臂抓住包围的年轻人轻轻一扯,他就像没有重量似的兜转一圈,头下脚上地摔倒。

那是叫内股的柔道招式吗?她一连串的行动明明十分迅速,却自然流畅得宛如慢动作播放的影像。

剩余两人扑向和服少女。她仅仅一掌拍上对手胸膛,其中一个便瘫在地上。我得用上激烈的暴力手段才能打昏一个人,她却只靠最低限度的动作就让两人丧失意识,过程花不到五秒钟。

这个事实使我战栗,最后一个家伙也发现对手并非常人。

哇啊!他惊叫一声拔腿就跑。面对逃跑的背影,少女抬腿踹向对手的头,那记漂亮的回旋踢甚至没发出半点声音便撂倒最后一人。

"啧,脑袋硬得跟石头一样。"

少女轻轻弹舌,抚平凌乱的和服衣摆。

我连话也说不出来,仅仅注视着她。

——在这个连路灯、甚至是月光都照射不到的垃圾堆中,唯独她的头顶仿佛有银色光芒倾注而下。

"喂。"

少女回过头来。我想说些什么,但嘴里满是伤口讲不出来。

她从皮夹克口袋里掏出一把小钥匙扔向我,熟悉的钥匙落在眼前。

"这是你掉的东西吧。"

她的声音直透我脑海深处。

……钥匙。啊,是我刚才被揍时掉的吗?她之所以过来,是为了把如今已不重要的家门钥匙还给我吗?

事情办完之后,少女转过身去。

没有道别也没有安慰,她像出现时那般踏着如散步般悠然的步伐,渐行渐远……仿佛我根本无关紧要。

"别……"

我伸出手。

我想挽留什么?为何试图挽留她?

我——胭条巴也觉得这种疯女人无关紧要啊。

可是——可是,我受不了现在被人抛下。不管是谁都好,我不想被抛弃。我没有任何价值、其实只是个赝品的冲动涌上心头,让人无法忍受。

"你先别走！"

我大喊着起身……虽然试图起身，却站不稳。我全身上下都在抽痛，扶着墙壁好不容易才半弯腰站好。

和服少女停下来，回头抛来的目光冰冷得令人背脊生寒。

"干嘛？我可没捡到其他东西。"

她淡淡地回答。脚边明明倒着五个人，这家伙却毫无感触。

"喂，你该不会想直接闪人吧？"

当我奄奄一息地开口，她终于环顾周遭的惨状。

倒地的家伙之中也包含被我打得头破血流的两个人，是粗劣暴力行为导致的结果。

哼——少女扬起眼珠注视着我。

"放心，他们都没死。躺在那边的家伙眼睛废了，但这点程度的伤死不了人。第一个醒来的家伙会自己想办法吧，还是你要马上找人来帮忙？"

她以怎么听都只像是女性的高音，说出男性口吻的台词。

我点点头。

"是吗？可是该联络哪边才好？警察？还是医院？"

少女认真地问了个脱线的问题。

我本来只想到叫救护车，不过若将我刚才的行动视为正当防卫，找警察处理或许比较快。然而——

"——不能找警察。"

为什么？她的目光在问。

……不知为何，我下定决心将绝不该说出口的秘密、我的最后底牌告诉她。

"我杀了人。"

时间仿佛暂停了几秒。

少女似乎产生兴趣的走了过来，仔细观察着吃力地靠在墙边的我。

"感觉不太像耶。"

她讶异地说。从她将手抵在唇边陷入沉思的反应来看，这家伙也不敢肯定。宛如发高烧时喃喃吐出呓语般，我继续自虐地告白。

"是真的，我是刚刚才杀的。对方被我用菜刀捅得肚破肠流，还砍下头颅，不可能还活着……嘿嘿，条子这会一定聚集在我家里，满眼血丝地搜索我吧。没错，等天一亮我就会声名大噪——"

我发觉的时候，已经自嘲地笑了起来。我听着自己无聊的笑声……不知怎地，听起来也像是在哭。

"这样吗，应该是真的吧。那你也别叫救护车了，一给人发现就会直接被关进铁窗……啊，你是因为衣服沾到血才脱掉的吗？我还以为是流行呢。"

少女冰冷的手抚过我的胸膛。

"什……"

我倒抽一口气。她说的没错，我是因为被血溅到才会脱掉上衣。我只穿着裤子，赤裸上半身披着夹克逃出来。

……她知道。这女人明知我是杀人犯却一点也不吃惊——反而激起我的不安。

"你不怕吗？我可是杀了人啊。杀一个人和两个人还不都一样，你以为我会放知情的你离开吗？"

"——杀一个人和两个人才不一样。"

和服少女不快地眯起眼睛，反倒把头凑过来。

……我在身材上明明高一个头，气势却被从下往上看的她压倒。

被那双黑眸牢牢盯着，我不禁吞了口口水。我之所以倒抽一口气并非被她的气势震慑，只是看得入迷。至今为止，我不曾为了人类感动过。十七年的人生中，我不曾对任何事物如此深深着迷，不曾这样感动到忘我的地步。

——没错，我从不曾觉得人类如此美丽。

"我是真的——杀了人。"

我只说得出这句话。

少女低下头轻轻一笑。

"我知道，我也一样啊。"

随着一阵衣物摩擦声，仿佛完全失去兴趣的她转头离开，踏着喀哒喀哒的脚步声渐渐远去。

……我不想放那个背影离去。

"别、别走，你不是说你也一样吗？"

我想追上前却摔倒在地，勉强再次站起身瞪着回头的她。

"那就救救我啊，我们不是同病相怜吗？"

我自以为是地拼命大喊，完全不像平时的我，一点也不在乎丢人现眼。听到这没有理由的突兀要求，少女惊讶地瞪大双眼。

"同病相怜……嗯，你的确空荡荡的。不过你想要我帮你什么？摆脱杀人罪吗？还是治好你身上的伤？很不幸，这两者都在我的专业范围之外。"

——嗯，没错。

我想要她帮我什么？

虽然希望她救救我，我却想不清具体而言要她怎么救我……这个渴望明明深深烙印在胭条巴心中，比任何事都来得重要。

"——这里迟早会被人发现，你先把我藏起来。"

总之，这是最优先的问题。

她面有难色地开始思索，充满人味的举止和先前的缺乏感情正好形成对比。

"你说的藏起来，是要我提供藏身之处吗？"

"没、没错,你只要协助我躲到隐密的地方就行了。"

"这座城市里没有哪个地方是隐密的,若不想被人发现,就只有自己的家里吧。"

少女一脸为难地说,这种事我当然知道。

或许是疼痛害我暴躁起来,我对她吼回去。

"我就是不能回家才要你帮我啊!难道你要让我躲你家吗?你这个笨蛋!"

可恶!我恶狠狠地骂着。此时,少女意会地点点头。

"可以啊,想住我家就随你住吧。"

"咦?"

"小事一桩,你就想要我帮这点忙啊。"

她径自往前走去,没朝我伸出手也没扶我一把。

虽然如此,少女的背影仍说了声"跟我来"。

我——跟上了她。

只是跟着她走,围殴所受的伤与刺杀人时留下的心灵创伤都被我抛诸脑后。

我一心一意地追逐着她超然前行的背影。

她是一个人住吗?我连她的名字都不知道。非问不可的问题堆积如山,我却什么也无法思考。

……没错,虽然从前我不曾相信过,但这或许就是命运。

因为早在许久以前,我的眼里就只有她一个人了。

2

矛盾螺旋 2

喀哒,隔壁房间传来声响。

时间差不多快到十点了,我在工作中累得精疲力竭的身体才刚刚躺上床不到几分钟。那声音将我从浅眠中吵醒,昏昏沉沉地打着盹。

自隔壁房间传来的声响只有一次。

有人拉开与邻室相连的纸门,被裁切成长方形的光亮注入我已熄灯的黑暗房间。是母亲吗?我睡眼惺忪地看过去——

——每次我都会在这时心想,要是没看见那一幕该有多好。

拉开纸门的人是母亲。因为逆光的关系,只看得出她正站着。比起她的身影,我仅能直盯着纸门后的邻室惨状。

父亲趴在廉价的暖桌上。原本茶色的暖桌染得通红,伏倒的父亲身上不断淌出鲜血,流在榻榻米上……简直像坏掉的水龙头一样。

"巴,去死吧。"

呆立不动的人影说道。

直到刀尖刺进胸膛之后,我才想起那个人影就是母亲。母亲拿着菜刀往我的胸口捅了一刀又一刀,最后将利刃抵在自己的咽喉上。

要说是恶梦,的确是场恶梦。

我的夜晚总是这样落幕。

……

咔嗒咔嗒咔嗒咔嗒。

……仿佛从耳朵深处传来的声响让我睁开眼睛，发现两仪已经出门了。

坐起遍体鳞伤的身体，我环顾一圈观察房间内部。

此处位于某栋四楼公寓的二楼一角，是和服少女的家。不，与其说是她家，不如说房间来得正确。从玄关通往客厅的走廊大约一米长，途中有扇门通往浴室。

客厅似乎兼作卧室使用，放着她刚刚所睡的床铺。隔壁还有一个房间，因为用不到所以空着。

——昨天晚上，我跟在她背后走了一小时，抵达这个房间。挂在公寓入口的邮箱名牌上标着两仪，应该是她的姓氏。

她——两仪将我带回房间之后，连句话也没说就脱掉皮夹克躺上床。

漠不关心也该有个限度吧。我不由得心头火起，认真地考虑过要不要袭击她。考虑归考虑，万一她大声呼救引来一堆人那可不妙。犹豫到最后，我决定即使放在地上的坐垫当枕头睡觉。

等到我醒来时，那女人已不见人影。

"——那家伙到底是怎么回事啊？"

我忍不住呢喃。恢复冷静后回头想想，两仪的年纪看来跟我差不多大。与其说她是女人，以少女来形容更为贴切。

如果她十七岁，应该是学生。她去高中上课了？不，这房间未免也太杀风景了。室内只有床铺、冰箱与电话，挂在衣架上的皮夹克以及衣柜。这里没有电视也没有音响，没有廉价杂志，甚至连张桌子都没有。

我忽然想起那家伙昨晚说过的台词。

听到我说自己杀了人，两仪回答我也一样……那句不带现实味的话说不定是真的。因为这房间就像是逃亡者的藏匿地点，近乎病态地缺乏生活感。

想到这里，一股恶寒窜过背脊。我以为自己抽到黑桃A，其实搞不好抽到了鬼牌。

……无论如何，我都不打算在这待太久。虽然想向她道声谢，既然本人不在那也无可奈何。我像溜进来行窃的小偷般踏着谨慎的脚步，走出陌生少女的房间。

来到外面，我漫无目的地四处逛。

我一开始紧张兮兮地走在住宅区的道路上，世界却与我无关地一切如常，像时钟的指针般反复上演没有变化的日常生活。

结果不过如此吗？我自暴自弃地走向大马路。

街上也是老样子，没有到处搜索腼条巴的警察，也无人向我抛来面对杀人犯的轻蔑目光。看来尸体还没被人发现。

没错，就凭我这种半吊子犯下的罪行，不足以让世界立刻产生改变。我目前还没遭到追捕，却也没心情回自己的家。

中午过后，我抵达设有狗铜像的广场。我随便挑张长椅坐下来，仰望大厦墙面上的大型电子布告栏。

几个小时就这么茫然地过去了。

今天明明是工作日，广场上的人来人往却十分热络。人行道上满是路人，每当红绿灯一转绿，过马路的大批人潮就堵住车道。

其中大多数人的年龄和我相差无几，大都面带笑容或胸有成竹地往前走。他们的神情里没有迷惘，不——是想都没想过何谓迷惘。

在那些家伙脸上连思考的思都找不到，怎么看都不像是为了实现梦想、为了实现深信的未来而活的样子。

无论哪个人都露出理解一切的表情往前走，但其中又有多少人是真正了解？

是所有人？还是只有一小部分？

真货与赝品。我一直瞪着无法融入的人群试图从中找出真货，却完全分不出来。

我自人潮别开眼神，仰望天空。

对了——至少我并不是真货。我本来以为自己货真价实，却轻易地暴露了本性。

……直到进高中以前，胭条巴曾是田径界著名的短跑选手。我在初中时代不知败北为何物，从不曾看着其他选手的背影冲过终点。我深信自己可以继续缩短记录，也毫不怀疑我的运动才能。

更重要的是——我喜欢奔跑。唯有这一点曾是我的真实，我也曾抱着不输给任何阻碍的心。

然而，我放弃了跑步。

我家原本就不富有，父亲在我读小学时失业，从此家里环境变得越来越糟。母亲本来是名门闺秀，据说与娘家断绝关系跟父亲结了婚。

父亲失业不再工作，而不知世事的母亲什么都不会。

生活在逐渐崩溃的家庭中，我比其他小孩更早熟。我在不知不觉间已开始谎报年龄打工，设法支付自己的学费。

我不管家里的问题，光是处理自己的事就够吃力了。

我自己工作，自己上学，全凭自力进入高中。在不再当成父母看待的双亲与生活费的双重压力下，只有奔跑是我唯一的救赎。

所以，我不管再怎么累仍坚持参加社团，也进了高中。

可是我才刚开学不久，老爸就出了车祸。他不仅开车撞到路人，更糟糕的是没有驾照。付给对方的赔偿金似乎是母亲低头向娘家借来的。我在那段期间什么也无法思考，不清楚详细情况。

车祸纠纷结束之后，随之而来的是周遭的变化。我和双亲明明已经没有关系，但只因为我是他们的儿子，学校方面的态度突然改变。

过去出力甚多的田径社指导老师露骨地对我视若无睹，本来把我捧成期待新星的学长们也施加压力，要我退社。

但这些遭遇我都习惯了，不成问题。

问题在于家里。车祸令父亲失去微薄的收入，已无力支撑家计。母亲虽然打起不习惯的零工，赚得的钱却只够支付水电费。

父亲打从数年前开始就没有正职，最后还无照驾驶撞死了一个人。这些谣言加油添醋地传遍附近邻居之间，令他再也不出家门。母亲忍着被人私下说闲话的压力继续打工，却无法在同一个地点工作太久。最后我光是走在路上，都会有人轻蔑地叫我滚。

……周遭的欺负行径一天天变得越来越激烈，我却不觉得愤怒。因为老爸真的撞死了人，遭人歧视或侮辱都是理所当然的。有错的不是社会，而是我的父亲。

说是这么说，我也没把怒火的矛头转向双亲。

当时，我对所有的一切都感到厌倦。我对身边的种种纠葛厌烦不已，不管再怎么做、再怎么努力，反正结果都一样。既然我无论跑得多快，家庭这麻烦都会绕过来挡在前头，未来也可想而知——

我一定是在那一刻放弃抵抗的。

追求社会上理所当然的生活就得遭遇打击。只要接受我的人生注定如此，就不会觉得自己不幸。这和小时候一样。我以聪明代替幻想，决定一个人活下去。

放弃之后，我感到再继续念书也很可笑，从学校休了学。不，若不把一天所有的时间都花在工作上，我就养不活家人。只要够年轻，不管有过什么经历都找得到工作机会。我半吊子的良心，让我没办法抛弃家人。话虽如此，我打从休学离开高中后就再也没有和双亲讲过话。

我明明曾热爱奔跑，奔跑明明曾是我的救赎，到头来我却发现那不过是发生了一些不幸后便可以抛弃的东西，不禁愕然。

不再有人称赞我的表现，也不再有时间跑步。我喜爱奔跑的心情，输给了这些活像找借口似的理由。

若我的喜爱是货真价实的——若奔跑对我来说无可取代，是胭条巴这个人的"起源"，我不可能放弃。

……小时候，父母曾带我去牧场看马。看着那匹连名字也不知道的马，我哭了起来，那不顾一切奔驰的身影令我的泪水止不住地溢出眼眶。如果人真的有前世，我大概是一匹马吧。奔跑这个行为，曾让我感动得如此深信。

然而，我却是假货。

没错，我只不过是深信自己货真价实的赝品罢了——

"——结果还杀了人。"

我试着发出低笑。

分明一点也不开心却笑得出来，人类真是故障多多。

我已厌倦仰望天空，转而眺望街道。

……人潮还是一样源源不绝。

那些面带笑容或一脸若无其事的家伙不可能是真货。正为了某个目标而活的人，怎么可能在游乐场所浪费时间。不，就算他们的目标正是玩乐——我也不承认这种"真货"。

……咔嗒咔嗒咔嗒咔嗒。

这时，我突然清醒。我——应该没抱着什么强烈到足以产生这等独善想法的主张才对。

我看看手表，就快到傍晚了。

总不能在广场上待好几个小时,我只得漫无目标地告别奔流的人群。

◇

路灯微弱的光芒,照亮陌生的住宅区道路。

从秋阳下山之后,我连走了三小时。

我烦恼着该在什么地方过夜,不知不觉间已来到两仪的公寓一带。

只要一堕落,人是否就会变得这么婆婆妈妈的?我不禁傻眼。

我——胭条巴这家伙明明对切换感情的速度之快很有自信,这下子哪还有什么快不快的,根本是依依不舍嘛。

我抬头一看,两仪的房间没有开灯,似乎不在家。

"——算了,就当作顺便。"

我明知屋里没有人在无法进门,却还是爬上楼梯。我想藉由面对冷酷的现实,替紧抓着唯一求生稻草不放的自己做个了断。

我踏着铛铛作响的铁梯,走到位于二楼角落的公寓门口。

我今天早上离开时还插在信箱里的报纸不见踪影,两仪大概回来过一趟。我敲敲门,没有任何回应。

"看吧,果然没人。"

我准备离去时,试着转动门把。

——动了。

房门毫无阻碍地打开了。

屋里黑漆漆的。我的手仍放在门把上,脑袋变得一片空白。

我该不会就这么站上好几个小时吧?刚浮现这念头——身体已滑进门缝之间,潜入室内。

我吞了口口水。

不敢相信不敢相信……真不敢相信我竟会这么做！

虽然我自认是个罪犯，却讨厌犯罪的行径。打从小时候开始，我就厌恶卑鄙的行为。明明厌恶犯罪，我居然继杀人之后又入侵民宅——不，这是不可抗力，而且那家伙不也说过"想住我家随你住"吗！

咔嗒咔嗒咔嗒咔嗒。

我边在内心支离破碎地找借口边往前走，从玄关踏上走廊，从走廊进入客厅。

没开灯的房间里一片漆黑。我在黑暗中喘着气，蹑手蹑脚地前进。可恶，这下子真的要变成小偷了。电灯，开电灯啊。都是周遭太黑，我才会行迹可疑起来。啊，不过开关在哪里？

我摸索着墙壁寻找电灯开关。

此时——玄关传来开门声。

两仪回来了。我还来不及做好准备，屋主已点了灯并拉开房门。

她打开门，露出茫然的眼神注视着入侵民宅的我。

"——怎么，你今天也来啦？干嘛连灯也不开。"

两仪就像责备同学般冷冷地说完后，关上房门脱掉皮夹克。她直接坐在床边，把手伸进拎回来的便利商店购物袋里掏来掏去。

"要吃吗？我讨厌吃冰品。"

她扔了两盒冰淇淋过来，是哈根达斯的草莓口味。她为何不介意我这个入侵者是个谜，为何跑去买自己讨厌的食物也是个谜团。

我以双手托住冰凉的冰淇淋杯，动员所有的理性。

这女人根本不把我当一回事。她明知我杀了人……虽然不知道她相信了几分……却提供自己的房间给我藏身，难道这家伙也是警察追捕的对象？

"……喂，你是什么危险人物吗？"

哈哈哈哈！听到我将自己的事扔在一边这么问，和服少女放声大笑。

"你这人真怪。喔——危险、危险人物啊！这形容挺贴切的，正合我意！"

两仪认真地大笑，一头没有剪齐的黑发摇得凌乱不堪，在我看来真的只像是危险人物。

"哈哈、哈哈哈哈、哈——嗯，没错。像我这么危险的人物，这附近一带可没有第二个。不过你也很危险吧？所以我是怎样都无所谓吧？你想说的话只有这些？"

和服少女抿嘴一笑，抬头望着我⋯⋯她的面容透出一股脆弱的沉静，有如获得新玩具的小孩子。

"不⋯⋯我还有一个问题。你为什么要帮我？"

"不是你叫我帮忙的吗？我只是没别的事要做，就帮了你。你没有地方睡觉对吧？可以暂时待在这里，反正干也最近都不会过来。"

⋯⋯因为没别的事要做，就帮了我？

这算什么东西，有这么可笑的理由吗？我的脑筋确实不正常，但还没坏到会相信这种蠢话的程度。为了证明这点，我至少也要看穿这家伙有没有撒谎。

我瞪着和服少女。她完全不在乎我的目光，但并非视而不见，只是摆出堂堂自若的态度。

——不敢相信。真令人头疼，我唯一能确定的是两仪这番话全出自真心。

难道说，这个人不需要一般的理由？这名少女可能没想过比如我们是朋友、有钱可赚之类简单易懂的联系。

就算如此——

"你是说真的吗？明明没有任何回报，却愿意藏匿我这种可疑的家伙？你该不会有嗑什么药吧？"

"你很失礼耶。我讨厌药物，人很正常，也不会向警方告密。如果你希望我通知警方的话，我是会做啦。"

没错，我也不担心她会告密。无论如何，我都想象不出来这家伙联络警察的场面。我担心的是更基本的问题。

"拜托……我是男的，你是女的耶。让来历不明的陌生人来家里过夜，你以为会发生什么事？我是问你不在乎吗！"

"咦？男人想找女人上床的话，不是会去别的地方过夜吗？"

当她一脸愣愣地回答，我哑口无言。

"我想说的是——"

"真啰嗦。要是不喜欢待在这，你去找其他藏身之处不就行了？何必特地看我的脸色。"

少女断然驳斥我，手又伸进塑料袋里掏出西红柿三明治……她似乎真的没把我放在眼里。

"那我就睡在这里了，你没意见吧！"

我气得大吼，两仪却面不改色地点点头。

"没意见，如果嫌你碍事我会直说。"

她大口大口咬着三明治回答，让我不禁全身无力地坐在地上。唯有时间缓缓地流逝。

总之，我决定改变态度。切换感情的速度之快可是胭条巴的优点，我转而为今后作打算。

暂时不缺地方睡觉了，至于餐费，靠手边的三万円大概能撑一个月。在这段期间，我必须摆脱警察追捕找出活下去的方法。

"——嗯？"

我突然产生疑问，为什么今晚这户公寓的门没有上锁？

"喂，为什么你没锁门？"

"那还用问，当然是因为我没有钥匙啊。"

"——啊？"

我听了差点昏倒。

两仪这女人说她没有自己家的钥匙。她只有在睡觉时才锁门，外出时只是把门关上。据她本人表示，反正出门时有小偷闯入也不会危及她。

我能够入侵根本不是什么巧合。说真的，这房间里之所以什么都没有，该不会是有常客窃贼的关系？

"你这个笨蛋，起码带着钥匙吧！没有的话，就去跟房东借备用钥匙啊！"

"连备用钥匙也没有。这不重要吧，门没锁对你又不会造成困扰，那种玩意拿着也是累赘。"

……可恶，她说来就是这么满不在乎。以现实问题而言，没有钥匙我无法放心。一方面是担心自身的安全，但两仪的生活岂非问题更大？我忘掉方才对她而发的复杂抗拒感，认真地替这个不知世事的家伙烦恼起来。

"别说傻话，没有钥匙的家根本不算家。等着瞧，我干脆连门锁都换成全新的给你看。"

"……要换是无所谓，不过你有钱吗？"

"少瞧不起人，这点小意思算什么。我今天晚上就换新锁，你从明天起要记得锁门！"

我说完后站起身。

我可是在搬家公司做过事，学过全套房屋改装的工程，像公寓房间这种程度没几个地方是我修理不了的。在我直到两天前还在上班的公司仓库里，应该有门锁的存货。

受到一股连自己也弄不明白的冲动驱使，我冲向夜晚的都市。

我明明不知何时会被警察追缉，却发现自己正认真地考虑着该如何冒极大的风险溜进公司。

……真是的，我也没资格教训两仪。

居然想为了一个连名字都不清楚的女人溜进从前任职的公司偷锁，我也变得十分缺乏常识啊。

3

矛盾螺旋 3

自从我住进两仪的房间后,将近一星期的时光流逝。

由于我和两仪白天都会出门,一直过着只有晚上睡觉时碰面的古怪生活。不过相处一周下来,连对方的名字也不知道毕竟不太方便,我们互报了姓名。

那家伙的全名叫两仪式。令人惊讶的是她真的是高中生,除此之外我便一无所知。

两仪喊我臙条,于是我也喊她两仪。她本人不喜欢别人以姓氏相称,但是我实在无法直呼她"式"。

理由很简单,只因为我没有这么深的觉悟。我不愿与迟早必须永远分别的对象太过亲近。一旦直接叫她"式",我一定再也无法离开这名少女。我不知道哪天会被警察逮捕,这种关系只会碍事。

◇

"臙条,你没有女人吗?"

某个一如往常的夜晚,两仪盘腿坐在床铺上毫无前兆地问。

两仪的问题总是来得如此突兀。

"女人……要是有的话,我又怎么会跑来这里。"

"这样吗,你长得明明很有女人缘啊。"

"被这种不带感情的口气称赞,我也不会开心的。再说,我已经在女人身上吃够苦头了。"

"——喔，为什么？"

大概是产生了兴趣，两仪探头望着躺在地上的我。从躺在床边我眼中看来，她只探出头的模样十分可爱。

"你是同性恋吗？"

……我撤回前言。我居然认为这家伙可爱，肯定是一时迷惑。

"怎么可能。我只不过觉得麻烦罢了，实际交往的经验不怎么有趣。"

话说回来，我本来不太喜欢异性。我高中时试着和别人交往过三个月，但那段关系并不甜蜜，反倒互相造成压力。

不知不觉间，我开始断断续续地聊起往事。

"我可没要求太多喔，但对方却对我要求多多。一开始的时候，我还勉强应付着她。"

没错。我买了那家伙想要的东西，也照她的期望打扮得光鲜亮丽，她的要求我大致上没什么办不到的。虽然每次都能博得她的欢心，我反倒越发心冷。还有做爱，也不像大家所说的那么刺激。

……两仪专注地倾听我的自言自语。

"后来我渐渐感到厌倦。问题不仅是周遭的环境，我觉得要将时间、金钱甚至是感情与他人（那家伙）分享好麻烦。尽管我还算喜欢她，但要发泄性欲，一个人处理就行了。

如果我是普通学生，时间应该多得用不完，可是我却没有自由的空闲。和那家伙相处的时间越多，我就得睡得越少。没有多余时间的我，打从一开始就不适合谈恋爱吧。"

即使如此，我也没有开口提分手。

我不想向满脸幸福的她扔出一句"我们到此为止吧"，害她哭泣……无论伤人或伤己，都很可笑。

"不过你们分手了吧，你是怎么甩掉人家的？"

"拜托，别只把我当坏人看，是她甩了我。我们在爱情宾馆办完事之后，她突然说'你没有看着我。你光顾着注意我的外表，不肯去看我的心'。老实说，我倒是大受打击。"

当我耸耸肩谈起经过，两仪失礼地笑了出来。

"了不起，居然说'不肯去看我的心'！哈哈，你还真是碰上棘手的女人，黑桐！"

床垫的弹簧嘎吱作响，她在床上笑得滚来滚去。

"我刚才说的话有哪里好笑，这可是苦涩的青春回忆耶？"

我气得站起来。此时，两仪突然停止动作注视着我。

"不是很好笑吗？人显露的部分只有外表，她不要你看外表，非得要人去看心这种看不见的玩意，这女人可不寻常。不寻常就代表异常，这不是很可笑吗？如果希望你看见内心，写在纸上不就得了？黑桐，你跟她分手是正确的。"

两仪冷静地侮辱着我，往床上横躺下来。她像只猫一样直盯着我的脸，难以启齿地开口。

"……虽然我也没资格说什么，但'看不见'的不安一说出口就变成谎言了吧。即使不明白依然相信，才叫恋爱。所谓恋爱是盲目的，不就是这个意思吗？"

我们的对话像平常一样干脆地告一段落，我也心不甘情不愿地躺下来。

我在熄灯后就寝的寂静中思考。

"女人"这种感情丰富的生物已让我吃够苦头，但这位少女应该不会像那样单方面的压迫别人。不，对象若是两仪，不论是多大的麻烦我多半都会笑着接受吧。

◇

第二周的夜晚。

我开门走进房间时，两仪已经躺在床上睡着了……她或许是把我当成野猫看待，听到也没有起身的迹象。

不过，她的漠然今天令人庆幸。

我掩着挨揍的脸颊，坐在地板上。

咔嗒咔嗒咔嗒咔嗒。

床边的时钟正在转动，时针和分针都指向十二。

……不知道为什么，我很讨厌时钟的盘面，还是电子钟比较好。我总觉得在旋转的时钟里没有容身之处，为此感到恐惧。

"好痛！"

被人踹过的脚抽痛起来，我忍不住叫出声。

两仪宛如死了一般深深沉眠，没有被吵醒的样子。

——我漫无理由地望向她的侧脸。

——共同生活两星期之后，我只发现一件事。

这家伙简直像具人偶。

她躺在这张床上时总像死人般沉睡。她不是一到早晨就会起床，而是因为有事要办才从死亡中复活。

我一开始以为她是去高中上学，看来并非如此。

关键在于电话，每次接到不知从何处打来的电话，两仪便会回复生气。

我隐隐约约地感觉到，电话里讨论的内容很危险。

但两仪一直等着电话响起，等不到的话，她就始终像具人偶留在这里。

咔嗒咔嗒咔嗒咔嗒。

我觉得她流露的姿态很美，一点也不悲哀。两仪只为了自己该做的事而欣喜、复活，散发出没有半分冗赘的完美。

我第一次遇见本来认定不存在的"真货"。那是我曾深信无疑的事物，是我想成为的目标。一种只要拥有自己，就毫不在意其他任何事物的纯粹强韧。

"——式。"

我的口中吐出两仪的名字。音量比呢喃更加细微，宛如一声叹息。

然而，两仪却完全清醒过来。

"怎么，你又搞得浑身是伤。"

她突然睁开双眼，随即皱起眉头。

"有什么办法，是对方主动找碴的。"

我告诉她事实。今天回来的路上我被一对陌生的两人搭档缠住，打了一架。我当然撂倒了对手，不过毕竟是外行人，自己也受不少伤。

"你有学过什么吧？明明练过武还这么弱。你喜欢挨揍吗？"

两仪从床上坐起身开口。

她口中的学过什么，是指练柔道或空手道这一类的？

"别擅自决定，我在武术方面可是门外汉。不过谈到打架的话，还算有中上的实力啦。"

"这样吗。看到你揍人时使用手掌，我还以为你一定练过武术——没有的话，你为什么要用手掌打？"

原来如此。这么说来，我从前也曾因为用手掌打架被称赞过。揍人的时候，没锻炼过拳头的家伙每挥出一拳都会弄痛自己的手，再多打几拳都快骨折了。因此外行人最好用手掌揍人。不，在某些武术里，掌击反倒比拳头更具实战性。

当然，我对这些诀窍一无所知。

"因为手掌比较硬啊。压扁空罐的时候，大家不都用手掌吗？哪有人用拳头去压的。"

"那是因为用手掌压比较方便吧。"

两仪冷静地回答，我却感觉得到她是真心佩服。

她一直盯着我的脸不放，我总觉得很难为情，强行继续话题。

"对了，两仪你才练过武术吧，是合气道？"

"我对合气道只是略有接触，真正从小练到大的功夫只有一种。"

"从小开始练？难怪这么强。看到你对逃跑对手的后脑勺补上那记飞踢，有练武的人果然不一样。对了，武术里真的有什么必杀技吗？"

我自己也觉得问了个蠢问题，两仪却认真地思索着。

"类似的招式有是有，大家都以使出这招就能打倒对手为前提来锻炼，要说是必杀技的确没错。不过我没练这类招式，本来练的就是我流功夫吧。"

我锻炼的是临阵时的心境，两仪往下说。

"透过心境重塑身体。只要拥有面对战斗的心境，一切将变得截然不同。从呼吸到步法、视野、思考……全都会重塑为战斗专用的状态。连运用肌肉的方式也会改变，感觉或许就像变成另一个人。面临应战之际，要凝聚身心全神以赴。这是武术的入门训练。我们家却只顾着追求这一点，就结果来说是追求太过火了。"

她这段仿佛轻蔑自己的台词，让我不解地歪歪头。

"干嘛不高兴，只要够强就好了，也不会像我一样失手被围殴。一瞬间解决三个大男人，你的我流功夫还真厉害。"

我想起与两仪相遇时她那利落的身手说道，她似乎有点吃惊。

"那可不是我的功夫，只是依样画葫芦模仿别人罢了。再说，我还没用过我家流派的武术。"

两仪轻描淡写地说完可怕的话，又一头栽回床上睡着了。

◇

……蒸气从某个地方冉冉冒了出来。

咻——咻——的声响,仿佛来自童话故事之中。

没有开灯,房间好黑。

这里好热。

唯一的依靠只有烧炙铁板的声响,与如溶岩般的红光。

四周的墙壁上并排摆着大大的坛子。

细长的管线散落一地。

一个人也没有。

只有蒸气声与水咕嘟嘟的冒泡声。

夜晚来临,我突然睁开眼睛。

我做了一个——讨厌的梦。

咔嗒咔嗒咔嗒咔嗒。

看看手表,时间刚过凌晨三点,距离起床时间还有很久。

望向床铺,没找到两仪的身影。

……那家伙,偶尔会在深夜出门散步。话虽如此,也不必挑草木都已沉睡的时候在外面漫步吧。

要去接她吗?我明知道为了留在这里过夜,尽力不接触对方的私生活是不成文的规定,还是浮现这个念头。

一直烦恼到最后,我站了起来。

就算两仪强得不得了,她依然是与我同龄的少女。更何况,那家伙的服装也足够吸引深夜在外闲逛的蠢蛋们注意了。

我正下定决心来到走廊上,发现玄关大门无声无息地打开。

少女一如往常地穿着和服配皮夹克,伫立在门口。

两仪依旧无声无息地关上门。

"怎么,你回来了啊。"

我总觉得兴致勃勃却被打断,忍不住向她开口。

两仪瞥了我一眼——

有一瞬间,我以为会死在她手中。

没开灯的走廊一片昏暗,唯独两仪的眼眸闪烁着蓝光。
我什么也做不到。我甚至无法呼吸、无法正常思考,仅仅呆立不动。
"——就算是你也不行。"
她的声音响起。我回神时两仪已穿越我身旁,烦躁地脱下皮夹克扔在床铺上。
两仪坐在床上,靠着墙抬头注视天花板。
我忍住残留在背脊的恶寒走回房间,往地板坐下。
一段漫长到几乎让人丧失意识的沉默流逝——少女突然开口。
"我刚才去杀人。"
听到这句话,我该怎么回答才好?是这样啊,我只有点个头。
"不过却白跑一趟,我今天也没找到想杀的对象。刚才在走廊看到你,我想挑你下手或许就能满足,结果还是不行,杀了也没意义。"
"……我还以为自己死定了。"
我老实地说出心声后,两仪回答"所以我才说不行啊"。
"我想要感受到自己还活着。不过,光是杀人没有意义。毫无目标地深夜在街头漫步,简直像个幽灵。我迟早——会毫无理由的杀人。"
两仪看来好像正对着胭条巴说话,其实却没在跟任何人交谈……她有如毒瘾发作的吸毒者一般茫然失神。
这种情况至今从未发生过。刚和我邂逅时的两仪即使深夜会出门散步，也不至于像这样带着满身的杀气回来。

"你是怎么了？两仪。这么消沉根本不像你，振作点！"

很奇怪的是——我居然一把抓住至今不曾碰触过的少女肩膀。

真不敢相信，比任何人事物更加超然的她……肩膀竟是如此单薄。

"……我很振作。夏天也有过这种感觉，那个时候也是……"

两仪好像察觉了什么不好的事，话声半途中断。

我放开她从床边离开。

两仪不再靠着墙，横躺在床铺上。

"喂，两仪。"

我试着呼唤，但没得到响应。这家伙以前曾说心是看不见的。因此，她绝不会对别人吐露肉眼看不见的烦恼。

没错——两仪是孤独的。

虽然过去的我也一样，却还是结识了几个泛泛之交蒙混过去。

但这家伙应该没有点头之交吧。她和我不同，连细节都完美无比，不需要粉饰寂寞。

"两仪，你有朋友吗？"

我的背靠在床边，发问时不去看少女的脸庞。

"有。"两仪思索了一会后回答。

"咦，有吗？你居然有朋友!?"

两仪冷静地点头，与我大吃一惊反应正好相反。

"这样就好解决了。即使是吐吐没有意义的苦水也好，碰到沮丧的时候，就把满腹牢骚全部发泄给他们听啊，就算只是一时发泄也会轻松不少喔。只要抛开自己的烦恼，跟朋友们随便闲扯就行了。"

"……他现在不在，跑很远的地方了。"

少女的回答，令我什么话都说不下去。两仪的声音听来十分寂寞，或许只不过是我的错觉，两仪举起拳头用力捶打床铺，自顾自地开始发火

"那家伙实在太任性了！自己明明总是想到了就跑来我家，却只给了我电话号码。夏天还昏睡了整整一个月，为什么我得为了这种事烦躁得要命！"

她气得碰碰啪啪地大闹起来。

这一回，我真的不敢相信眼前的景象。

那个两仪居然在床上挥舞手脚，闹起脾气——

不，实际上或许没有闹脾气这么简单，她可能正拿着刀子在戳枕头。谁叫床上传来的声响从碰碰啪啪变成了噗嚓噗嚓。

我不敢确认真相，决定不要回头去看两仪。

闹了一阵子之后，两仪安静下来。

无论如何，我非常羡慕那个足以让两仪如此失态的朋友。

我很想问问关于那家伙的消息。

"喂，两仪。"

"⋯⋯"

大概是心情还没恢复，两仪没有响应。我毫不在意地往下说。

"你说的朋友是怎样的家伙？在高中认识的吗？"

"⋯⋯是啊，我们在高中认识的，是个像诗人一样的家伙。"

两仪以感情空洞的低语回答。

那个朋友哪些地方像诗人？和你同年吗？是男是女？我决定不追问这些，即使我知道了也没多大的意义。

"你深夜跑出去散步，是因为那个人吗？"

两仪思索了一会。

"不是。夜间散步是我的兴趣，杀人冲动也只属于我一个人，和谁都没有关系。这是我个人的问题，我也很清楚自己现在处于

什么状态下……哼,简单的说,现在的我漂浮不定,甚至让你都感到不安。"

两仪有如事不关己般淡淡的叙述道。

"不安,我才没觉得不安……"

"你明明才刚说过,以为自己死定了。"

她悦耳的声音落在我的颈背上……仿佛有条冰冷的蛇沿着我的脖子爬过。有这么一瞬间,我怀疑躺在背后的那个人是否真的是人类。

"看吧,你刚刚又动了这念头。不过你搞错不安的方向了,我之所以杀人是因为缺乏活着的真实感,你不包括在范围之内。"

……什么意思?她想说即使杀了我——胭条巴,两仪式也不会开心吗?

"可是——对了,你还是该找个新的藏身之处,胭条。我虽然没有活着的真实感——不过两仪式一定喜欢杀人。"

两仪如同告白一般严肃地悄然呢喃。

她用偏低的声调吐露不安的心情,话声断断续续……可恶,这女人本来就离我很远,现在感觉更在千里之外。

这令我有所领悟,我有多怕这个家伙——受她吸引的程度就有多强烈,不,是更凌驾于恐惧之上。

"——笨蛋,你才不是那种人!"

总之我就是想否定两仪的话语,接着往下说。

"你只是情绪不稳而已。赶快联络你那个朋友,把什么天大的麻烦问题通通扔给他。交朋友不就是为了互相打气吗,没有彼此交心的话迟早会分开——"

我一口气讲到这里后突然中断。就像刚才的两仪,我在感情的驱使下脱口而出,发觉了不该发觉的事实。

"——就是这么回事。我先睡了。"

我满怀苦涩地抛下一句总结，躺在地板上。没理会两仪后来说了什么，选择睡觉。

今晚我没有自信再跟两仪继续正常地谈话。

……理由很简单，我方才所说的话深深刺痛自己的心。

没错。无论再怎么尝试，都轮不到我扮演她的朋友。

— 4 —
矛盾螺旋 4

　　那一天，我人在初次遇见两仪的暗巷中。

　　尽管现在还是白天，只要没有行人来往，此处连街头的种种噪音都听不见。当时的血迹早已消失无踪，我独自伫立在巷内呼出白雾。

　　咔嗒咔嗒、咔嗒咔嗒。

　　十月进入尾声，自从我抛下家庭、工作与一切逃跑后即将满一个月。

　　然而，警方似乎没有通缉我的迹象。

　　不仅如此，我明明每天经过百货公司检查电视新闻，却从未看到我犯下的命案报导出来。我还翻阅过不少报纸，依然找不到相关报导。

　　那起命案和一般的街头命案类型不同。肯定会勾起电视观众的兴趣，不可能轻易当成意外处理掉。

　　"——难道——还没有人发现尸体？"

　　我听着自己喃喃自语，差点吐了出来。

　　我根本不在乎那些家伙有什么下场——可是一想到尸体整整放置一个月无人发现的场面，强烈的忧郁侵蚀着我。

　　还是回去看看情况吧——不，这可不行。我没有勇气这么做，何况警察说不定已埋伏在现场守株待兔。

　　无论如何，我所能做的只有从外部收集消息而已。

　　——只要一次。

只要电视报导出那起命案一次，我可以做个了断从两仪眼前消失。一旦胭条巴是杀人犯的消息传遍社会，我将对两仪造成困扰，这理由足以让我割舍心中的留恋离开这座城市。

"可恶，为什么——"

为何我离不开两仪？

咔嗒咔嗒、咔嗒咔嗒。

风势开始转强，我随着凛冽北风的驱逐朝巷口走去。

我在马路上走了一段路，在遥远的斑马线上发现两仪的身影。除了那家伙之外，没有第二个人会穿着和服配皮夹克。

我远远地看着她——找到一张熟悉的脸孔。

他是那一晚追逐我的不良少年之一，促成我和两仪相遇的原因。那家伙踏着熟练的步伐，极为自然地跟在两仪身后。

咔嗒咔嗒、咔嗒咔嗒。

——情况有些不妙。

我躲进人群之中，开始跟踪跟踪两仪的男人。

那家伙跟着两仪走了一段时间后转头离开，由当时的另一个小混混接手。

那伙人似乎无意对两仪不利，仅仅在跟踪她。话说回来——依照他们的水平来说，这次的跟踪行动有条不紊得让人大吃一惊。

监视他们一小时之后，我想到应该找出那些家伙换班后去了什么地方。

那个挨过两仪一记飞踢痛得打滚的家伙，正好结束跟踪慢慢走远。我快步追上去，看到那家伙走进我刚才去过的暗巷。

——是陷阱。

不管是为了什么，有陷阱出现无疑是种不祥的象征。

我在通往暗巷的羊肠小道入口处停下脚步，定睛凝视巷内。从这个位置，不知能不能设法查出他们的企图。

我眯起眼睛望去,发现有个人影站在那里。

那身穿酒红色长大衣的修长人影,应该属于男性。

他留着长长的金发,脚边跟着一只黑色德国牧羊犬。即使远远眺望,也看得出他脸上瞧不起人的势利神情——

对了——这家伙到底是什么人?

"■■■■■■■——"

一串流畅的发音掠过耳畔。

我赫然回过头,发现背后什么人也没有。

我连忙回望暗巷,可是穿大衣的男子也消失无踪。

冰冷的北风呼啸而过,我的身体格格打颤。

我抱住与胭条巴的意志无关兀自颤抖的身躯,拼命忍下莫名想哭的冲动,感觉到秋季与我的末日即将到来。

◇

那一夜的小混混们正认真地监视你。到了晚上,我告诉两仪她遭到跟踪。

然而,两仪的回答却一如往常地简洁。

"这样啊。"

然后呢?她以毫无阴霾的眼眸问道。

只有这一次,我的理智终于失控。

"什么叫然后呢?监视你的人可不只那伙人而已!你对穿红大衣的外国人没有印象吗?"

"我可不认识有那种闲情逸致的人。"

两仪就此打住,不再对跟踪话题有所反应。

她大概失去了兴趣。只要她判断一件事对两仪本人来说很无趣,无论事情将对自己造成多大的影响,她都会放着不管。即使蒙上杀人的罪名也不在乎，在她眼中重要的并非外界评价，唯有自己的心情。

……啊，我也希望能像她一样豁达，觉得如此自然而为的两仪十分高洁。但只有这一次是例外。

那些家伙——不，那家伙是真货。

他的危险性不是我或其他小混混这些赝品、人造物能够相提并论的，他和两仪一样散发出纯然令人生惧的气质。

"听我说！这可不是事不关己的问题，你正是当事人！好歹也顾虑一下我有多担心好吗！"

也许是对大吼大叫的我感到厌烦，和服少女利落地在床上盘腿坐起仰望着我。

我想，这一刻我真的发起脾气了。

理由并非两仪对自身的危险太漠不关心，还要更单纯。也就是——

"嗯，你说的跟踪问题的确与我有关，不算事不关己。但你为什么要替我担心？"

那是因为——

"笨蛋，我当然担心了。我不希望你遇到危险，因为我——对你有意思。"

现场针锋相对的气氛瞬间静止。

……说出口了。马上该消失的我，冲口说出绝不能告诉她的心声。

这句告白——为了我自己着想，明明比任何事都更不该诉诸言语。

两仪看着我，仿佛看到什么不可思议的东西。

几秒钟之后，和服少女大笑。

"哈哈哈，你在说什么！你怎么可能会对我有意思。你是被那个穿红大衣的男人给催眠了吗？你仔细回想，当时附近一定有出现什么奇怪的声音！"

两仪——式笑了起来，没有当真。

她不知有什么信心，斩钉截铁地认定这不可能发生。

我当然不肯认同。

"不对！我是认真的。见到你，才让我开始觉得人是长得这么美，好不容易见到跟我很相似的人。你是货真价实的。为了你，我什么都做得出来——"

我抓住两仪的双肩，从正面直瞪着她大喊。

两仪收起笑声，回望我的眼眸。

"哼，是吗？"

她的声音干涸。

两仪伸手抓住我的衣领——我活像张纸片似的转了一圈，仰天跌在床上。

手持刀子的两仪架在我身上——

"那么，你愿意为我而死吗？"

刀刃触及我的咽喉。

两仪的眼神毫无变化。

她会一如往常漠不关心地挥刀，漠不关心地杀了我。

她问的不是"你能为我贡献什么而死吗？"。

她的意思是，"我要为了追求快感杀你"。

——除了杀，这家伙对爱情一无所知。

我很怕死，现在也怕得动弹不得。不过再逃避也逃不了多久。身为杀人犯的我迟早将遭警方逮捕，再也无法回到正常社会。不如——

"好啊，我愿意为你而死。"

我说出口。

两仪的眼眸逐渐恢复人的生气。

"随你高兴,反正我的未来已经完了。我杀死父母,一个不走运就会被判死刑。既然都是死路一条——比起上绞刑台,由你下手应该利落得多。"

"杀死父母?"

两仪重述一遍,刀子依然抵着我的咽喉。

在死亡前夕,我开始倾诉隐瞒至今的记忆。这一定是因为——我想在死前试着做一场告解吧。

"没错,我杀死了父母。我的双亲很差劲,瞒着我偷偷借钱玩乐度日。那一天我的忍耐终于到了极限,握着菜刀一次又一次——免得下手太轻人没死透——一次又一次地搅动内脏。我家连暖气都没装,那晚不是很冷吗?冷得连呼吸都变成白雾,人类的内脏反而比较温暖。热气从人类的肚肠里冉冉上升,可是一辈子未必看得见一次的奇景喔!嘿嘿,真是的——我对一切都感到麻痹,觉得很可笑。手指放不开菜刀,手也一直塞在肠子里搅来搅去。渐渐地,我越来越分不清自己是为了杀死父母,还是为了搅动肚肠才刺杀他们,甚至分不清我刺了又刺的肉体是不是人类——"

我哭了吗?我心中想着却没有流泪,反倒异样地神清气爽,我杀了那对差劲的父母,得到真正的自由。

"——巴。你为什么要杀他们?"

眼前的女人问我。

我思考着,为什么我要杀了他们?

为了憎恨?觉得厌烦?不,驱使我的感情没这么好听。

我——很害怕吗?

"我好害怕。我——做了梦。

我下班回家后上床睡觉,没过多久就听到隔壁传来爸妈的争吵声,纸门被人拉开。发现我爸浑身是血,我妈就站在那儿。直接刺死我之后,她也割喉自杀。一开始我还以为自己就这么死了,可是一到早上睁开眼睛,那些惨剧并没有发生。那是梦,一场无聊的梦。

我一定是想杀父母却不敢下手,才会做那种梦。后来——我每天都重复做着同样的梦。那场梦每天不断重复着。虽然只是梦,我可是天天目睹那一切啊,我再也忍受不了。我害怕自己被杀的那一晚,不想再做那个梦。所以——为了不再做梦,我只不过是在被杀前抢先宰了对方。"

没错,那一晚,有事找我的老妈一拉开纸门,我就拿出藏好的菜刀狂刺过去。

我仔仔细细地杀了她,把死在她手上无数次的愤怒一扫而空。我得到自由了,再也不会被那对差劲父母和恐怖的梦所束缚。活该!真爽。我渴望到梦中追寻,不,是连作梦都不允许的自由到手了!从此以后,没有什么事能让我害怕——可恶,多么——污秽的自由。

"——你真笨。"

两仪认真地说。这份不假修饰的直接,反倒让我觉得痛快。

她说得一点也没错。我头脑不好,想不到其他逃避之道。不过我不后悔。即使到头来被警方逮捕,总比那段日子好上几分。

……只有一件事,我在告白自身的罪行后才发觉。

我是只顾自己的人。像我这种家伙就算是真心的,也不该说出喜欢谁……连说出口的资格也没有。两仪之所以笑着没当真看待,也是当然的反应。不过……只有我想保护她的心意,是货真价实的。

那明明是身为假货的我唯一的真心,我这肮脏的杀人犯居然玷污了这份感情——要说后悔的话,我正为此感到后悔。

一察觉这个事实,刚才驱使我激动难抑的热病,有如被新品取代的旧电视般迅速冷却。

"虽然如此——"

我并不后悔杀了他们。

巴在内心深处说,非得杀了他们不可。

两仪将目光放远。

她透彻地观察着,仿佛要看透我胭条巴的核心。

"——真是大错特错。忍耐明明是你的优点,结果你却选了痛苦的那条路。第一次见面的时候,胭条巴正要抹杀胭条巴。失去未来,变成空壳的你,也跟现在一样想死是吗?"

……心血来潮想杀了我的少女。

……我愿意死在她手中的少女。

两者都向我发问。

……我也不知道。

那一夜,我毫不在乎自己有何下场。打死对手也无所谓,反过来被人打死同样无所谓。不过,我也不想死。当时,没错……我只是觉得要活下去太艰难了。

漫无目标地活着,像个假货的我多么不堪。明明想死却没勇气自杀的我很丑陋,我不愿继续下去。

即使在我对两仪吐露罪行的此刻,我一样不想死。

——反正人终需一死,我只是死得比其他人更早一点、更不堪一点、更没价值一点。

……我懂了,我一定无法忍受这种没价值的无聊死法。

与其死得如此难堪,干脆——

"——为你送命还更有价值。"

"我拒绝。我才不要你的命。"

刀子移开了。

两仪像只失去兴趣的猫,从我身上离开。

两仪可能预定前往什么地方，拿起皮夹克准备出门。

我唯一能做的只有默默注视着她。

"胭条，你家在哪里？"

两仪的声音和我们首度相遇时一样冰冷。

……我们家一直到处换租房子。每住上半年不是付不出房租，就是因为讨债集团闹得太凶被房东赶走。我很讨厌——从小就很讨厌这流离失所的感觉，渴望有个平凡的家。

"你问这个做什么？某栋公寓的４０５号室。"

"不是那个，我在问的是你想回去的家，听不懂就算了。"

两仪打开大门。

离去时，少女头也不回地说。

"再见，想到的话欢迎随时再来。"

两仪消失了。

只剩我一个人的房间看来太杀风景，仿佛只有黑白两色。

我怀抱着生锈的心，仿佛一切全都褪色般注视着一个月以来居住的房间，起身离开。

5

矛盾螺旋 1

冬季来临。

就像今年夏天对我来说很短，今年秋天对这座都市来说也很短暂。

越过事务所窗户眺望的街景，笼罩在随时都可能飘雪的寒空下。

或许，是往年不曾出现过的异常气候抹消了四季之中秋这个字眼。最近的日子毫无秋天的残影，令我不禁如此想象。

没错，秋天像匹全速奔驰的赛马，在从九月末到今天十一月七日的短短期间狂奔而过。

这段日子里，我从十月初起到亲戚经营的驾驶训练班上课。

这间驾训班是位于长野乡下的住宿学校，让学生接受三星期密集的住宿训练，花费的时间比一般驾训班来得短。

我不太想离开这座城市将近一个月之久，却难以回绝亲戚的邀约，何况上司橙子也赞成，让我不得不参加集训。熬过不知是住进驾训班还是收容所的三星期后，我这才回到出生长大的故乡城市。

"……呃，姓名栏写着'黑桐干也'。"

我手持驾照，没有意义地念出上面的文字。

小小的驾照上清晰印着我的姓名，以及籍贯、出生日期与现居地址，还有张证件照。驾照其实只记载了最低限度的个人资料，却是一个人所能拥有的身份证明中用途最广泛的证件——这一点，实在令我不可思议。

"这张驾照证明了什么资格呢？橙子小姐。"

橙子小姐正躺在房间一角的床上睡觉，我这么问她。

当然，我不期待得到回答。

"——算是契约书吧。"

然而，她却规规矩矩地作答。

她得了重感冒病倒，大约一周以来都卧床休息。

本来发烧到三十八度而昏睡的橙子小姐，似乎刚刚醒来。

至于原因——多半是肚子饿了。

毕竟墙上的时钟即将指向中午十二点。

我正待在公司的事务所里。

严格来说，是事务所那栋大楼四楼，平常很少获准进入的橙子个人房间。我将椅子拉到窗边坐下来看着刚取得的驾照，橙子小姐正躺在床上。

……其中不包含什么香艳的成分，她只是感冒一直都没好才卧床休息。结束集训回来后，等着我的默默散发出责备之意的式，还有被感冒击倒的公司社长。

她们的关系似乎在我离开期间变得更亲近，但式一口拒绝照顾生病的橙子小姐，甚至还毒辣地抛下一句"你干脆发烧发到脑浆融化好了"……一如往常地冷血的式，是我从高中时代结交的朋友，她全名两仪式，性别女，因为讲话口气粗鲁，偶尔会被误认成男生。

另一方面，躺在我眼前、额头敷着湿毛巾的女性名叫苍崎橙子，是我就职公司的所长。

因为全社只有我一个员工，公司两字实在说不太出口。

她是个天才，也和其他天才的例子一样，来往的朋友不多。她得了感冒之后也没去看病，只是整天昏睡。橙子本人豁达地表示，现在我的体内没有对付今年感冒的抗体，生病也是无可奈何。

……既然无力抵抗病毒，现在更不是整天昏睡的时候，但身为魔术师的橙子小姐不肯去看医生。一定是自尊心的影响。

由于上司病倒，即使我在相隔一个月之后回家，却没什么机会跟式碰面，被迫照料生病的橙子小姐。

契约书。

橙子小姐这么随口回答，拿起放在枕边的眼镜。

平常的她气势太凌厉，让人想不起她是美女。

不过得重感冒的她看来沉稳又美丽，简直判若两人。橙子小姐继续说话，大概是想藉此令睡迷糊的意识恢复清醒。

"驾照是代表你已学会开车技术的契约书。

重点明明在于学到什么，这个国家却本末倒置。只要有真才实料根本不需要什么证据，大家却为了得到资格去学习，而不是透过学习的成果取得资格。一个只剩下用来证明'我学到这么多！'的资格，不就像契约书一样。"

就某方面而言是个兜圈子的无解争论吧？橙子补充一句话，坐了起来。

"可是，资格不就是这种东西吗。人人都是抱着某种目的才用功学习啊。"

"当然也有相反的例子。在这个兜圈子的关系中，目的与结果、行动与过程也会反过来。有些人不是考上驾照之后才学会开车吗？还有人没去驾训班补习，就直接考汽车驾照的。"

橙子小姐戴上眼镜后语气会变温柔，今天又受到感冒的影响，让她的用词遣字更加亲切。

顺便一提，这个人考汽车驾照时是突然跑去监理所，于笔试与实测两方面拿下无可挑剔的成绩，在主考官的白眼下通过考试。

"我听说过有人没去驾训班就直接考取驾照，原来是橙子小姐直接考上的……说得也是，所长去驾训班补习的样子——"

——太恐怖了，难以想象。大概是我吞回腹中的后半句话惹她不悦，橙子皱起柳眉瞪过来。

"干也，你真没礼貌。当时我还是学生，就算出现在驾训班补习没什么好奇怪的。那时候的我跟一般大学生没两样。"

橙子不满地闭上眼睛，这么告诉我。

……原来如此。听她一提，我才想到橙子小姐也曾有过十几岁的青春期。我想象着她学生时代的可爱少女模样，忍不住倒抽一口气。我想象中的画面，可是足以令心脏抽痛的强烈精神攻击。

"……总觉得那是比现在的你更遥远的异次元耶，所长。"

"……你都这样当着病人的面说出真心话吗？"

那是当然的。平常总是受她欺负，我不趁橙子小姐虚弱时反击一下怎么保持平衡。

当我站起来准备替换湿毛巾，橙子说了句"我饿了"直接表明需求。令人头疼的是，预先准备好的稀饭已在今天早晨见底。

"干脆叫外卖好了？吃昏月的鸡蛋乌龙面怎么样？"

"啊——那个我吃腻了。干也，你可以煮点东西给我吃吗？你一个人住在外面，大部分的料理应该都会煮吧？"

……到底是谁散播了"一个人住等于会煮饭"的成见？面对橙子小姐满怀期待的眼神，我耸耸肩，断然地宣布有些残酷的事实。

"不好意思，我只会煮面而已。其中最简单的是往杯面注入热水，最复杂的是煮熟意大利面。如果你想吃这些，我就借用厨房料理一下。"

不出所料，橙子小姐回了我一个露骨的嫌弃表情。

"那今天早上的稀饭呢？味道不像从便利商店买来的。"

"稀饭是式煮的。她本人很少做菜，不知为何却很擅长和风料理。"

喔，橙子小姐意外地眨眨眼。我也有同感，不过式的厨艺真的好到足以把专业厨师比下去。

两仪家乃是豪门，式本来就尝遍美食。她本人虽然什么都吃，那是因为做菜的人不是她，只要味道别太夸张她都不在意。一旦由式下厨，代表煮出的菜必须达到她能够接受的水平，从结果来看，难怪她的厨艺会进步。

"——我好惊讶，没想到式居然做饭给我吃。不过，她对用刀的确很有经验……真没办法。帮我把桌上的药罐全都拿来好吗？"

得知没东西可吃之后，橙子小姐又躺回床上。

当我拿起桌上的三个药罐——一张照片跃入眼帘。

看来应该是在外国拍摄的，照片中映出石砖道，一座很像电影中会出现的时钟塔，三个人并肩站在随时可能飘雪的阴沉天空下。

是两个男子与一个少女。

两名男性都很高，其中一个应该是日本人，另一人像当地居民般融入周遭环境，看来很自然。

不——是那个日本人散发出的印象太过强烈。

其存在感之强，将一脸沉郁之色的日本人与背后的景物分割开来。从前，我曾经近身感受过这股让人难以呼吸的沉重感。

……没错，不正是在那个无从忘怀的雨夜吗？我凝视着照片想确认清楚，看到了更令人印象深刻的身影。问题在于那个少女，她站在穿类似漆黑和服大外套的日本人与穿红色大衣的金发碧眼美男子之间。

一头如黑檀般乌黑的发丝,甚至衬托得日本人的外套颜色仿佛都变淡了。她直达腰际的秀发与其说是长发,更像某种美得过火的饰品。

少女沉静的容颜残留着青春期的稚气,

即使隔着照片也华丽得足以夺人魂魄。

或许,她就是将如暗处鲜花般幽美的日本幽灵,与外国童话中的妖精融合而成的结晶。

"橙子小姐,这张照片——"

我不知不觉喃喃地问出口。

躺回床上的橙子小姐脱下眼镜回答。

"嗯?啊,他们是我的旧识。因为想不起他们的长相,我才从相册里拿了照片摆出来——和他们结识,算是我在伦敦时唯一的疏忽吧。"

脱下眼镜的橙子小姐,口吻变得判若两人。

我的朋友两仪式曾是有些模糊难辨的双重人格者,苍崎橙子却能真正像按开关一样彻底切换人格。

根据本人表示,她切换的不是人格只是性格,不过在我眼中相差无几。

一言以蔽之,脱下眼镜的橙子小姐很冷酷。

冷酷的言行举止、冷酷的思想、冷酷的理论——脱下眼镜的她,正是由这些描述构成的人物。

"那是多少年前的往事了?当时我妹妹正要读高中,算一算也有八年以上了吧,我虽然擅于记住别人的脸,却很不擅长回忆。缅怀故交只是白费气力而已,我也懒得整理清楚。"

橙子小姐依然躺着,沉浸在思绪中开口……

我很难想象她竟然会聊起自己的往事,看来橙子小姐说她第一次感冒是真话。这便是俗话说的"罗汉也有病倒时"吧。

"伦敦——你是说英国首都吗？"

我将三罐药放在橙子小姐枕边，从附近拉张椅子坐到床边。

橙子倒出药丸吞下后，继续躺着说话。

"没错。当时我刚离开祖父那边，没地方可住。我心中盘算，没有技术和资金从零开始建造工房的新手魔术师，唯一的路就是加入大型组织旗下。和大学一样，虽然机构本身处于陈旧、损耗和衰退之中，但设备是无罪的。他们在大英博物馆后面有古今东西的研究部门，不愧是现在有半数魔术师加盟的协会，收藏量比我期望的更丰富。"

橙子小姐像发高烧般喃喃自语，脸色越来越苍白。

你刚刚吃的药丸难道不是感冒药，而是毒药？我忧虑地问。橙子回答那可不是毒药，打消我的不安。

"难得有这个机会，让我再多说一点……二十来岁的小丫头很难前往协会留学，何况苍崎家又被当成异端看待。为了进入学院，我选择专攻如尼符文魔术。当时如尼符文很冷门，学习这种魔术的人数不多，学院方面也需要相关的研究员。

于是，我在学院待了两年让如尼符文趋于稳定，又花了数年时间接近图勒会收藏的原版符文，终于建立自己的工房。

我全心投入目标所在的人偶制作中，某一天，我遇到了那个男子。他的经历很特别，原本是台密僧侣，一个犹如地狱般的人。他拥有强韧的意志与历经锻炼的躯体，恰似一心熊熊燃烧的业火。

黑桐，我说他像地狱，是假设地狱这概念若有自我意志，幻化成人之后会是什么样子。

那家伙正是如此彻底地不接纳他人，仅仅汲取他们的痛苦。他身为魔术师的能力有很多缺陷，却凭借自己的强韧凌驾于任何人之上——在那个时候，我很中意这个笨拙的家伙。"

橙子小姐眯起眼睛，仿佛盯着回忆中的男性。她的眼神复杂难解，似憎恨又似哀怜。

　　这样吗。我听不太懂这番话，总之应了一声。

　　别违背病人的意思，是照料病人的诀窍。

　　"喔，橙子小姐制作人偶的手艺是在外国学到的啊。"

　　没错。听到我显然不合时宜的问题，橙子小姐却一脸认真地点点头……没救了，她连玩笑话也都听不懂。

　　要我听她自言自语没关系，可是身为听众，不了解话中的意思总是有些过意不去。如果要聊魔术方面的话题，我希望她去找式或鲜花谈，烧得昏昏沉沉的橙子小姐却越说越热衷。

　　"我会着魔于人偶制作，是为了透过完美的人类雏形到达'空'。那家伙与我相反，不从肉体而从灵魂开始。简单的说，就像无法检测的箱子里的猫，他试图透过可能'有'或'无'的东西达到'空'。肉体有明确的形体但也因此不透明，无形的灵魂却是透明的。就是某个心理学家所提倡的集体无意识，沿着那段连锁追溯即可抵达中心。

　　总之，我和他都在追寻原作，也可以称作唯一的根源、人类的原型。现在的人类区分得太繁复，已化为复杂到不可能检测的属性与系统，无法到达根源。换个说法，属性跟系统就是命运。和公式一样，人们被赋予某些能力及角色，将结果表现在人生上。也只能表现出既定的结果。因为基因只被赋予那些能力，理所当然如此。要说这是命运的话，也算是命运吧。

　　灵长已变得太复杂，是过度追求万能，替生命附加种种能力导致的结果。

　　作为构成人类信息的基因，只是四种盐基罢了。

　　然而这四种盐基交叠出的单纯螺旋，却借着无止境的累积陷入不可能测量的矛盾中，无法进行分析。现代的人类不可能追溯至根源。

　　既然如此，我认为自己创造是唯一的方法。结果非常失败，无论再怎么竭力尝试，制作出的全是完美的我。"

　　大概是先前吃的药发挥功效，橙子小姐的脸庞恢复血色，瞪视半空中的眼眸也逐渐泛起睡意。

　　"可是——那家伙应该还在挑战吧。看得见人类'起源'的家伙，由于追求灵魂的雏形被师父逐出师门……事到如今还和这种事扯上关系，真是因果报应。听着，黑桐。你这人太脱线，我就事先提醒一声。不论如何，都别接近照片上的男人（僧侣）。"

　　橙子小姐鼓起最后的力气说完后，直接闭上双眼。

　　她女性化的胸脯上下起伏，静静地呼吸。想必是药效令她落入梦乡。

　　我替橙子小姐换了一条新毛巾敷在额头上，走出房间以免妨碍她的睡眠。

　　隔壁的事务所内空无一人，
只有某间位于大楼周边的工厂传来尖锐的机械音。

　　我感到声波的余音打在肌肤上，喃喃自语。

　　"——叫我别接近他也没用啊，橙子小姐。我早在两年前便认识那个人了。"

　　我并不知道，这个事实有什么意义。话说回来，我甚至无法确定当时搭救我的人是否真的是照片上的人物。

　　我心中对于照片男子的印象朦胧不定，橙子小姐发烧时说的话也像拼图碎片般支离破碎。

　　朦胧不定的东西会召唤朦胧不定的言语。事情明明这么简单，方才的平稳气氛却已散去，让人难以呼吸。

　　唯有无法诉诸言语的不安，令我的背脊打了个寒颤。

6
矛盾螺旋 2

一夜过去,

时间来到十一月八日下午。

天气依然跟昨天一样乌云密布,没安装电灯的事务所宛如废墟般昏暗。

由于只有我和橙子小姐两人,事务所的空间显得太大了。不仅桌子大得足以供十人并排而坐,还有待客用的沙发。可惜地板是裸露在外的混凝土,墙上更连壁纸都没贴,不过只要人数够多,看起来应该像间有模有样的办公室。但包括我在内,目前也只有三个人在场。

窗边的所长办公桌后不见橙子小姐的身影。也许昨天那些药很管用,她今天起床时感冒已经痊愈,出门不知到哪儿去了。

在所长缺席的事务所中,我正在订购建材与调查价格,以供下个月即将展开的美术展布置会场时所需。

我一手拿着橙子小姐的设计图,试着低价购入工程需要的建材。

她的想法是"成品做得出来就好",不肯费心处理这些麻烦细节,到头来只得由身为社员的我一肩扛起。

我和建材商的名单大眼瞪小眼,找出适当的厂商后打电话去交涉,再换下一家。除了分不清是忙碌还是充实的我之外,事务所内还有两个人。

一个是茫然坐在待客用沙发上的和服少女,不用多说正是两仪式。她端坐不动,什么也没做。

另一个穿黑色制服的女学生,坐在离我最远的桌边不知忙着什么。那家伙背后披泄着一头长发,与式形成对照,名叫黑桐鲜花。

从她与我同姓这点就能看出我们的血缘关系,我妹妹鲜花是高一生。

她生来身体虚弱,十岁时因为都市的空气对身体有害被送到亲戚家寄养,从此我们偶尔才见上一面。记得和她最后一次碰面,是我升高中那年的新年。当时她还是稚气未脱的女孩,今年夏天与鲜花重逢时,我却有点吃惊。

好久不见的妹妹出落得像个大家闺秀,让我不禁怀疑她真的有我们家的遗传吗?

看来光是出生家庭与环境的差别,就能让人长得亭亭玉立。鲜花的神态也变得凛凛生姿,一点也没有从前的柔弱。一方面是因为错过她十岁到十五岁的成长期,我甚至有一阵子无法实际感受到她就是我妹妹鲜花。

我朝坐在远处办公桌旁的鲜花瞥了一眼。

她桌上叠着好几本比广辞苑更厚的书,正热切又安静地抄写着……那是橙子小姐出门时留给鲜花的作业。

虽然昨天和橙子小姐谈到的沉重话题令我忧郁,不过就当下而言,我最烦恼的说不定是这件事才对。

"哥哥,我拜橙子小姐为师了。"

鲜花不知道在想什么,她一个月前如此告诉我。我当然加以反对,妹妹却坚决不肯听劝……真是的,为什么像我们这种循规蹈矩的平凡家系里,非得出现魔法师之类的怪人?

"鲜花。"

电话告一段落之后，我向对面的妹妹开口。

鲜花先将手边抄写的文章写完，轻轻一甩黑发抬起头。

她明明好强却也文静高雅的眼眸有礼地看着我，仿佛在问"什么事？"。

"我知道今天是你们学校的创校纪念日所以放假。不过，你怎么会跑来这里？"

"哥哥，偶尔回家露个脸吧。我学校的宿舍失火暂时关闭了，校方要求住得近的学生尽可能暂时离开宿舍，妈妈也知情。"

她回答时的沉着声调与眼神，让我想起高中时代的班长。

"失火——导致宿舍全毁的大火吗？"

"范围只有东馆，一年级生与二年级生的宿舍被烧掉一半。校方封锁了消息，电视上没播报出来。"

鲜花干脆地说出惊人的事实。

如果礼园这种著名贵族女子学园的宿舍被大火烧毁，消息不论真假与否都将化为丑闻。正因为礼园占地之广足以与大学相提并论，才有办法隐瞒火灾的发生。

可是，学生宿舍失火听来危险性极高。依照鲜花刚刚的口吻，我能够轻易想象有人纵火——更是学生下的手。

"哥，你是不是在胡思乱想？"

鲜花瞪了我一眼，仿佛看穿我的思绪。

……自从夏天的事件发生后，她很讨厌黑桐干也被牵扯进麻烦之中。一旦陷入这种状况，我们会默默地对峙一段时间，因此我切换话题。

"更重要的是，你在干什么？"

"这和哥哥无关。"

不知是否明白我想说什么，鲜花的回答拒人于千里之外。

"怎么会无关。亲生妹妹立志当上魔法师，叫我如何向爸爸

119

交代。"

"哎呀，你愿意回家了吗？"

"……呜。"

这家伙明知我跟双亲大吵一架，目前正断绝关系。

"而且，魔法师和魔术师并不一样。你身为橙子小姐的员工，却没听说过吗？"

对了，橙子小姐偶尔会提到这一点。据她表示，告诉外行人她是魔法师比魔术师更能传达她想给人的印象，为了方便起见才这么自称，不过这两个称呼的意义截然不同。

"我的确听说过，但也没差多少吧，不管哪一种都会用可疑的魔法。"

"魔法与魔术是不同的。

魔术确实是脱离常识之外的现象，但纯粹只是将常识中可能的事变成在非常识中也可能实现。比方说……"

鲜花走到橙子小姐的办公桌拿起拆信刀，那柄雕刻精美的银刀是橙子小姐心爱之物。鲜花找到一份作废的文件，用拆信刀在纸上写了些什么。霎时间——文件冒出烟来，缓缓地燃烧殆尽。

"……"

我望着眼前的一幕，连话都说不出来。虽然橙子小姐也做过类似的事（当时规模更大），但眼睁睁看着亲妹妹做出超常行为，我不知道该说什么才好……不，我是想象过，拜橙子小姐为师等于学这些东西。

"——饶了我吧。没有任何机关吗？"

"当然有，只是看在不懂的人眼中好像凭空发火，其实没什么大不了的。这么点把戏现在连卖艺都算不上，要点燃物体靠十元打火机就够了。无论是点在打火机或指尖上，火焰燃起的事实都不会改变。只是换个地方燃烧，一点也不神秘吧？听清楚了，这就是所谓的魔术。"

鲜花淡淡地往下说。简单一句话，魔术似乎是文明的代用品。不，正确说来是被文明超越的技术。

"比方说求得雨水好了，魔术跟科学做的不都一样吗。只是方法不同，为了达成目标花费的辛劳却是相同的。魔术乍看之下仿佛瞬间完成，但事前得大费周章地作准备。换算成时间与资金的话，跟用科学人工造雨完全一样。

的确，施法下雨放在从前等于奇迹，到了现代却变得稀松平常。将整座城镇化为灰烬的魔术师过去会被人们奉为魔法师，但现在只要有钱谁都办得到，发射一颗飞弹就行了。"

用飞弹反倒效率更好。鲜花还这么补充。

"魔术只不过是花费以个人之力来看极为庞大的时间与精力，来实现当前办得到的事。即使将魔术视为一门学问也一样。如果需要冥想数十年才能悟得真理，那么到月球上冥想速度或许快一些。很遗憾，魔术只算是密仪、禁忌这类仪式，不可能是奇迹——奇迹不是指人力无法达成之事吗？是目前在地球上不管耗费多少资金都无法达成的。有能力实现奇迹的人叫魔法师，奇迹就是魔法。"

鲜花告诉我，人类还无法办到的事称为魔法。

"照你的说法，从前魔法师不就比魔术师更多？古代人又没有打火机或飞弹。"

"对呀。因此魔法师过去受人畏惧，也能当成一种职业。但现在可不一样吧？老实说，魔术已是不必要的东西。在现代，魔法变得十分稀少。人类不可能办到的事已经屈指可数了吧？据说，现存的魔法师只剩下五人左右。"

……原来如此。若从这个意思来看，魔法师和魔术师的确不同。

说到现代人办不到的事，顶多只有操纵时间和空间。虽然有所局限，但未来视和过去视在这时代已逐渐实现，不可能之事真的屈指可数。

总有一天——

人类将排除魔法的存在吧。

就像一个小时候受到不可思议的种种吸引，当上科学家的青年，却随着持续的研究让不可思议本身变成了区区的现象。

"嗯，如此一来，最后的魔法大概只有让所有人都幸福吧。"

嗯。尽管我还是不太明白。

"……"

鲜花不知为何陷入沉默。

她一脸意外地看着我，随即转开脸庞。

"……魔法是无法到达的。再说，我并非想成为魔法师，终究只是为了目标而学习魔术。"

"对喔，虽然魔法无法学习，魔术却可以。就像你刚刚点燃纸张一样。"

不对。我做个总结之后，鲜花摇摇头。

"你刚才在听什么啊，哥哥。魔术从前也曾是魔法，只是轻易地被人类文明超越，变得只需努力即有可能学习与运用……说来不甘心，我没有像魔术师家系一样长年累积的历史。魔术师出自将血统与历史代代相传的家系，他们一开始也曾是单纯的学者，将所学的神秘、获得的力量传给后代子孙。那些子孙继续累积研究成果，再传给孩子——魔术师们就这样无止境地反复累积下去，试图接近魔法。橙子小姐好像是第六代，据说她家族的第三代继承者是惊人的天才，挖到了宝。我想橙子小姐的才能，也是出于浓厚的魔术血统。像我一样从现在才开始学习魔术的人，没办法简单地当上魔术师。"

"嗯，听起来很辛苦。"

嗯，我大致上意会过来。

浓厚的血——血统的力量。

这部分放到任何家族来看都一样，换作我们一般人也会反映在亲戚众多、继承遗产等结果上。

可是，这就代表——

"喂，那你在做什么？我们家可是平凡的家庭，不要提魔术，连个信仰佛教的人都没有。我看魔术应该学不起来吧？"

"说是这么说，但我好像具备才能。依照师父的讲法，我准备起火的步骤灵巧到稀有的程度。"

鲜花以闹别扭的口吻回答……真受不了，能点着火又有什么用？难道说，这家伙就是宿舍失火的原因所在？

"你刚刚不是说过，只限于一代的才能派不上用场？就算你立志当上魔法师——不，魔术师也无可奈何。万一不走回正道上，以后会找不到工作喔。"

就算没学什么魔术，最近的就业状况本来就十分严峻。

鲜花立刻想开口反驳——

但她还没说话，一句更具攻击性的台词随着脚步声传入事务所。

"不，就业率很高喔。以鲜花现在的年纪就有这些实力，再练上两年可是有很多地方想招揽她。就算在社会上也能成为一流的策展人（curator）。"

随着开门声响起，橙子小姐回来了。

◇

感冒刚好的橙子小姐踏着看不出大病初愈的稳健脚步，走到所长办公桌旁。她挂好外套坐下,看看自己的桌面皱起眉头,大概是发现拆信刀摆放的位置移动过。

"鲜花,我不是叫你别用别人的东西吗?依赖道具会导致实力退步。你之所以这么做,八成是不愿在黑桐面前失败,对吗?"

"——是的,你说得对。"

橙子小姐的质问令鲜花涨红脸颊,却清楚地承认错误……虽说是妹妹,她不逃避责难的态度依然值得尊敬。

"好了,你们刚刚的话题满稀奇的嘛。黑桐不是对魔术不感兴趣吗?"

"没这回事……橙子小姐,你记得昨天的情况吗?"

啊?脱下眼镜的橙子小姐不解地歪歪头……我会产生兴趣的起因是昨天那段意义不明的对话,然而说话的人似乎一点都不记得。

橙子小姐叼起香烟抽了一口。

"鲜花,你为何告诉黑桐那些事?隐瞒和藏匿可是魔术的大前提……算了,对象既然是黑桐,应该没问题。"

"对像是我的话,有什么好处吗?"

"说了你也不明白,何况你也不会泄密。你会视对象选择谈话内容,不会对一般人谈论这些。"

"说得也是……不过被外人发现,对魔术师来说很严重吗?"

"那样的确很麻烦。对于社会上来说倒是怎么都无所谓,只是魔术的纯度减低而已。黑桐,魔术(Mistel)的语源你知道吗?"

橙子小姐从桌子对面探过身来问我。

"魔术什么的,是指神秘(Mystery)吧。"

"对。并不是推理小说,而是名为神秘的魔术。"

"这原本是希腊文吧,现在用的是英文。"

"……是没错啦。在希腊语里是关闭的意思。指闭锁、隐匿、自我终结。神秘呢，就是有神秘的事物这层意义。隐藏起来的事物是魔术的本质。能够明白其本质的魔术，如何使用超自然的技法也不可能成为神秘，只能沦落为单纯的把戏。那样一来，那个魔术立刻就会变弱。

对于魔术，原本是魔法，也即无疑是从作为源头的根源所引出来的力量。浮游的神秘，这种东西也存在不是吗？对于这个来说假设有十成的力量。知道的人只有一个的话，能够使用全部十成的力量。但是一旦知道的人有两个的话，那就被两人平分使用了。看吧，力量就减弱了对吧。虽然说表现方法不尽相同，但我想这是这个世界所有事物的基本法则。"

虽然我和平常一样无法完全理解橙子小姐所说的内容，但是想要表达的意思还是多少听得懂。

假若隐匿、闭锁就是魔术这种东西的存在方式，也就能够理解魔术师为何不在人们面前显露魔术这件事情了。

"那么，在别人看不到的地方就可以尽情展现什么了吧，橙子小姐。"

"不，并不会那样做。"

一边把香烟在烟灰缸中捻熄，她一边说道。

"若是魔术师之间进行战斗的话那没办法，但是除此以外即使独自一人的时候也不会去使用。只有在为了进入下一个阶段的仪式时，才会使用魔术的。

从中世纪之时起，出现了名为学院的团体。那些家伙的管理相当严苛。学院从很早就预期到了魔术师的衰退。他们凭借组织的力量将魔术视为绝对不可以公开的东西。把能够看到的神秘，变换成了谁也不知道的神秘。结果，在社会上神秘渐渐地淡薄了下去。

为了彻底确保这一点，学院方面也制定了各种戒律。

举例来说，如果有魔术师将一般人卷入了魔术现象的话，为了杀死那个魔术师，学院还会派出刺客。为了消除有害于魔术师这一群体的要因……最初甚至还有魔法使被一般人看到就会失去力量的传闻。

　　学院以恪守秘密来防止魔术的衰退，其结果，从属于学院的魔术师大多变得过分地回避使用魔法。看不惯这个条律而离开的魔术师也不在少数，学院所有的书物及土地是相当可观的。魔术师作为魔术师所必要的东西，大都由学院把持着。不从属于学院，就相当于同这个职业绝缘。不仅做实验所需的地脉扭曲的灵地归学院所有，要学习魔法得有教科书吧，那么教科书被收藏起来也就没有办法学习了吧。所以不从属于学院的魔术师，再怎么想也无法完成魔术的实践。这就是组织的力量呢。做到这种程度也是值得称颂的。"

　　"那个，橙子小姐。那样一来我也非得从属于学院不可了吗？"

　　提心吊胆地插嘴的鲜花声音里，似乎带着不安。

　　"不加入也可以，不过加入的话可是相当的方便。又不是进去了学院就不能出来。那里所禁止的只不过是自由。由于身处大义名分之下不敢自称是支配者的缘故吧。"

　　"那样一来死守隐匿性的意义不就没有了吗？学成的人出去到外面，会把魔术散布开的。"

　　对于鲜花理所当然的意见，橙子小姐点了点头。

　　"是这样呢。事实上，想着到学院留学得到力量，然后再出去外面的人也为数不少。但是经过了十年之后就没有那种念头了。为什么呢，因为要学习魔术的话，学院是最好的环境。作为魔术师既然得到了最好的环境，还去其他什么也没有的环境那不是傻瓜吗。魔术师学习魔法是最优先的事项。学到的知识以及使用那力量都不在考虑之列。有那样的时间的话，还不如去学习更深邃的神秘。所以鲜花从一开始的目的就与我们相违背了，进入学院并不是不顾那里的危险。而是以进步为目标理应涉足的场所。"

鲜花很困惑地低下眉。看来本人是完全没有那个意愿。妹妹要到那种不知所谓的地方留学还是免了吧，鲜花的踌躇对我来说还真是谢天谢地。

"……我有一个疑问。即使在学院里，也要保守那些秘密吗？"

突然，从沙发那边传来了声音。

至今只是默默坐在一旁的式。她有着对于不感兴趣的对话完全不参与的性格，明明刚才还只是在看着窗外的风景。

"……不错。即使在学院之中魔术师也不会把自己的研究成果向任何人展示。身边的人在研究些什么，以什么为目标，获得了什么成果都是谜。魔术师将自己的成果展示出来，只限于临死前要子孙继承之时。"

"只是为了自己而学习，却又为了自己不使用那个力量。那种存在方式有什么意义吗，橙子。目的只是学习的话——其过程不也是学习吗。只有最初和最后的话，那岂不是等同于零。"

……一如往常，式使用着纤细透明的女性的声音，以及男性的说话方式。

对于式辛辣的追问，橙子小姐似乎显出一丝苦笑。

"是有其他目的。但是也正如你所说。魔术师追求的就是无。以一开始就没有的东西为目标。

魔术师们的最终目的，是抵达"根源漩涡"这件事。也有人称之为阿卡夏记录，不过也许想成漩涡一端所拥有的机能更妥当一些。

根源漩涡这个名称，大概就是指一切的原因。从那里流出全部的现象。知道原因的话结果也自然而然地计算出来了。对于存在体来说那是"究极的知识"。但即使达到究极的标准,到头来还是有限之物,所以这样的解释也不完全正确,只是因为容易了解而这么称呼罢了。

在世界上流传的各种魔术系统,原本都只是从这个漩涡分出的细小支流。不同的国家有着类似的传承或神话正是为此。因为起源是相同的,只是个别吸收"支流"加以细部角色化成为所谓的民族性。

诸如占星术、炼金术、卡巴拉、神仙道……等等为数众多的研究者们。正是因为他们的起源相同,所以最后才会同样在心中抱持着相同的最终目标。由于他们接触到同样名为魔术根源漩涡分支出来的细流,因而会去想象——在顶点处所拥有的东西究竟是什么?

魔术师的最终目的,唯有到达真理。他们那并不是想要知道人类生存意义那类俗气的目标。只是渴求纯粹的真理究竟是以何种型态存在。有着这种念头的人的集合体,就是魔术师们。

这些让自己透明化,只保持着自我——而且永远无法得到回报的群体。在这世界上把这个称作魔术师。"

淡淡地说着这些话的橙子小姐的眼神,是前所未有的锐利。琥珀色的眼瞳,如同点燃了火焰一般摇曳着。

……这是什么?

虽然很不好意思,我对这种话连一半也理解不了。

理解到的只有一点,总之,先从那一点试着发问。

"那个,问一个问题。只要有目的存在的话,那么学习这种事情也就有意义了吧。无法得到终结什么的事情……那个,对了。依然是谁也没有抵达过的吧。"

"抵达过的人也有。因为存在着抵达过的人所以才能知道其本质。一直残留到现在的魔法，就是曾经抵达过的人们所遗留下来的东西。

但是——去到了那一侧的人就再也没有回来。

在过去及历史上没有留名的魔术师们在抵达的那一个瞬间消失了。那一侧的世界是那么优秀的世界吗，还是去过便不能再回来的世界呢？那样的事情我不知道。毕竟从没有试着去到过的缘故。

但是，抵达那里的事情并不是以一代程度的研究就能够完成。魔术师相互重叠血液，把研究留给子孙等行为是以增大自己的魔力为目的。那不过是为了不知何时会抵达根源漩涡的子孙所做出的行为。魔术师呢，已经有不知多少代人做着抵达根源漩涡的梦死去，由子孙继承研究，而子孙也同样让自己的子孙继承下去。没有终结。他们，永远也没有终结。纵然出现了能够抵达的家系恐怕也是不可能的……因为会有前来妨碍的人。"

与憎恶的语气相反，橙子小姐嘴角露出干笑。那是——因为有妨碍的人存在而感到高兴的那种神情。

"算了吧，不管哪种情况都是不可能的。现代的魔术师是不可能制作出到达根源漩涡——即新的秩序、新的魔术系统这种事。"

仿佛宣告漫长的谈话到此结束，橙子小姐耸了耸肩。

我与鲜花也不好再接话下去，只有式毫不在乎地追问橙子话中的矛盾。

"奇怪的家伙们。明明知道是不可能的事情为什么还要继续呢。"

"是呢。以魔术师为名的家伙多半带着'不可能'这种混沌冲动而生，换句话说就是全部是不愿放弃的傻瓜吧。"

淡淡地耸耸肩，橙子小姐答道。

你这不是很明白是怎么一回事吗,式低声说道。

◇

谈话结束一个小时后,事务所回复了往常的平静。

时间差不多已经是下午三点,我去给每个人冲了一杯咖啡。只有鲜花那一份是日本茶,之后坐回了自己的座位。

工作也似乎全部有了头绪,就这种情况来看,这个月的工资也能有保证了。如此安心地把咖啡送到口边。

安静的事务所中,响起啜吸饮料的声音。

如同要打破这个平稳的寂静一般,鲜花向式说着出人意料的事情。

"……那个。式,是男的吧?"

……几乎让咖啡杯跌到地上,我想那是来自地狱的质问。

"……"

那对于式也是一样,把拿在手中的咖啡杯从唇边移开,显出不愉快,甚至是恼怒的表情。对于我的傻瓜妹妹的反驳,目前还没有。

也许是把这个视为胜机了,鲜花继续说道。

"不否定的话看来就是这样了呢。你毫无疑问是个男的了,式。"

"鲜花!"

糟糕,忍不住插嘴了。

明明应该对这种质问不予理会,却又就此事动了气。

猛然站起身来,理应说出些指斥的话我却又默默地坐回了椅子上……感觉好像吃了败仗的兵。

"你不要老是在意一些无聊的事情。"

脸绷得紧紧的,式这般回答道。

一只手扶住额头,应该是在压抑怒气吧。

"是吗?我觉得这是非常重要的事情喔。"

与外表彻底冷静的式同样,鲜花也摆出一副冷漠的样子回应着。双肘架在桌上交叉手指的姿势,像是在推动议事进行的议长一样。

"重要吗?我是男的也好女的也好都没什么差别吧。而且这跟鲜花也没关系。还是说你有什么打算,想向我挑衅吗?"

"那种事情,在我们第一次见面时不就决定了吗。"

两人虽然没有看着对方,但气势却又像是在相互瞪视着。

……虽然我的确很想知道在当时到底决定了什么,但是现在却不是问这个问题的场合。

"……鲜花。我真不明白为什么到现在还非得重复这种话不可,我希望这是最后一次了。这个呢,式是女孩子,的的确确没错。"

无论如何,我只能这么说了。

原本应该是一面袒护无礼的鲜花,一面安抚式的怒气,如此恰到好处的一句话,不知为何似乎得到了反效果的样子。

"那种事当然我知道,哥哥请不要说话。"

既然知道的话为什么还要问那种问题,你这家伙。

"我想问的不是肉体层面上的性别。只是想明确精神层面上的性别到底是哪一边。这个正如所见,式是男人的样子。不过。"

特意强调着那个不过的发音,鲜花扫了一眼式。

式渐渐地现出不愉快来。

"身体是女性的话性格是哪一边都没有关系吧?要是我是男性的话你又打算怎么样呢?"

"是这样呢,要我把礼园的友人介绍给你吗?"

——啊。

131

鲜花说的话已经不再是讽刺或什么了，听了那单纯的如同挑战书一般的台词，我终于领会了她的意思。

鲜花那个家伙，还在记恨着两年前的那件事情吗。

高中一年级的正月，我和式一起去参拜，回家时曾请式到自己家里来。正好从乡下趁寒假回来的鲜花，在与式见面时发生了一点小摩擦。那也是理所当然的，那时的式还有着名为织的另一个人格。结果是式用着比现在更为开朗的少年的神情与口气，捉弄得鲜花一整天卧床不起。

纵然如此现在也说得太过分了。

即使被式打了也不应该有怨言。

"鲜花，你。"

再次站起身来瞪着鲜花，不过，正好与从沙发上站起身的式同时。

"我拒绝。礼园的女人没有一个正经的家伙。"

式用鼻子哼了一声说道，随后从事务所离开了。

蓝色的和服，随着一声门响从视线中消失了。

犹豫着是否要追上去，但是那样一来反而是火上浇油。

我感谢着什么事都没有发生的这个奇迹坐回椅子，一口喝干冷掉的咖啡。

"可惜，最后被她甩掉了吗。"

呋，鲜花也放松了姿势。好像那家伙至今为止都是备战状态似的，她大大地伸了个懒腰。

……我总是在想。

为什么鲜花只在与式说话时态度会突然改变呢。

这可是，不稍微说她两句不行的事情。

"鲜花。刚才，是怎么回事？"

"怎么回事，式和哥哥还没有明确下来吧。还是说根本没在考虑？两仪式是作为女性和哥哥交往，还是作为男性和哥哥交往。"

和语气的斩钉截铁相反，鲜花的脸红了起来。托这种不平衡的福，终于明白了鲜花说不出口的事情。

"鲜花，那些净是一些不入流的猜测。式是男的还是女的，不会成为我们的话题吧。最重要的是式从一开始就是女孩子的话，思考方式是男性的也没什么差别不是吗？"

鲜花眯起眼睛来盯着我看。

"……是吗。哥哥的意思是说是女人的话其他问题都不要紧呢。反过来说也就是认为同性之间的关系很奇怪。那么能回答我吗。

在这里有性格转换为男性的女人，和性格转换为女性的男人。这两个人都认真地喜欢哥哥的情况下，哥哥会选择哪一个？

外貌是女性心却一直是男性，和外貌是男性心却一直是女性这两种人。来，回答我吧。"

……鲜花的质问很难回答。

认真考虑的话结果很可能是双方谁都不选。

确实，一下子让我回答的话应该会选择最初作为女性出生的人。但是那个人的心是男性，所以即是作为男性来喜欢上身为男性的黑桐干也这种事情。

恋爱与性别无关，这种达观的想法我还做不到。但是这只不过是以外表的性别来区分男女，这样想来不禁对自己的过分而自惭起来。说起来，同性之间的结合不被允许的话，男人也就不可以喜欢上身为男人的黑桐干也。那样一来就应该选择彻底作为女人来喜我的前者，但是那个人的性别又是男性——

啊啊，我为什么非得为这种事情陷入烦恼呢！

……不对，等一下。这个，从前提来讲不就是矛盾的吗？由于不承认同性的恋爱,所以最后才落到不管选哪一边都是同性的陷阱里去了。

发觉这一点抬起头来,只有橙子小姐很愉快似的在忍着笑。

"……真是卑劣呢,鲜花。这个不是'使真假同时成立的命题'吗!"

"哎哎,是的。有名的爱比梅尼迪斯的矛盾。"

"就是呢,黑桐在追求着致命的矛盾。真是的,你们都是不甘于无聊的人呢。黑桐的家系里都是这样的人吗,鲜花?"

与依然笑嘻嘻的橙子小姐正相反,鲜花用认真的表情看着我……是吗,这个家伙以这个家伙自己的方式来担心着我的事情。那么式不肯明确表示的那些事情,至少要由我来明确地把心情说出口。

"……啊啊,我明白了鲜花想说的话了。只是,我觉得式是哪一种人都没有关系。无论是对式也好织也好,自己的心情是不会变的。"

像是掩饰自己不好意思似地掩着脸说道,而鲜花则愕然地从椅子上站了起来。

"……是说即使对方是织,也喜欢吗?"

"……嗯嗯。大概吧。"

突然,有什么厚厚的东西重重地打在我的脸上。

"什么嘛,下流!"

奔跑出去的脚步声。

意识到自己是被鲜花把刚才一直在读的书扔到脸上时,事务所里已经只剩下我和橙子小姐了。

式被鲜花气跑了,鲜花则是刚刚自己跑了出去。

我边用手抚着火辣辣的脸颊,边瞪着依然笑个不停的橙子小姐。

◇

那之后又过了两个小时便到了下班时间。

式也好鲜花也好都没有再回来，我泡好了两杯已成为下班前惯例的咖啡，在考虑着之后要不要到式的公寓去。

"啊啊，对了黑桐。不好意思还有点工作要拜托你。"

喝着咖啡的橙子小姐只用了一句话，就把我的问题解决了。

"工作什么的，又接了别的工作吗？"

"不是，不是那边的工作。是没什么钱赚的那种。今天早上我不是出去了吗，结果从熟识的刑警那边听到一件有些诡异的事。黑桐，你知道茅见滨的小川公寓吗？"

"是那个位在海埔新生地的公寓住宅区吗？不久要成为模范地区了什么的。"

"啊啊，从这里乘电车要三十分钟左右。是不愿浪费市中心的土地而出现的小城镇。在那里呢，有一栋很旧的公寓——据说就在那里发生了奇怪的事件。

昨天夜里十点左右，二十余岁的公司职员在路边被袭击。

由于被害者是女性，所以这一次的事件是难以分辨暴行目的的杀人魔。只是呢，不走运的是被害者被刺伤了。杀人魔虽然就此逃走了，但被害者却无法行走。腹部被刺的被害者没有带手机。再加上现场是公寓区。周围连一家小商店都没有，晚上十点已经是毫无人迹。她一边流着血一边进到最近的公寓里呼救。

但是，那间公寓的一楼与二楼并没有人使用。住人的是在三楼以上。乘电梯到达三楼的时候体力已经到达极限。她在那里大声呼救了十分钟左右，但是公寓的住户没有一个人发觉，最后她在晚上十一时死亡了。"

……悲惨的事情。

在现代的公寓，已经不再关注与邻里交往的事情了。不如说是在都市里有着互不关心才合乎礼仪的这种潜规则。

与这件事情相似的事件，我也从友人那里听到过。半夜的时候楼下不知道哪层楼不断传来惨叫声却没有一个人去帮忙，到了早上下去一看那户人家的小孩把父母给杀了什么的。因为是从其他住户那里听来的所以还以为是什么玩笑，也就没有加以注意。

"问题是在那之前呢。据说那个被害者的求助声连隔壁公寓都能听到。不是惨叫，而是求助的人类的声音哟。隔壁公寓的人想着如此大的求救声很快那边公寓里的人就会去帮忙的，所以也就没有在意。"

"什么——那间公寓里的人不是没有发觉吗。"

"嗯嗯，证词是如此。大家异口同声说是和平常一样的夜晚。仅仅如此的话也并不算是什么奇怪的事情，不过这间公寓里以前似乎还发生过一件奇怪的事情。那个还没有打听出具体情况，总之是异常事态连续发生两次总是觉得有些奇怪，我与那位刑警就谈了这些。"

"……总之，所长的意思是要我去调查那个地方吗？"

"不，我们两个人一起过去现场比较好。黑桐你先去相关的房地产公司尽可能把住户名单以及他们之前的住处查出来。这份工作没啥钱赚，慢慢处理就行了。期限是在十二月之前。"

明白了，说着我将咖啡送到口边。

……什么嘛。又有了要踏入奇怪事件的预感。

"还有，黑桐。"

"什么？"

"就算式是男的，你也真的无所谓？"

在这里的对象要是学人的话，我恐怕会毫不犹豫地把含在嘴里的咖啡喷出来。

"……不是那么回事吧。我是喜欢式,不过要说想要的话还是女孩子比较好。"

"什么嘛,无聊。那样岂不就没有问题了吗。"

无精打采地,橙子小姐耸耸肩把咖啡杯送到口边。

……那样的话,没有,问题?

"稍等一下。没有问题什么的,是怎么一回事。那个,总归是——"

"不错。式毫无疑问在精神层面的性格也是女性。因为原本是阳性的织不在的话,她应该不会是男性才对。"

这样说来——也确实如此,不过那种语气又是怎么一回事。以前的式,不是用着女孩子的用语吗。

"那个我说。原本以阳性作为男性、阴性作为女性的符号吧?那么这就简单了。

考虑到阴阳的话那是从太极图传过来的概念。韩国的国旗你知道吧。不知道?就是很像巴纹的那个东西。"

巴纹,说起来……那个,圆形之中有像波纹般的线把圆分成两半的那个图吗。只是那个并不是分成半月形而是两个人魂相互交错般的扭曲的半月。以文字来说近于"の"字给人的感觉。

"太极图是一半是白色,一半是黑色的。并且无论哪一边都有着逆色的小洞穿过。白色的半月间有黑色的孔洞,黑色的半月间有白色的孔洞,什么的。

你明白吧。黑色一方是阴性,即是女性。这个图形是相互缠绕的同时也在相克的——是黑与白的螺旋。"

"相克的——螺旋?"

那种词汇,我以前似乎听说过……

"不错。无论说阴与阳,光与暗,正与负都可以。自根源一分为二的状态。这个呢,在阴阳道中,称为两仪。"

"……两仪，那是。"

"没错，式的姓氏。那是在遥远的过去所决定的，双重人格的事实。

是因为两仪的家系才成为双重人格者呢，还是因为预先了解到式的出生才赋予两仪这个姓氏呢。恐怕是后者吧。

两仪家是与浅神及巫条齐名的世家。他们都是制作超越人类之人的一族，以各种各样的方法和思想来产出继承者。为了继承自己家的"遗产"。

特别是两仪家最为有趣。他们明白超常性的能力终归会被文明社会所抹杀。所以考虑能够在外表上作为普通的人类来生活的超能力。

——那么黑桐。被称为专业的人类，为什么只能站在某一分野的顶点上呢？"

对于突然的质问，我回答不出来。

今天真的是漫长的一天，到手的情报已经超过了我所能够接受的极限。那么——式，出生在那样的家庭里，为什么——

"那是因为无论拥有怎样优秀的肉体、素质，对于一个人来说只能把一件事情做到极致。去到高处的话可以，然而除此以外的山便无法去攀登了。

两仪家解决了这个问题。即赋予一个肉体无数的人格。与计算机相同。在名为式的硬件中装入数十数百的软件的话，就会诞生出全部分野的专家。

所以她的名字才是式。式神的式。数式的式。只能去完美解决被决定的事情的系统。拥有无数的人格，道德观念也好常识也好都被写入了人格的空虚的人偶——"

式，已经知道这一点了吧。

……啊啊，一定是已经知道了。所以她才顽固地避免与我们发生关系。接受自己并不普通、自己出生于异常的家庭这种事情，只是悄悄地活着直到现在吗……

"再说太极图的延续。从混沌的'空'之中一分为二是为两仪。为了追求更进一步的安定，为了增加种别又分成了四象，更为复杂化的则是八卦，这般以二进制不断地分下去。这也表现了式的机能。

但是，这也已经不存在了。完美的系统已经崩坏了。现在的式，虽然多少有些问题但毕竟是拥有自我的普通人了。"

喀嚓一声，点燃了打火机。

对于橙子小姐的话，我只是"咦"地反问回去。

"你这是什么表情。让那系统崩坏掉的人就是你吧。所谓精神异常者呢，由于自以为自己的异常是梦境所以才没有破绽。式过去也是这样。但是却不由得注意到了名为黑桐干也的人。于是对两仪式的存在方式觉察到了异常。

啊啊——是了。要说拯救的话，你在两年前已经拯救过式一次了不是吗？"

来，橙子小姐将香烟递过来。

虽说不会吸烟，但我还是接过来点燃了。

……有生以来的第一支香烟，有着非常暧昧的味道。

"哦，离题了。说着与两仪有关的话就没有注意到，似乎是被什么逼迫着一般。不知不觉就说多了。说不定黑桐你明天就死掉了呢。"

"……不敢当。我会小心车子的。"

"啊啊，那就好。那么还是太极图的事情。

说过两仪之中有着种种孔洞了是吧？那是白之中的黑，黑之中的白。也可以说是阳中的阴，阴中的阳。

也即是指男性之中的女性部分和女性之中的男性部分。从男性的语气推断出是阳性,这结论未免下得太早了。无论是谁都会拥有偏向异性的思考模式。男扮女装的怪癖是最为典型的。现在的式毫无疑问是阴性的式。男性的语气,是她为了死掉的织而在无意识下进行的代偿行为。至少,是希望你还能够记得织的事情也说不定。呼呼呼,这不是很可爱吗。"

"……"

……啊啊,要是这么说的话也的确是那样。

式虽然是男人的说话语气,却也没有两年前那样男人般的举动。动作也好举止也好完完全全是个女孩子。

没有了名为织的半身的她,现在处于非常不安定的虚弱的状态。

深深地了解到这一点时,我的胸口被绞紧般痛起来。

从两年来的昏睡中醒来的她比起以前更为努力掩饰自己,以致连我也疏忽了。

但是式依然是孤独的,现在也是,与总给人一种受伤的感觉的那个时候相比并没有变化。

连我也没有变。现在也是,想着不能把那样的式放在那边不管。

……是啊。两年前的我什么也做不到。

如果有下次的话。我,一定要竭尽全力去帮助她。

7

矛盾螺旋 3

次日，一觉醒来时针已指向了上午九点。

完全迟到了。

拿著作为随身物品来说过于沉重的包裹来到事务所，等待着我的是橙子小姐和式这两个人的组合。

"不好意思，迟到了。"

将有如练剑道的竹刀袋般的小包裹靠在墙边后，我终于喘过一口气来。

像跑完马拉松一般，大口地调整着呼吸。

不到一米长的小包裹里面跟装了铁一样沉重，离开家门时倒没觉得有多重，走了不到一百米手就开始酸痛起来。

肩膀随呼吸上下动着，我揉着自己的手臂。式向我走过来。

"哟。式，早安，天气真好呢。"

"嗯。听说最近都是晴天。"

不知今天有什么事情，式身穿纯白色的和服。与扔在沙发上的红色皮夹克配合起来的话，白色与红色这两种纯净的颜色会给人留下相当鲜明的印象吧。平时明明并不喜欢系带花纹的带子，今天却是系着绘有落叶花纹的带子。仔细看的话，和服的下摆也是分成三片，散着鲜艳的红叶。

"干也，那个，是什么东西？"

伸出细白的手指，式说道。

她的指尖，指向的是靠在墙边的包裹。

"啊啊，那是秋隆先生带来的东西。式，昨天晚上你出去了吧。我回家时过去看了一眼刚好你不在，秋隆先生正在玄关前面等着。很久不见所以聊了大约一个小时，不过看你还是没有回来的迹象，所以我们就各自回去了。那东西就是在那时候交给我的。说是没有铭记，还是真伪未定的兼定什么的。"

"刻有九字的兼定吗？"

很少见的，式脸上露出光芒，她伸手取过靠在墙边的小包裹。连我都觉得十分沉重的包裹，式只用一只手就拿了起来，开始解开带子来。

如同剥香蕉皮一般。沿着内里的东西卷了下去。没多久出现在眼前的，是一个细长的金属板。不对，与其说是金属不如说是古老的铁，有着铜一样的质感。

虽然只解开了包裹上面缠着的布，能看到的不过十分之一左右，但很清楚那是棒状的东西。

竹刀袋之中的铁，还用纯棉之类的东西包裹着。铁是比起细长的尺子来还要大上两圈的铁板，开有两个小小的孔洞。粗糙的表面上雕有汉字……这个到底是什么啊。

"秋隆那家伙，把这种东西拿出来……"

还真是会添麻烦的人呢，虽然式这么说着，却掩饰不住眼中的喜悦。平时并不会自己笑起来的式，在拿起这个不知是什么的铁板时竟然得意地笑起来，还真是让人有点害怕。

"式，那是什么。"

式看起来过于反常了，所以便询问一下。

一问之下，式转过头来向我开心地笑着。

"想看吗？这东西可不是那么常见的。"

式兴高采烈地要把竹刀袋里的东西拿出来。不过却被到现在为止一直保持沉默的橙子小姐阻止了。

"式,那把是古刀吧。五百年以前的刀别在这里拿出来。会把整个结界给切开。"

一听到这句话,式有些扫兴地停下手。

虽然橙子小姐说是刀,不过那个铁尺一般,看起来切不动什么东西的铁板真的是刀吗?

"上面连九字都有呢。临兵斗者皆数组在前……吗?很遗憾像我这种程度的结界是无法与百年等级的名刀相抗衡的。要是在这里拿出来的话,楼下的那些东西就全都溢出来了。"

对于橙子小姐话中的危险,式有些惊讶地收起了竹刀袋……看来这两个人,确实在我不在的期间里做了不少鬼鬼祟祟的事情。

"……说得也是,没有修饰好的日本刀即使给黑桐看他也看不明白。连刀柄也没有准备好,秋隆还真是胡涂呢。"

式心不在焉地说着。

……从她十岁左右便开始照顾她起居的秋隆先生胡涂吗,这可有点过分。何况秋隆先生不过三十多岁,正是施展才能的年岁。

式很遗憾地将包裹横放在沙发上。

……以下这些事情我是在之后才听说的,这时的刀并没有被安装上刀柄。在古装剧中所看到的日本刀已经是被安装好刀柄的状态了,而裸刀则除了刃部以外毫无装饰。据说上面开的两个孔洞,就是为了安装刀柄用的。

顺便一提,所谓古刀是指从平安中期到庆长年间的刀,毫无疑问是非常重要的文化遗产。

"听好了,式。对于武器来说仅仅是附带有历史这个属性就会拥有能够对抗魔术的神秘。从今以后,即使是失误也不能把那种东西带到这栋大楼里来。否则会发生什么我可不敢保证。"

将几近于国宝级的稀有物品的处理方式交待清楚后,橙子小姐叹了一口气。

"那么，黑桐。今天早上迟到的理由是什么？"

"抱歉，调查的状况有些棘手。大体上，之前所说的小川公寓的住户清单以及大体情况已经收集得差不多了。"

——是的，从昨夜起开始调查那间公寓，注意到时已经是早上了。

由于最近网络普及起来，无论早晚都能够进行调查了。之前都是一到晚上办公场所就休息，调查也就随之告一个段落。现在则是听从大辅兄的建议在网上收集并甄别相关的传闻，结果却弄成了相当浩大的工程。

"……我说过期限是十二月吧。黑桐还真是天生的劳苦命。算了，说来听听吧。"

"是。小川公寓在茅见滨一带算是数一数二的顶级建筑。由于形式略有变化，之后还需参照设计图。建设期间是从九六年到九七年。工程是由三家公司共同承包的。橙子小姐曾经负责过东栋的大厅呢。大体上，与建设相关的工程人员的姓名我已经开列好清单了。还有详细的建设日程表也在这里。"

我将打印好的数据从包里取出来，放在橙子小姐的桌前。

不知为什么橙子小姐显得很惊讶似的陷入了沉默。

"看一看就能明白，这栋公寓其实是由两栋相对的公寓所构成。

两栋相当齐整的十层楼半月型建筑，相对地建在一起。

从飞机上拍摄的照片来看很令人惊异。因为真的是一个圆形。原本似乎是盖来当员工宿舍，一、二楼为休闲设施，目前则被闲置。大概是由于不景气，无法再这么浪费电力了吧。

两栋建筑都是十层楼，房间数是每层楼五个。东西合计每层楼有十户。房间是３ＬＤＫ的西式风格与和式风格的折衷，水道的配置相当粗糙。建成后十年左右就开始出现向楼下漏水的现象。停车场的车位在公寓的地上有四十个，地下还有四十个。虽然相对于住户的数量不大够用，不过从现状来看仅地上就够用了。

原本要将其作为职员宿舍来使用的公司自身的规模缩小了，以致公寓被转手卖了出去。新的方针是打算将职员宿舍向普通公寓转变。有住户入住是在九八年，也即是今年开始的。虽然到三月之前一直在募集住户，不过现在入住的仅仅是预定规模的半数。也有西栋最近要改造的传闻。请看，这是设计图的影印件。"

我将下一份材料摆在桌面上。

橙子小姐的脸色越显得凝重，眉毛都皱了起来。

"虽然公寓的东栋和西栋是互相分离的，不过一层的大厅是共享的。电梯也只有一部。虽然很气派但毕竟还是一栋偷工减料的建筑。比起机能性来还是外观比较突出。而且听说电梯从一开始就故障了。住户们相当抱怨，电梯到五月的时候都还不能使用。

房间数每栋楼有五个，从六点钟方向逆时针数是一号室、二号室这样来区分。东栋是一号室到五号室。六号室到十号室位于西栋。

楼顶禁止进入。

三楼的住户依次是园田、空房间、渡边、空房间、树、竹本、空房间、杯门、空房间、桃园寺。

四楼的住户依次是空房间、空房间、世谷、望月、新谷、空房间、空房间、辻之宫、上山、胭条。

五楼的住户依次是奈留岛、天王寺、空房间、空房间、白纯、内藤、夏本、空房间、空房间、戌神。

六楼的——"

"够了，明白了。现在我终于明白，把你放在一旁不管的话会失控到什么程度了。"

橙子小姐叹了口气阻止我继续把清单念下去。

"怎么样，把清单拿来让我看看。即使你从家庭成员到工作单位，甚至之前的住所都网罗殆尽我也不会惊讶的。"

"的确是呢，我也觉得念起来有点累。"

然后我将清单递了过去，橙子小姐哇的一声发出了很不体面的尖叫。

"可恶，真的全调查出来了。黑桐，要不要彻底改行当侦探？会很抢手哟，真的。"

"还不行啦。这一次也不过只调查到了一半左右的住户。"

是的，要说遗憾也的确很遗憾。

到最后五十家住户之中，只寻访到了三十家。

其他的住户只知道姓名和家庭成员。

橙子小姐默默地翻阅着清单。

回过头去看看式，她正以很严峻的神情考虑着什么。皱起眉来的她虽然很可怕，却有着说不出的美感。

"橙子，那张清单借我看一下。"

式走到橙子小姐的身后，向清单望去。

"……我想也是。很少会看到这么稀奇的姓氏。"

"怯。"式轻叹一声。

"我先回去了。橙子，有没有什么交通工具？"

"车库里有一辆跨斗式的摩托车。"

"我说啊，打算穿着和服骑摩托车吗？"

"工作服就放在柜子里。因为是我的可能有些大，不过比起和服要好一些。小心点不要让侧座掉下来，因为侧座的拆卸还没有完成呢。"

啊啊，式点点头披上皮夹克，拿起装在竹刀袋中的日本刀离开了事务所。

白色的和服，响着蛇一般不吉的衣襟相擦声。

"……式！"

……不知为什么。突然涌起一种难以言喻的感觉,我叫住了式。

式只是转过脸来。完全像是注意到一个从未见过的恶作剧时的表情,含有素朴的疑问的双眼。

"怎么了干也。我被什么东西附身了吗?"

面对着像是要去买东西一样轻松的她,我应该说些什么好呢——我实在不清楚该说些什么。

"不……没什么。我晚上会过去,到时候见。"

"什么嘛,真是怪家伙。不过……也罢。晚上是吧,那我在房间等你。"

再见了,式挥着手离开了。

◇

式很难得地借了橙子小姐的摩托车出了门,在这件事发生一个小时以后,我与橙子小姐直接去到了那栋公寓。

乘坐著名为MAINA-1000的橙子小姐的爱车,离开市中心的商业街用了不到三十分钟。很快便抵达了位于城镇西海岸的街道一般的港口区。

被称为茅见滨的这个地方很宽阔。也许是因为土地过分剩余,在广大的平面上零零落落地矗立起的高层建筑,让我不禁联想起早期的3D模拟游戏,那是一种由四个人在平地上进行冒险旅行的游戏。

作为目的地的公寓,确实存在于这片公寓林立的地域之中。在周围只有同样规模的巨大建筑存在,虽然已经看见了如同圆形高塔的公寓,不过走近前去却花了一段时间。

真正的公寓是如同豆腐一样的四边形,如同违逆着某种法则一般直立着。

虽然只有十层却相当高。原本是圆形的公寓，在周围用水泥砌起了围墙。从正门延伸进公寓的路仅有一条，像泰姬玛哈陵前的步道一样。只有唯一的一条路，向着公寓的大厅延伸过去。

"搞什么，根本就没有地下停车场啊。"

在驾驶席上发着牢骚，橙子小姐将车停在了路边。

"那么，走吧。"

橙子小姐衔上一支香烟走了起来。

当走在她身边踏入公寓的围墙之内时，忽然感到一阵眩晕。

大概是由于今天的阳光太强了吧。再加上去眺望塔一样直立着的公寓，眩晕也不足为奇吧。

追上已经走到前面去的橙子小姐，进入了公寓。

——突然，感觉好像要吐出来似的。

公寓内部的墙壁统一漆成乳色，极端的清洁。尽管如此，背上依然流窜着几乎让我昏厥的恶寒。

不，这已经近于嫌恶了。

心情难受得像要发疯一样。

外面的空气明明是那么冷，公寓之中的空气却显得非常燥热。虽然也许不过是暖气开得太强了，但是感觉上竟像是人的呼吸一样。燥热，如同围绕在肌肤周围的空气，不知为什么——仿佛自己正身处生物的胎内一般。

"黑桐，那只是错觉。"

橙子小姐在我耳边的低语，终于将我从奇异的恶寒之中拯救出来。

我定了定神，开始观察其四周来。

大厅，是维系着两栋建筑的唯一空间。

这个公寓是将一个圆从正中分成两个半月形，然后再拼合在一起一般建成的建筑。两栋建筑仅有中央大厅相连，东栋与西栋在二楼以上就不相通。要到另一边非得经过大厅不可。

大厅里并没有管理人室。

圆形空间的中心，有一根巨大的像是公寓的脊椎一般的立柱。这是在一层到十层之间移动用的电梯，同时立柱的侧面也有着像是楼梯的东西。电梯和楼梯靠着墙围起一个像是柱形的东西，这种立柱让人感觉非常的毛骨悚然。

"……这栋建筑让人挺不舒服的。"

"像鬼屋一样。空气中漂着掩藏不住的不吉气息。不过这样的建筑也不罕见。因为想建造一栋让人发疯的建筑是很容易的。像是墙壁的颜色或是楼梯的位置，只要动点小手脚，就能对人造成精神上的不适。如果是每天使用这些的住户，影响会更严重吧。"

橙子小姐首先来到电梯前。

我也跟了过去。

"几层比较好呢，黑桐？"

"不知道，几层都可以吧……要是非让我选择的话就是四楼好了。"

"那么就是四楼吧。"

橙子小姐一边端详着电梯的内部一边应道。

电梯之中，墙壁的四角微微地弯曲着，像是扭曲的柱子一般。

在从B到十的按钮中按下对应着四楼的按钮。

嗡……嗡。

大得不自然的机械音响起。

身体明明是在上升，却有一种向地底落去的感觉。

不久电梯的门便开了。

四楼的大厅也是圆形的。从电梯出来以后眼前便是通向东栋的走廊。由于公寓的入口是面向南方的，走廊向六点钟的方向延伸着。

这条走廊是通向外面的，外壁的尽头向着三点钟的方向转过，就是西栋的外壁。公寓的各个房间的入口，果然是在外侧。

"现在，因为是四楼所以这边是４０１号室。从这边开始一直到４０５号室，然后就到头了。要怎么去西栋呢？"

"要绕到电梯的后方。从电梯出来以后正面的南侧走廊通向东栋，电梯后方的北侧走廊连通着西栋。这栋公寓的确是被分成了两栋呢。"

"奇怪的设计。直接从外侧相连不就好了。"

"那样不就没有情趣了吗。正因为做成这样，才能将黑与白清楚地分别开。话说回来，黑桐。你为什么要来四楼？是想来拜访理应早就死掉的一家人吗？"

这么一说，我吃了一惊。

橙子小姐的声音在乳色的大厅里回响。

被擦得干干净净的地板反射着电灯的光，不知为什么——现在有种身在夜里的错觉。

是的，为什么刚才没有发觉呢。

……从来到这栋公寓时起，还没有见到过一个人。不，没有那么简单——就连人的气息也没有。

"所长，你从哪里听来的？"

"就是那位我熟识的刑警啦。窃贼一进门就看到全家人的尸体这种事情。房间及家人的姓名我没有问出来。不过，我想你应该已经调查出来了才对。"

啊啊，确实如此。昨晚给大辅哥打电话，也正是为了确认这件事情。

"怎么办？去确认清楚吧，黑桐。"

"我是有这个打算的，不过现在……"

坦白讲我很害怕。虽然来这里之前对这种奇异的事件抱有期待，不过这时可是身在现场。只是站在这里就禁不住发抖。虽然很不好意思，即使是在白天我也不大敢去探访发生事件的这一家人。

"你去看看吧。我想要一个人搭这部电梯。就约在上一层楼会合吧。你就走那边的楼梯上来。恐怕是螺旋的楼梯，劝你最好闭着眼睛比较好喔。"

"一会儿见。"留下这么一句，橙子小姐乘上电梯，向着上一层升去。

指示灯一直升到了十层。

——我呆呆地目送着闪烁的指示灯，忽然想到，现在只剩下自己一个人了。

在大厅之中，只有我一个人。

只有我自己在呼吸的世界。

难以判别究竟是白天还是夜晚的巨大密室。

完全像是整个房间被真空塑料膜包起来似的，过于沉重的压迫感。

我不知道。所谓公寓的建筑物，竟然是这样一个令人恐惧的与外界隔绝的异界。

"可恶，绝对不会再降下来了吧，橙子小姐。"

虽然自言自语能多少放松一下心情，不过像是起到了完全相反的作用。

自己的声音像是变成了别人的声音一样传回到耳中……我想所谓半夜的墓地，恐怕也不过就是这么恐怖罢了。

总而言之呢。只要还处在这个大厅里，就摆脱不掉压迫感的纠缠。做好心理准备的我沿着通往东栋的走廊走了过去。

一来到外面，大厅的压迫感就消失了。围绕在外面的走廊上景色毫无趣味。四四方方的与普通的公寓没有什么区别。

一边打量着一边想着尽头处前进。向着东栋的最后面走去，最后我来到了四楼的４０５号室。

——九天前的夜里。来到这个房间的窃贼，在这里目击到尸体而逃走。

在混乱之下向警察求助的窃贼再一次来到这里，却又见到了和平时一样生活着的一家人，于是更为混乱了。

窃贼是看到幻觉了吗。

还是说，中间出了什么差错呢。

我鼓足勇气按下了门铃。

叮咚，相当明快的声音。

不久——公寓的房间的门吱的一声被打开了。

房间中的黑暗流淌出来。

有什么东西，从里面伸了出来。

先是，人的手腕。

然后是，头。

"你好，这里是胭条家……你，是谁？"

门开了，一个不甚和蔼的中年男性，像是觉得非常麻烦似的问道。

◇

——结果，那种事情只不过是没有根据的传闻而已。

发生事件的五号室胭条家没有异状。

回到大厅,电梯依然停在十层。按下按钮就会降下来吧,在其中有着橙子小姐。恐怕会用很可怕的眼神责问我为什么不使用楼梯吧。

没办法,只好向电梯侧面的楼梯走去。

充满大厅的空气依然沉重,不过由于证实了胭条家不过是普通的人家而多少轻松了一些。

在有些暗淡、泛红的电灯的照耀下,我开始走上楼梯。

楼梯是呈直角形弯曲的类型,如同缠绕着电梯一般向上方和下方延伸。如同橙子小姐所说,确实是螺旋楼梯。对应着各层,在楼梯的中途开着门,像是通向各层的大厅。

……乳色的墙壁在泛红的灯光下,看起来感觉好像回到中世纪城堡中的楼梯。电灯的灯光,给人一种摇曳的火焰般的感觉。灯光很暗,照不到楼梯的角落,每登上一阶心情就阴郁一分。

曲折的楼梯前,墙壁的一侧有什么东西在伫立着。我一边和这样的恐怖错觉搏斗一边向上走去,终于来到了五楼的大厅……不,用脱离这个词更准确一些。

五楼的大厅,与四楼的大厅一模一样。因为是公寓,所以当然不会像百货公司那样每一层都有变化。即使这样,完全相同的构造还是令人不寒而栗。

"来了吗。那我们下去吧。"

橙子小姐在大厅里等着我。

我什么也没有说便随着她进入电梯。

一进入电梯,橙子小姐就站在对应着各层的按钮前头也不回地说道。

"黑桐,把头低下去。来玩个猜谜。"

"哎?好的,低下头就可以了吧。"

电梯门关上了。

仍然是，很大的机械运转声。

向下走去的时间不过三秒。在公寓这个巨大密闭空间之中，最小的密闭箱子停了下来。

"那么开始提问，这里是几楼呢？"

听她这么一说我抬起头来。电梯门已经被打开了，能够看到大厅。与刚才完全相同的大厅的墙壁上，嵌着一个塑料制的数字五。

"咦……还是五楼。"

不过，电梯确实动了。这样一来，就是我弄错了。

稍微考虑了一下，说出了理所当然的结论。

"那么，刚才那是六楼了。"

"回答正确。黑桐想上一层楼却上了两层楼。虽然是很容易搞错的楼梯设计，不过这只不过是附赠品一样的东西而已。

说起来呢，作为公寓来说这很奇怪吧。确认自己所住楼层的手段，只有大厅里的那么小的一个文字。越是去向高层，在电梯内的感觉就越模糊。这样一来只要在电梯内的开关上作一点手脚，没有住惯的人就不可能分辨出四楼和五楼来了。有机会的话可以在附近的公寓里试一试。时间最好是深夜，气氛会很不错的。"

只说了这么一些，橙子小姐关上了电梯门。

不久便抵达了一层，我们离开了大厅。

"对了，稍微去东栋看一下吧。确实无论哪一栋建筑在一层都有大厅吧？"

"是的。正好和二楼的设施相连的贯通构造。稍微有点像是宾馆大厅那样的感觉……对了，东栋的大厅不是橙子小姐你设计的吗？"

是吧，简短地回答着，橙子小姐走了过去。

一层的大厅，总而言之是圆的中心。

从这个中心有一条细线一般延伸向东西方向的走廊，连接着两栋建筑一层的大厅。两栋建筑的大厅似乎都是用作休息室吧。

不久我们来到了东栋的大厅。

那是一个略显宽广，空无一物的广场。大厅高度直达二楼，宽大的楼梯一直延伸到二楼的平台上。

在电影中经常见到，像别墅大厅一般的感觉。庸俗的楼梯从半圆形的休息室正中延伸到二楼。周围只有乳色的墙壁，地板则是大理石材质。

"如果有装置的话，差不多就在这里了吧。制作得像是为了以防万一的逃跑路线。"

说着，橙子小姐在大理石地板上跪下来。然后像寻找化石的学者一般用手不断地触摸地面。

"……那个。你在做什么呢，所长。"

"注意看。在这个地方呢，你没有注意到楼梯被动过手脚吗？这是被移动以后的样子吧。"

"？"

楼梯被，移动过？

像是被塞在那个箱笼里的楼梯被移动的话，也即是指有着电梯的中心立柱被移动过了。

那样愚蠢的事情，为什么。

"不是立柱。只有楼梯而已。你没有看到墙角那边吗。墙壁上有擦伤吧。啊啊，是的。恐怕你没有注意到那里吧。"

橙子小姐依然用手触摸着地板，头也不回地说道。

……确实，我并没有注意到那里。不对，楼梯处那么暗，电灯的光线根本就照射不到，所以理应注意不到才是。

"……但是，楼梯是不可能移动的。一旦移动那个立柱的话，这栋公寓不就崩坏了吗？"

"所以我才说被移动的只有楼梯。就是火箭铅笔啦，总之。"

"火箭铅笔，那是什么？"

橙子小姐的手忽然停了下来。

然后她一下子站了起来。

"不知道吗。就是在一支铅笔之中，放进十个左右的铅芯。像小火箭一样塞紧。很像是手枪的弹仓吧。在铅笔之中纵向地连接着，铅芯从前方减少的话，就从最后面装填上。前面不断会有新的铅芯被顶出来，这样就省却了削笔芯的时间，是一种很方便的书写工具……现在应该也能买到，就印象来说是机械循环。"

难以理解，橙子小姐感叹道。

虽然对于她所说的火箭铅笔没有什么印象，不过机械循环这种表达方式倒是一说就明白了。也即是说，只从下方挪动楼梯的意思吧。

"是指将螺旋楼梯从下方向上推吧。用活塞或什么的。"

"应该是的。从一开始就作出半层左右来吧。似乎是在使用电梯的同时从下方向上顶。并不是为了增高一层，而是为了将螺旋的出口挪开。这样一来北与南就颠倒过来了。"

那么回去吧，橙子小姐走了出去。

返回到中央大厅，到要从这个圆形的公寓中离开的期间里，所长一直在叨念着难以理解。

"……你真的不知道吗？火箭铅笔。在我上学的时候可是相当流行的呢，那个。"

◇

最后的收获，是停在路边的车上被贴上了违规停车的罚单。

仔细一看，公寓前的道路虽然很宽却没有什么车子，停在路边的就只有橙子小姐的车，所以才会特别明显吧。

8
矛盾螺旋 4

那一夜。

在工作结束并将之前的调查资料完成一个段落之后,我前往了式的公寓。

十一月九日的晚上八时多。

从这个时间算起直到日期转变为翌日,式都没有回来。

9

矛盾螺旋 5

……咔嗒、咔嗒、咔嗒、咔嗒。注意到时,我正身处两仪的房间。

自从向那家伙坦白了自己杀死父母的事情之后,就再也没有踏入过这间杀风景的房间。

外面是一片夕暮的景色。一如往常令人定不下神来的时钟的时针,已经指向了六时。

——头痛。与两仪断绝关系已经九天了。我在已近十一月的街头过着流浪者的生活。饭也不吃,只是一味地寻找着发现父母尸体的新闻报导。由于这种过分的,作为人类最底限的生活,头痛逐日地强了起来。并不仅仅如此,身体也开始出问题。不注意保养的缘故,关节也变得沉重起来。

"……我这是在做什么呢。"

抱膝低语道。原本是不打算再到这里来的。但现在——

只是想听听两仪的声音。牙齿喀喀地打着颤。

我在害怕,像是在寻求救助一般,不知什么时候已经来到这里了。就在没有电灯的黑暗中发着抖。

突然,世界被光明充满了。

"你在干什么啊,胭条?喜欢不开灯在里面埋伏吗?"

身穿白色的和服与红色皮夹克的少女说道。对于我在这里一点也没有感到奇怪。

披至肩头的黑发也好，深邃的黑色眼瞳也好，如同男人一般的语气也好。与以前完全没有分别，两仪理所当然地进来这个房间。

"不过时间选得倒是相当好。来得正好呢。"两仪低声说着，同时将手中的包裹放到床上。然后便走进那间没有人使用的隔壁房间，

取出了一个与包裹同样细长的木箱。

"稍微等一下，我要把它组装起来。"两仪解开包裹。里面是一柄未经修饰的裸刀。

和服少女很熟练地打开木箱取出刀的鞘和柄以及大如铜钱的锷，并将其组装起来。

"哎呀，刀身太小了。刀锷的圆孔怎么也合不起来啊。可恶……没办法只好先这样，那东西就只有这么一个。"

两仪感觉很不满似地说着，将只把刀刃组装好的日本刀随手放到了床上，向我转过头来。

"好了。你有话要说吧。"与说的话正相反，两仪的表情和以往一样毫无关心的神色。我——并没有考虑该如何说出口来。只是想要有什么人来救助我而已。

……没有变化。我与两仪初次会面时也是一样，甚至连想要获得什么样的帮助都回忆不起来。

"——我不知道。我，到底该怎么做。对自己也没有自信。"

两仪什么也没有说，只是看着我。

我只得据实地说出来。

"今天，在街上看到了母亲。一开始还以为是很相像的人。但是……毫无疑问那是母亲。我就跟在她的身后，结果看到了难以置信的事情——那家伙，回到了那间公寓里——"

无法止住身体的颤抖，就这么神经质地说个不停。

——然后。两仪说了一句是吗,站起身来。

"总而言之,你的父母还活着是吧。新闻里也没有报导出来,所以这么想也是理所当然的。"

"那怎么可能呢!我确实将妈妈杀死了。连父亲也死了。这是绝对的。要是还活着那才奇怪呢!"

是啊。那种情形下,怎么可能还像平常一样活着呢。又怎么可能再回到那个像平常一样的自己的家里去呢。那个,染满鲜血的地狱一般的家,为什么——

"哎,果然是出了什么差错。那么去确认一下吧。"

"——什么?"

"就是说,去那个公寓确认一下不就好了吗。实际上胭条的父母是活着呢还是死了呢。就这一点去确认一下吧。"

就这么决定了,两仪便开始行动起来。将一柄长刃小刀放到皮夹克的内口袋中,又在腰带后方夹带着另一柄短刀。

即使准备这么多危险的东西,对于她来说就像去附近的小店里买包烟一样轻松,然后她走了出去。两仪似乎是打算一个人去的样子。

尽管一点也提不起劲来,可是又不能让她一个人行动,因此我也跟了上去。

"胭条,你会骑摩托车吗?"

"和一般人差不多吧。"

"那么就这样了。就用刚才骑回来的那台车去吧。"两仪开始往地下的停车场走去。

这么小的公寓竟然还有地下停车场,这件事情让我很惊讶。不过两仪准备的摩托车更让我惊讶。

那里停放着一辆安装着侧座的跨斗式重型机车。两仪毫不犹豫坐进了侧座。我也自暴自弃地跨上摩托车,向着一个月前还生活在那里的港区公寓驶去。

◇

　　由于骑着不熟悉的重型机车的关系，抵达公寓时已经是晚上七点以后了。在很难被认为是十一月的寒空下，在月下直立着一栋圆形的建筑。与周围正方形的公寓排列成了一条直线。这个奇怪的建筑建造得很不寻常，东栋和西栋相分离。我的家就在东栋的四楼。不，原本在西栋就没有住着人。由于住户很少而处于闲置状态。

　　据说希望迁入的人多得像山一样，但是公寓的所有人不知是怕生还是怎么回事，只允许不到一半的住户入住。

　　……之所以我家能住进这样高级的公寓，据说是因为父亲认识所有人的缘故。

　　"到了，就是这里。"向副驾驶座上的两仪说道。

　　两仪则用看着幽灵一般的眼神打量着公寓。只说了一句"这什么呀？"

　　我将摩托车停在路边，然后步行向公寓走去。

　　围有水泥墙的宅地，比起某些低质量的小学还要大一些。由于建筑本身是圆形的，所以占地并不算很大，周围的庭院则显得相当宽广。

　　如同将庭院一分为二似的道路，一直延伸到公寓前。我带着陷入沉默的两仪进入了大厅。

　　在大厅中走了没多远，便来到位于公寓中心的大立柱前。立柱中装设着电梯，其侧面则是几乎没有人会去使用的楼梯。我按下了呼唤电梯的按钮。

　　咔嗒、咔嗒、咔嗒、咔嗒。

……讨厌的感觉。心跳比平时要剧烈，呼吸也困难起来。

这也是当然的。因为现在正要前往放有被自己所杀死的家伙尸体的房间。

电梯来了。

进入其中。两仪也跟上来。门关上了。

嗡——嗡。

随着熟稔的机械音，电梯向上移去。

"——被扭曲了。"两仪低声说道。

电梯来到了四楼。我下了电梯，直接走向正面南向的走廊。然后来到公寓的外侧，走廊垂直转向了左边。这是围绕在东栋外侧的走廊，左侧排列着公寓的房间，右侧面对着外面，为了防止失足跌落上面有着约胸部高度的护栏。

"走到底最里面那间就是我家。"我向前走去。一如往常安静的公寓中，既听不到从房间中传出的人声，也遇不到走在走廊上的人。来到尽头处的房间前，我停下了脚步。

——真的要进去吗？手臂无法动弹，眼睛模糊起来。无法握住门的把手。

对了，在那之前要先按门铃。

即使有家里的钥匙，不按门铃就进去的话是会惊吓到母亲的。曾经有一个来讨债的家伙未经许可擅自破门而入，从那以后回家时不按门铃会让母亲害怕的。

手指伸向门铃的按钮。然而两仪阻止了我。

"不要按门铃。进去吧，胭条。"

"——你在说什么啊。打算随随便便地进去吗？"

"随便也好什么也好，原本这就是你的房间吧。况且不要触动开关比较好。否则就弄不清这里的机关了。你有钥匙吧,给我。"

两仪从我手中接过钥匙,打开了门锁。

门开了,里面传来了电视的声音。有人。

毫无感情徒具形态的家人之间的对话声传了过来。那是父亲在抱怨的声音,抱怨着现在的生活都是母亲与这个社会所造成的。还有默默听着,只会点头的母亲的声音。

"——"

这是,毫无疑问的胭条巴的日常。

两仪无声地走了进去。我也——跟在她的身后。离开走廊,打开了通向客厅的门。

与豪华的房间不协调的廉价饭桌和小型电视。从没有认真收拾过,满是垃圾的污秽房间。身处其中的,毫无疑问是我的父母。

"喂。巴还没有回来吗。已经八点了,工作都结束一个小时了。真是的,又跑到哪里玩去了吧,那家伙!"

"是啊,怎么办呢。"

"那家伙根本没有把家里的人当家人看,都是你太宠他了。可恶,再不把钱交出来看我怎么收拾他。从来就没有给过我一毛钱。他以为是靠着谁才长这么大的啊,那家伙!"

"是啊,怎么办呢。"

怎么?

这是,怎么回事?

父母都在这里。尽管胆小却总以为自己很了不起的父亲,还有只会应和他的母亲。理应已经被杀死的两个人,却在这里过着一成不变的日子。

不，并不是这样的。这些家伙，为什么对于走进来的我们连头也没有回过一下！

"胭条你通常几点回家？"两仪凑到我耳边问道。我回答是九点左右。

"还有一个小时吗。那么就在这里等到那个时候吧。"

"什么意思啊。你到底打算做什么，两仪！"对于她那种坦然的态度我生气地诘问起来，两仪则很不耐烦地瞥了我一眼。

"既没有按门铃也没有敲门的话，那么也就不会有应对客人的行动。我们并没有按下使其应对除被决定的模式以外的行动的开关。所以现在只不过是在没有客人来到的模式下，胭条的父母平常的生活而已。"

说着，两仪大摇大摆地穿过客厅走向相邻的房间……那里是我的房间。我踌躇良久，转过脸避开父母的视线走进了自己的房间。

然后只是站在里面。两仪也靠在墙上呆呆地等待着。在没有开灯的房间之中，我与两仪只是在等待着。

等待着什么？哈，还用问吗？当然是，如往常一般归来的胭条巴了。我，身处曾经杀过人的地方，等待着我自己。那是相当诡异的时间。

同时感觉到永远和一瞬的苦楚。现实感缥缈不定，时针在逆向转动。到了最后，我回来了。

终于回来了。已经回来了。两种感觉交织在一起，巴对父母一句话也没说，默默地回到了房间之中。

引人注目的红发。瘦小的身体。上中学之前一直被别人当成女性的面容。有着一副冷眼看待世间的巴，深深地叹了一口气。

……如深呼吸一般。完全像是相信着这种行为能够解消今天一天的痛苦一般，认真而又微不足道的仪式。就连巴，这个巴也没有注意到。

好像我与两仪都变成了幽灵似的。不久，巴铺好床睡下了。

很快。我知道了接下来所要发生的事情，但是却什么也不能思考，只是凝视着朘条巴。父亲的声音，以及初次听到的母亲冲动的声音。

发出尖叫声的母亲在拼命地顶撞着父亲。

就好像狂吠的狗一般，听来并不像人类。也许她是不明真面目的金星人也说不定……女人的歇斯底里竟如同吸毒者一般疯狂，我还是第一次知道。

真是愚蠢的，无所谓的真实的体验。咚，可厌的声音。

像是母亲发出的人类急促的喘息声，越过隔扇也能够听到。

咔嗒、咔嗒、咔嗒、咔嗒。

"……不要。"纵然说出了口，却什么也无法改变。因为，这是——

咔嗒、咔嗒、咔嗒、咔嗒。

纸门开了。巴醒了过来。站在那里的母亲手中，握着一柄大大的菜刀。

"巴，去死吧。"像是什么东西被切断似的，毫无感情的女性的声音。咔嗒、咔嗒、咔嗒、咔嗒。巴在逆光中是看不见的吧。

母亲……确实是。非常悲伤似的，流着泪。咔、嗒。

母亲胡乱地向巴刺去。腹部，胸部，颈部，手，脚，腿，手指，耳朵，鼻子，眼睛，最后是额头。菜刀便在此时折断了，母亲拿起断掉的菜刀砍向自己的脖子。

——房间回荡着一个钝钝的声响。

咔嗒咔嗒。咔嗒咔嗒。

咔嗒咔嗒。咔嗒咔嗒。

咔嗒咔、嗒。卡、嗒卡、嗒咔嗒。
……咔嗒咔嗒咔嗒咔嗒咔嗒！

啊啊，为什么——

"——过分的，梦。"

成为了现实的，我的恶梦。
但是，无论这究竟是什么现象都没有意义。只是过于现实了，让我只能在一旁强忍着呕吐的感觉。白色的和服动了。
两仪从房间中离开了。
"我已经明白了，走吧。在这里已经没有事情了。"
"……没有事情了，为什么！有人——我，明明死在这里了。"
"你在说什么呢。看清楚了，一滴血也没有流出来不是吗。到了早晨就会醒过来的。这是朝生夜死的一个'轮'。倒在那里的并不是胭条。因为，现在活着的人难道不是你吗。"
听了两仪的话，我转头望向惨剧的现场……确实，虽说是相当凶暴的情形，却看不到一滴血……
"为、什么。"
"不知道。去做这种事情有什么意义根本搞不清。总之这里已经没有事情了。好了，赶紧去下一个地方吧。"
两仪走了出去。我忍不住向那背影问去。
"下一个地方——还要去其他什么地方啊，两仪！"
"还用问吗。去你真正住的地方，胭条。"
毫不犹豫地——仿佛要将我内心的混乱一扫而空，两仪如此说道。

◇

　　回到了中央的大厅，两仪没有乘坐电梯而是直接转向了电梯的背侧。在电梯的后面……也就是北边有一条通向西栋的走廊。

　　西栋，与东栋的构造完全相同。由于这栋公寓本身的性质，住在东栋的人不会进入西栋。尽管生活了半年以上，我却直到现在才注意到这个理所当然的事实。时间已经过了十点，风吹在身上如针刺般痛。

　　……西栋之中没有人居住。因此，就连电灯也只是保持着最低限度的照明，从并列的房间中，完全看不到一丝亮光。只是凭借月光来照明的，冬天的薄暗。

　　两仪毫不迟疑地走在无人的走廊上。406号室，407号室，408号室，409号室……一直来到了最后的410号室前，停下了脚步。

　　"让我觉得奇怪的，是一些微小的细节而已。"两仪一边注视着房门，突然一边说起话来。

　　"你不是说住在405号室吗。然而干也却是最后才念到你的名字。那个循规蹈矩的家伙不会毫无理由改变顺序。这样一来名为胭条的一家人如果不是住在四楼最后的房间，也就是410号室，那可就太奇怪了。"

　　"——你说什么？"

　　"那个电梯不是有一段时间无法运转吗？住户们全部住惯了这栋公寓时终于可以使用了。这就是开始的信号。这全部是，为了将南与北逆转过来而设下的机关。电梯设计成圆形的也好发出声音也好，都是在故弄玄虚。就连二楼不被使用也是这个理由。要在让乘坐的人发觉不到的情形下多转半圈，最低限度要预留出一层楼左右的距离吧。"

北与南——被交换了……？这种像小孩子游戏一般的装置，真的存在吗。但是，假设真正存在的话又怎么样呢？

从电梯中出来后所面对的道路是通向东栋的。这是理所当然的事实吧。那么——若是没有注意到电梯回转半圈的话，从电梯出来走向面前的道路就是日常。

如果真的在一无所知的情形下回转后的电梯出口并非向南而是向北的话，我至今为止都是走进了西栋。这个大厅的南侧与北侧的构造完全相同。无论是哪一个楼的走廊都是直角形地折向左侧，所以根本察觉不到异常。

"那么——你的意思是指，这里才是我的家了？"

"嗯。正确说来是你仅仅入住了一个月的家。电梯开始运作之前的家。恐怕楼梯也随着电梯的运作而有所调整了。很难说楼梯的出口没有被反过来。这里的楼梯不是螺旋状的吗？"

啊啊，完全如此。我连点头的心情都没有了。

"不过这也太夸张了吧。这种事情一般是会被发觉到的吧！"不想去承认而予以反驳，然而两仪却用很平静的眼神否定了我所说的话。

"这里并不是正常世界。是异界。周围尽是相同的方形建筑，风景并没有什么特别的差别。公寓之中用墙壁分隔着。乳色的墙壁到处混杂着奇怪的形状，在无意识中给视网膜增加了负担。

由于没有任何一点小的异常，所以也就注意不到大的异常。"

两仪将手伸向门把手。

"要打开了。这可是阔别半年的自己的家哟，胭条。"

两仪很开心似的说着。

我感觉到——这是，绝对不能打开的一扇门。

◇

410号室之中,是黏稠的黑暗。

只有黑暗。

咔嗒咔嗒咔嗒咔嗒。在耳朵的深处,响起这种声音。身体,还有关节,十分沉重。

"电灯,是这个吗?"黑暗中,两仪的声音响起。啪的一声电灯被点亮了。

"——"

倒吸了一口气。

但是,并没有感到惊讶。因为这种事情,早在很久远的过去就已经明白了。

"死了差不多有半年了吧。"

两仪的声音十分沉着。啊啊,是这样没错吧。

在我们所进入的客厅中,有两具人类的尸体。污秽的人骨,以及微微附着在上头像肉一样的东西。腐烂的肉泥流到地板上堆积着,

变成了不知是什么东西的垃圾堆。胭条孝之与胭条枫——我的父亲与母亲的尸体。

我在一个月以前,由于不想再见到自己被杀的恶梦而杀死的父母的尸体。不过是半年以前的尸体。是现在也依然生活在东栋的名为胭条的家庭——对于这种矛盾,我无法再考虑得更多。

就像无事可做、只是静静站在一边的两仪一样,我丝毫不觉得惊讶。怀着如同眺望沙漏不断流逝般平静无波的心情注视着尸体。刚才窜入眼中的景象——和我每晚所见到的恶梦回放影像相比,像这样,这种早已被杀死的尸体虽然令人不快,但感觉不到特别的冲击。

已经死去很久的人类尸体。连究竟是谁也无法判别的骨头山。

原本是眼睛的部分开了两个如同黑暗的洞窟一般的洞,只是

在凝视着虚空。

……毫无价值。像这样没有意义,毫无回报,愚蠢地死去的,是我的父母。无法忍受来自周遭的迫害,并且连因此而性情大变的丈夫也无法违逆,在不断重复着每一天的生活的结束将父亲杀死,同时也杀死了她自己的母亲。

"——"

尽管如此,即使是这样,我也无法移开我的视线。这算什么。我该怎么做。

——既不是父亲也不是母亲。只是极端厌恶的两个人死掉了而已,为什么我,会变得像是一个木偶呆呆地站在这里呢?

这时。从玄关方向,传来了开门的声音。

"哎,很有干劲嘛。"

两仪笑着说道,随后从皮夹克的内侧取出了短刀。有什么人慢慢地走进了客厅。

既没有出声也没有发出脚步声,进来的人影似乎是一个中年人。脸上没有表情,空虚的视线中反而带有一种危险的感觉。

似乎在哪里见过的男人,向着我们袭击过来。如同被丝线操纵的木偶一般,没有任何征兆。然后,两仪轻而易举地杀死了他。

一个。两个。三个。四个。然后向着从玄关不停涌入的公寓的住户们,如舞蹈般杀了过去在其中没有一丝多余的成分存在。很快客厅便被尸体堆满了。两仪拉过我的手奔跑起来。

"留在这里没有意义。快走。"

两仪不愧是两仪。

我——自从看到父母的尸体后就开始觉到恍惚,但是尽管如此我也无法接受面前的状况。

为什么——要这样不由分说就杀人呢,这家伙。

171

"两仪,你!"

"有话之后再说。何况这些家伙并不是人,都已经死过不知道多少次了。这种东西既不是人也不是死人,不过是人偶罢了。每个家伙都想要去死,真让人恶心。"

第一次——露出满是憎恶的表情,两仪奔跑着。我微微踌躇了一下,然后踩着被两仪杀死的家庭成员们来到了走廊上。

来到走廊,已经有五个人倒在地上了。就在我转过眼去的瞬间,两仪已在八号室前砍倒不知道多少人了。

——好强。甚至可以说是压倒性的。

这些家伙似乎是从东栋过来的,却并不像电影中的僵尸那样动作缓慢。以异于常人的速度不断袭击过来。尽管如此,两仪连眉毛也没有动一下便将之解决。没有出血,正如两仪所说那些家伙并不是人类吧。完全没沾到住户溅出来的血便将对方杀死,打开通向中央大厅的路的两仪,如同白色的死神一般。我向着被两仪切开的人群的前方看去。

从大厅流出电灯的光线,勉强照在没有照明的西栋走廊的入口处。那里伫立着一个黑色的人影。与没有意志的住户们不同。

几乎让人误以为是黑色石碑的影子,是一个身着黑色外套的男人。

在看到他的瞬间,我的意识冻结了,如同被切断丝线的人偶一般连指尖也动弹不得。

不应该看到他。不,不对。我就不应该来这里。这样就不会见到他了。不会见到那个,与静静的惨祸相应的,恶魔一般的黑影——

10

那个男人，在黑暗的回廊下等待着。

似乎是为了守住通向中央大厅的，狭窄且唯一的路一般。

身着黑色外套的男人就连月光也拒绝着，宛如比夜还要深邃的影子。

黑色的男人毫无感觉地看着斩倒公寓住户们的白衣少女。也许是感觉到了这种眼神，将最后一个挡路的住户杀死之后，两仪式停下了脚步。

少女——式，直到如此靠近才发觉到那个男人。距离不过五米。直到这种距离才感觉到敌人，就连她本人也不敢相信。

不——这种事情不可轻视。尽管看到了男人的身影却丝毫感觉不到其气息这一事实，让两仪式那种游刃有余的感觉完全消失。

"……实在很讽刺。这里本来应该是要在式被我杀了之后才会盖好。"

用沉重的，让听到的人不禁从心底屈服的声音，魔术师说道，一步，男人向前走来。

对于他漫不经心满是破绽的前进，式却没有反应。

明明知道眼前的男人是敌人，会将自己和胭条巴一并杀死，但却无法像平时那样迅速接近。

"这家伙，我看不到……!?"

强抑住内心的惊异，式凝视着那个男人。之前在毫不介意的情形下都能看到的人的死，这个男人却没有。

对于人类的身体，有着只要去划过便能够将之停止的线。那是生命的破绽，还是分子结合点间最弱的部分，式并不知道。只是能够看到而已。

至今为止的任何人，无一例外的有着死之线。但是，这个男人，那种线极其地微弱。

式用极其强烈的，至今为止从未有过的毅力去凝视那个男人。脑部也许因此而过热，意识大半都恍惚了。这样拼命地去观察对手，终于看到了。

……能够看到位于身体的中心，胸部正中的洞。线如同孩子的涂鸦一般在同一个地方划着圆，结果看来如同一个洞。

"——我认得你。"

那个，有着奇怪的生命存在方式的对手，认识式。现在的式所回想不起来的遥远的记忆。两年前的雨夜所发生的事情的残片。

男人回答道。

"是啊。没想到隔了两年，才又能这样面对面。"

如同捏住听到的人的大脑一般，沉重的声音。

那个男人缓缓地伸手触摸自己的鬓角。头的侧面。从前额向左，有一条笔直的伤痕。那是两年前，两仪式所刻下的，深深的伤痕。

"你是——"

"荒耶宗莲。一个要杀死式的人。"

连眉毛也没有动一下，魔术师断言道。

那个男人的外套看来确实像是魔术师的穿著。从双肩垂下的黑布，如同童话中出现的魔法使的斗篷。

在斗篷之下，那个男人伸出一只手。如同要抓住一定距离外的式的头一般，缓缓地。

式的双足微微放开，调整好体势。之前都是单手使用的短刀，不知何时已经用上了双手。

"你的兴趣还真糟糕，这栋公寓有什么意义？"

强忍着自身的紧张——以及恐怕是生平第一次体验的畏惧，式开口了。

"回答啊，魔术师。"式仿佛自己应该有聆听的资格般问道。

"在普遍上没有意义，这终究只是我个人的意志。"

"所以说那些重复也只是你的兴趣啰？"

双眸点燃了敌意，

式凝视着那个男人。

不断重复——就是如同胭条家一样，夜里死去早晨复活这种不可思议的现象。

"虽然效果不是很好。但我创造出一个在一天内就能完结的世界。然而那还是无法与将生死并列的两仪相比。若不在人们身上使用相同的仪式死亡，给你的献祭便不完全。如果死亡之后再次复活的螺旋不完全。没有达到相互交缠且相克的条件，便无法将其联系起来。于是我便准备了他们的尸体作为阴，他们平常的生活作为阳。"

"啊？所以这一边是停尸间，那一边是日常生活吗？还真是拘泥于无聊的事情呢。那种东西，不是什么意义也没有吗？"

"——我理应回答你'本来就没有意义这种东西'，不过……"说到这里，那个男人向呆然站立在式背后的少年望去。胭条巴，直视著名为荒耶宗莲的黑暗而动弹不得。

"是的，毫无意义。从最开始人类就不可能同时存在两种属性。死者与生者无法兼容。在满是矛盾的这个世界中，个体是没有共通这层意义的。"

魔术师将视线从少年身上移回到少女身上。如同胭条巴已然毫无意义一般。

"这只是单纯的实验罢了。我想测试一下人类真的有办法迎接不同的死亡方式吗？人必定会死，但那只不过是每个人被注定的死而已。所谓一个人最后的死法，只能有一个。死于火灾的人无论何种形式都不过死于火灾，被家人所杀的人无论何种形式都逃不过为家人所杀。第一次脱离了死的困境，但那只不过是为了迎来第二次、第三次的死所注定的方法。这种有限的死的方式，我们就称呼这个被决定好的方法为寿命。纵然人死的方式是注定的。我猜想当重复数千次死亡之后，这种螺旋应该也会出现误差吧。误差哪怕是极其细微的事故也无所谓。像是下班途中被车撞死这种平常的不幸事故——但目前为止，都只得到相同的结果。二百个不间断的重复，只是让我看到了人的命运无法改变这一事实而已。"

很无聊似的，男人毫无感情地说道。仅仅如此——式，直觉感到不得不在此杀死这个男人。

那个男人通过什么样的手段，经过什么样的过程来做到这种事情这一点并不清楚。只有一件事情可以确定，那就是那个男人为了如此无谓的实验，令胭条巴的家人每天不停地相互杀戮着——

"为了这个理由才将相同的死法……不断重复最后的一天吗？所以准备了在同样条件下开始的早晨，以及在同样条件下生活的家人。所以，在夜晚死去的只有胭条家而已吗？"

"要是那样的话就不存在异界这层涵义了。被吸引到这里的家庭，他们全都是早晚会走上绝路的人。原本就是在逐渐崩坏，毫无疑问只会走向终点。这是要花上数十年才能结束的苦行，而在这边只需一个月，就能够终结。"

……既没有自夸也没有叹息，魔术师淡淡地说着。

式眯起黑色的眼瞳，向黑衣男子投以一瞥。

"……推了煞车坏掉的人一把，这种做法是不对的。

确实，这栋建筑很容易让人累积压力。到处都是扭曲的。把地板制作得像海一样四处倾斜，来扰乱平衡感。给眼睛增加负担的涂装与照明方式，让神经在不知不觉间紧张起来。什么咒术都没使用就能让来到这里的人陷入疯狂。你真是了不起的建筑师呢。"

"错了。这个地方是苍崎设计的。要赞美的话应该是向她而不是我。"

男人又向前迈了一步。

似乎是话就说到这里的意思。

式瞄准那个男人的颈部——最后，问了一个真正的疑问。

"荒耶，你为什么要杀我？"

男人没有回答。反而说出了令人意外的话。

"巫条雾绘与浅上藤乃，都没什么效果。"

"嗯？"

对于出现预料之外的人名，式想不出该如何应对。

趁着这个空隙——男人又向前走了一步。

"不依附死亡便无法存活下去的巫条雾绘，属性与你非常相似但不同。"

被不知何时会夺取自己生命的病魔所侵蚀的巫条雾绘。她是一个只有透过死亡才能体会实际存活的女性。只有死亡这件事，才能感觉到活着的人……她是只有一颗心，却拥有两个肉体的能力者。而两仪式是……依附死亡，只有抗拒它才能体会活着的真实感……是由两颗心同时存在于一个肉体的能力者。

"只有接触死亡才能得到快乐的浅上藤乃，属性与你非常相似但也不同。"

浅上藤乃因为没有痛觉而无法体会到外界的感情。这名少女只有透过杀人这样的终极行为来获得快乐。在杀人的过程从被杀者的痛苦中产生优越感，才能感受到活着……她属于被人工方式封印的旧血族。而两仪式则是接触死亡，只有藉由互相残杀才能感受到彼此存在……属于能力因人为因素开启才能的旧血统。

"同样与死相邻，她选择死亡，而你选择了活下来。同样面对你死我活的战局，她享受杀人的乐趣，而你却对杀戮怀抱敬意。她们虽是同胞，却是和两仪式相反类型的杀人魔。"

式，愕然地注视着一边说话一边接近的黑暗。她只能眼睁睁看着。

"两年前我失败过一次。那家伙和你过于相反了。我所需要的是拥有相同的起源却彼此分离的人。是的，高兴吧两仪式。那两个人其实是特地为你准备的祭品。"

男人的声音，如同强抑住笑声一般高昂起来。然而表情却分毫未动。一如既往，仿佛苦闷的哲学家容貌。

"还剩有一颗棋子，不过被苍崎发觉到了也没办法。胭条巴是无用的东西。因为你是在我的意志干涉之外，自行来到这个地方的。"

"你这家伙——"

式向持刀的双手贯注力量。

男人停下脚步，指向式的背后。

在那里的，只有方才被式所屠戮的死者们。那是，直至压倒性的罪，与暗的具现。

"'虚无'是你的混沌冲动，也是起源——直视那股黑暗。

然后回想起自己的名字吧。"

含有魔性韵律的咒文响起。就在心似乎被紧握住的感觉之下，式拼命地摇头大叫着。

"元凶！"

随着进出的叫声，式向着魔术师飞奔过去。如同被绞至极限的弓所放射出的箭一般迅捷，
伴随着如野兽般的速度与杀意。

◇

两者之间的距离，只剩下不到三米。

对于相互对峙在狭窄走廊上的式与魔术师来说，并没有逃走的路。后退之类——连想都没有想过。

式的身体弹了起来。在这种距离之下接近花费不上数秒。叹一口气的功夫便足以将短刀插进那家伙的胸膛。

白色的和服在黑暗中流淌。而在那之前，魔术师发出了声音。
"不俱、"
空气为之一变。
式的身体，突然停止下来。
"金刚、"
一只手伸向空中，魔术师对着式发出了声音。式，凝视着地板上浮现出的线。
"蛇蝎、"
在魔术师的周围，一切流动都渐渐中断了。大气流动的种种现象密闭起来。

式看到了。从黑衣男人的脚下，延伸出三个圆形的纹样。

身体，好重？

守护着魔术师的三个圆环，酷似描绘行星轨迹的图形。三个细长的圆环相互重叠着一般浮现在地面和空气之间。

刚一踏上圆环最外侧的线，式的身体的行动力便被剥夺了。

如同被蜘蛛网缠住，脆弱的白色蝴蝶一般。

"这个身体，就由我荒耶宗莲收下了。"

魔术师动了。

如果说式是在黑夜中残留下白色和服的影子般奔跑的话，那个男人，就是溶入夜的黑暗中渐渐向猎物逼近。

靠近的过程无法辨认，如同亡灵一般迅捷。在动弹不得的式的身边，魔术师的外套翻动起来。

对于魔术师毫无预兆的接近，式连反应都来不及。明明看到了——明明看到那个男人向自己走来，却无法察觉到他就站在自己的身边。

背上走过一丝寒意。

至此为止，她终于理解到，敌人是不折不扣的怪物。

魔术师伸出左手。仿佛带有千钧之力的张开的手掌，像是要捏碎式的头一般伸了过来。

"别……过来……"

背上仿佛是击打过来一般的恶寒，反而让她的身体从静止状态复苏过来。

魔术师的指尖触到脸部的那一瞬间，式反射似的背过脸去。顺势转过身去的同时，向着魔术师的手腕挥去一刀。随着一声钝响，短刀将魔术师的左手切断了。

"戴天、"

魔术师发出声音。

确实地被短刀的刃划过的魔术师的手腕,并没有齐腕落下。明明刀刃如同切萝卜一般干脆地穿了过去,但魔术师的手连一点伤都没有。

"顶经。"

右手动了。

像是预测到从不死的左手中逃开的式的动向才放出的右手,确实地将她抓住了。单手抓住少女的脸,魔术师将式吊在空中。虽然式不过是一个少女,但只用一只手便把人吊起来的身影,让人不禁想到鬼或是什么魔物。

"啊——"

式的喉咙颤抖着。

在如同喘息的声音中,意识淡薄下去。从男人的手掌中所感觉到的,只有压倒性的绝望。这种绝望透过皮肤直至脑髓,又沿着脊髓滑落浸透了全身。

式有生以来第一次,确信自己会就此被杀掉。

"——天真。这只左手埋有佛舍利子。即便是直死之魔眼,也找不出死亡的弱点。只是单纯的切断,是不会伤到我荒耶的。"

用手掌压榨着少女的脸,魔术师淡淡地说道。式无法回答。抓住脸部的力过于强大,连回答的余裕都没有。

……男人的手腕,是一部专为捏碎人的头颅的机械。紧紧地勒入脸部的五指无论如何也无法挣脱。如果随便摇动身体来进行反击的话,这部机械会毫不犹豫地捏碎式的头。魔术师继续说道。

"何况连我也不会死。我的起源乃是'静止'。呼唤起源的人,便能够支配其起源。已然静止下来的人,你要怎样去杀他呢。"

式无法回答。她倾尽一切情感,拼命地想要找出男人身上微弱的线。

游遍全身的名为绝望感的麻醉也好,脸部被紧抓的疼痛也好,这一切统统无视,只为打开唯一的突破口。

然而在那之前。魔术师观察着被自己吊在空中的少女,作出了结论。

"——这样啊。不想要你的脸了是吧。"

用毫无感情的声音,魔术师的手腕第一次运上了力气。啪,骨头碎裂的声音响起。

瞬间——几乎要将名为两仪式的少女的脸捏碎的右手,随着短刀的划过确确实实地被切断了。

"——唔。"

魔术师微微地后退了。

在被吊起的姿势下将魔术师的手腕自肘部切断的式,将脸上的断腕剥下来跳着退了几步。

黑色的手腕落在地上。脱离到魔术师的三重圆所触碰不到的距离,式单膝跪倒在地上。

或许是由于几乎将脸部捏碎的疼痛,或许是由于为了捕捉到魔术师微弱的死之线意识过于集中。式慌乱地呼吸着,只是凝视着膝前的地面。

两个人之间的距离,再一次拉开了。

"……原来如此,是我大意了。医院的那一次足以验证了。生也罢死也罢,只要是能够行动的东西,便能够将其行动之源切断。这才是你的能力。纵然是我已然停止的生命,由于这般存在而存有使我存在的线。切断那里的话确实会将我杀死。虽然左手是唯一的例外,不过又能保留到什么时候呢。纵然是圣者的骨,只要还能活动,就有促使其活动的因果存在。"

似乎并不在意被切断的手腕,魔术师说道。

"果然那双眼要不得。作为两仪式的附属品来说过于危险了。不过在毁坏之前——麻醉还是必要的。"

魔术师维持着三重结界向前踏出一步。式,依然凝视着这三重的圆形。

"……不行的。你到现在也应该下决定了。"

反手握住短刀,式说道。

"我也对结界有些了解。修验道中作为圣域的山里便存在不让女人进入而张开的结界,据说进入的女人会变成石头,不过,结界充其量不过是一种界线。圆之中并不是结界。只有其分界处是阻挡他人的魔力之壁。既然如此——只要线消失的话,那股力量也会消失。"

然后,她将短刀插向地面。将魔术师所拥有的三重圆形,最外侧的圆杀掉了。

"——愚昧。"

魔术师有些焦急地向前走去。

再有一步,就来到式身边了,不过式丝毫没受影响。

……男人的护身符从三个减为了两个。

魔术师在内心赞叹了一下。之前并没有预想到式的直死之魔眼会强到这个地步。竟然连无形,且没有生命的结界这一概念也给抹杀了,这是何等的绝对性——

在可将接触到界线的外敌限制住的三重结界外圈——"不俱"被杀害后,魔术师为了捕捉式而奔跑起来。

"但是,还剩下两个喔。"

"——那也太迟了。"

依然保持单膝跪地的姿势,式将手伸向背后。在系住和服的带子里,还有第二支短刀。

从背后的带子中拉出短刀,式顺势向魔术师投了出去。

刀刃，贯通了两重结界。

如同打水漂的小石头一般，短刀在圆的上方又弹了起来，向着魔术师的额头飞去。速度竟有如子弹一般。

"！"

魔术师下意识地避开。短刀擦着男人的耳朵消失在走廊的深处，理应避开的耳根被挖了出来。

血与肉与碎裂的骨头，还有脑浆一起迸散出来。

"呜！"

魔术师叫出声来。

在此之前——他，感觉到了刺入自己身体的冲击。白色的影子在魔术师的身躯中炸裂。当把握到式在投出短刀之后，随即向自己冲过来的事实时，胜败已然分晓了。

从肩头撞过来的式的一击，如同大炮的冲击一般。仅仅一击骨头便断了好几根，在式的手中，仍握着银色的短刀。

短刀，确实贯穿了魔术师的胸的正中。

"咳——啊！"魔术师吐血了。血，有着如同沙一般的质感。

式拔出短刀，又刺入魔术师的颈部。双手用尽全力。明明胜负已分，却以极为拼命的神情刺下最后一击。

要说为什么——

"死到临头还不认命吗？这样你在地府会迷失的，式。"

——因为敌人还是没有死。

"可恶，为什么！"

式如同诅咒般叫着。为什么——为什么，你还没有死。

魔术师依然一副严肃的面容，只有眼球透出笑意。

"确实，这里是我的要害。但是仅仅如此还不够。纵然是直死之魔眼，还是没能让活了超过两百年的我丧命。不知何时这个身体也会死去，不过我早就做好了准备。正是为了能够捉住两仪式。代价即使是自己的死也十分合适啊。"

魔术师的左手动了。

……是的。胜败，已然分晓了。

紧紧攥住的男人的拳头，顺势打在了式的腹部上。

连大树也能贯穿的一击，将式的身体打飞起来。仅仅一击，式吐出的血比起胸与头都被贯穿的魔术师所吐出的还要多。

随着喀喀的声音，内脏，以及保卫内脏的骨碎裂了。

"——"

式就此晕了过去。纵然拥有直死之魔眼，以及卓越的运动神经，但她的肉体也不过是脆弱的少女。尽管卸掉了一半的力量，但还是不可能承受住连水泥墙都能够击碎的荒耶的一击。魔术师单手抓起少女的腹部，随后撞向公寓的墙壁。

以撞碎式全身的骨头的势头进行的凶残行为，却又变为了奇怪的现象……被撞击在墙上的式的身体，如同沉入水中一般被墙壁吸了进去。

待到公寓的墙壁将式完全吞没之后，魔术师终于放下了手。

……他的颈部依然残留有式的短刀，眼中已没有了之前的威压感。

短暂的空白流过，黑色的外套连动也没有动过。

要说当然也的确是当然的。

魔术师的肉体，已经完全地死掉了。

8

矛盾螺旋 5

日期已转为十一月十日,式依然没有返回自己的房间。式有着不锁家门便出外的坏习惯,不过最近都好好地把门锁上了。

因此我也进不了门,在外等了好几个小时。

……说起来之前秋隆先生也曾这样在门外等过,无法进到屋内的他将要给式的东西托给我转交。

式在夜里散步直至天亮也没有回来的情形并不罕见。平时的话还无所谓,只是昨天式临走前的样子令人感到有些不安。由于担心这一点于是我继续等待下去,但是一直到早上她也没有回来。

11

矛盾螺旋 6

在等待着没有归来的式的时间里，小镇迎来了清晨。一片阴郁的天空。

怀着难以言喻的不安来到了事务所。

时间已过上午八点。桌子的对面除了橙子小姐以外别无人影，式也许在这里的最后一丝期待也破灭了。

一如往常打过招呼之后来到桌前，总之先继续昨天的工作……无论怀有怎样的不安身体还是能自由的活动。或许是由于做的是至今为止重复过不知多少次的工作吧，黑桐干也本人再心不在焉，日常积累的能力也如常地将这种生活送走。

"黑桐，关于昨天的事情。"

从背向窗口的所长办公桌前传来橙子小姐的声音。我呆呆地应了一声。

"关于那栋公寓的入住者。虽然对于五十家人只调查到三十家人很不满意，不过调查就到此为止了。那并不是不能调查，而是资料从一开始就不存在。仅存有名字和家庭成员的记录的三十家之后的入住者统统是架空的。虽然试着去调查过，不过直到第四家都是同样的情形便放弃了。只不过是利用已死亡的人的户籍和履历来捏造出的住户。"

我再一次叹了口气。

"被捏造出来的只有东栋的人，这到底是怎么一回事呢——"试着问去，橙子小姐皱起了眉。露出了好像是身上爬有无数蚂蚁一般不快的表情，低声说道有入侵者。

橙子小姐从桌子的抽屉中取出一枚用草编的戒指，扔给我。

"拿着这个站到墙边去。不必戴上。很快会有一位客人出现，你只要当他不存在，也别出声。这么一来客人就不会发现到你。"

橙子小姐以满是不快的神情说着。其中有着不容辩驳的切迫的紧张感，我便乖乖地照做。

握着编得十分粗糙的戒指，我站到墙边那个式常用的沙发后面。

不久便听到了脚步声。在这个建到一半便放弃的大楼的水泥地板上，响起大得夸张的脚步声。脚步声毫无停顿，直线来到这间作为事务所的房间前。

在没有门的事务所入口，出现了一个红色的影子。暗金色的头发与碧蓝的眼睛，面容深得如同雕刻出来的一般，有着高雅的气质。

从年龄来看，像是二十多岁的德国人。身穿红色的外套，如同绘画般的美男子来到事务所，很开朗地举起手来。

"哎呀，苍崎！好久不见了呢，身体还好吧？"

脸上充满着亲切的笑容。但是在我看来，那只是如同蛇一般满是恶意的笑容。

身穿红色外套的青年，在橙子小姐的桌前停下脚步。橙子小姐依然坐在椅子上，没有半点欢迎的意思，只是向青年投去冷冷的视线。

"柯尼勒斯·阿鲁巴。修本海姆修道院的次任院长到这个偏僻的地方来有何指教？"

"哈哈，这还用问吗！都是为了来见你啊。在伦敦受到过你许多照顾，所以作为过去的学友来给你提个忠告。还是说，我的好意反而给你添了麻烦呢？"

青年夸张地摊开双手，作出满是善意的笑容。感觉上比起德国人来更像是法国王子一般，与橙子小姐是完全相反的类型。

橙子小姐的眼神依然很冷漠。尽管如此，青年的脸上依然带着笑容。

"说起来日本还真是一个好地方呢。虽然你说是偏僻的地方，不过正因为这样才能避开协会的监视。在这个国家中存在着独立的魔术系统，与我们的组织并不兼容。大概是从大陆派生过来的密教吧。我是不大明白和神道有什么区别啦，不过也不是什么大问题。他们的优点在于绝对不会在自己的支配范围之外行动，与协会不同偏向于闭锁一类。在发生事件之后而不是之前采取行动，是事后处理的专家。日本人都是这样的人呢。噢噢，这可不是怀着什么恶意才说的。对于我来说这一点反而更令人高兴。计划之中不会有任何打扰，这在我的国家里是不可想象的。对于从协会脱离的魔术师来说，这个国家还真是理想国呢。"

"不过原本我就是协会的魔术师所以没关系。"补充这么一句后，青年笑了起来。

……他只是看着橙子小姐。似乎确实是看不见且发觉不到我的样子。侧目盯着如机关枪般滔滔不绝的青年，橙子小姐终于开了口。

"要是来说废话的话你还是回去吧。以后不要随便踏入别人的工房。即使被杀也没法抱怨的。"

"什么嘛，你不也是随便踏入我的世界吗。还带着别人进来，让我连个招呼都不好打，原本应该是我来抱怨你没规矩吧。"

"哦，那栋公寓是你的工房吗？那个充满漏洞的结界是你做出来的花招的话，我还真得改变一下对你的评价呢。"

橙子小姐露出了捉弄人的笑容。青年微微皱了皱眉。

"我们的工房在现代不过是某种程度的异界而已。所谓群体是能够忽视外部的异界的，不过对于内部的异界则会在出现问题之前加以排除。为了免遭此患，魔术师在群体之中需要张开隐藏自己的结界。这样一来魔术师便将异界化为了更深层次的异界。不过若是将隔离出异界的结界设置得过为强大的话，又会被协会感知到——说到底，能够瞒过任何人的结界，在这个人类社会中并不存在。所谓究极的结界，既不会被文明社会所感知，也不会被魔术协会所发觉。那栋公寓正是如此。可以称得上是浑然一体了，进行魔术实验的另一方面，为了使其异常性不外见而施与其社会性的机关。那是半吊子的魔术师永远无法抵达的结论。

据我所知能够进行实践的只有一个人。是呢，你终于追上那个家伙了。祝贺你呀，柯尼勒斯·阿鲁巴。"

"不要这么看不起我，苍崎。我根本没把荒耶放在眼里。借助人偶的身体，只凭借脑髓来活下去是我所独有的技术。没有我的力量也就不会有那个异界了。"

方才还充满年轻气息的声音听不到了，青年的声调如同威严的老人般提高了。

"哎呀哎呀。那么，有什么事吗阿鲁巴。莫不是专程来这里自吹自擂的？又不是学徒时代了，彼此都是脱离协会的身份。自己的研究成果还是去向弟子炫耀吧。"

"哼，你还是老样子呢。好吧，这种话就留到以后再说。总有一天你会来到我的世界和我交谈的。在你的根据地果然很难冷静下来。有趣的事情还是在更为宽敞的地方谈比较好。

——苍崎。太极就先放在我这里了。"

对于青年自信满满的话语，橙子小姐微微有些吃惊。

"——你们在太极之中置入了太极吗？虽然我对于想要靠近根源的认真心情十分理解，但是这样做的话还是会产生抑止力。

世界或灵长，哪一方会先动是还无法预测。从过去的经验来看，没有魔术师能够控制住它。你们打算自我毁灭吗，阿鲁巴？"

橙子小姐侧眼看着身穿红色外套的青年。不过青年却是一副得意洋洋的神情，甚至笑了起来。

"抑止力？那个碍事的东西不会启动的。因为这次并不是要开辟通道，而是沿着原本就开辟好的通道走罢了。理应不会出现反动才是。不过，即使如此事情还是要谨慎地进行下去。名为两仪的样品会慎重地去使用的哟。"

两仪？

"你这家伙把式怎么了！"

一瞬间，我叫出声来。

两个人一齐向我这边转过头来。

似乎在骂着笨蛋一般皱起眉来的橙子小姐，以及愣着注视着我的青年。惨了，即使是这般骂着自己，也已经于事无补了。

身穿红色外套的青年看着我，好像是忍不住一般——笑了起来。

"是昨天的少年呢。虽然你说自己没有弟子，不过这里不是好好地站着一个吗。好高兴啊，乐趣又增加了，苍崎！"

他转向橙子小姐这般说道。如同歌剧的演员一般摊开双手的他，怎么看也不像是正常人。

"就算我否认……看来也只是白费唇舌。"

橙子小姐像是很头痛一般用手指抵住额头，叹了口气。

"事情就这么一些吗。特意跑来通知一趟十分感谢，不过你就没有想过我会去通知协会吗？"

"哼，你做不出这种事情的。即使你去通知了，那些家伙要来到这里还要花上六天。协会的人来到日本必然要向我这边的组织打探情报，这样又能多花费两天。那么看吧，要让某本书上所记载的神创造出一个世界来不是也足够了吗！"

啊哈哈哈哈，青年笑得弯下腰去。这样笑了一阵子，似乎是满足了。青年直起腰来转过身去。

"那么，再见。你也需要一些准备吧，不过我可是很期待尽可能早的再会哟。"

最后用开朗的语气打过招呼，青年翻动着红色的外套离去了。

"橙子小姐，刚才到底是怎么一回事！"

"啊啊，就是说式被绑架监禁了。"

身穿红色外套的青年离开后，我立刻来到所长的办公桌前追问，然后橙子小姐便给了我这样的回答。

如此平淡的语气让我很犹豫到底该说些什么，于是我便继续着连自己也不明白的追问。

"被监禁什么的，在什么地方？"

"小川公寓。恐怕是最上层。说起来，那里没有通往屋顶的路呢。也即是在第十层的某个房间里。式属于阴性所以在西栋吧。"

橙子小姐极为冷静。从胸前的口袋中取出香烟，望着天花板的同时将之点燃。在等待她吸烟的过程中，我的乐天主义已经不知跑到什么地方去了。虽然一时还不敢相信式会被抢走，但这即使是谎言也有必要去确认。就在我将要跑出去的那一刻，橙子小姐把我叫住。

"——怎么。所长平时不是抱持事不关己主义的人吗？"

对于我带着不满说出来的话，橙子小姐很为难似的点了点头。

"基本来说是那样的。但是这一次不是别人的事情了。不管怎么说这都是与我有关的事件。原本，在下决心与式扯上关系时就已经预测到会发生这样的事情了。"

真是命运啊，橙子小姐重复着以前经常说出口的话语。

"那个呢，黑桐。前往魔术师的城堡就意味着战斗。我的这间工房也好，阿鲁巴的那栋公寓也好——对于魔术师来说虽然名称是城堡但是并不是用来防御的东西。准确说来是用来进行攻击的东西，是用来将来犯的外敌确实处刑的东西。先不说我，黑桐要是想侵入的话在玄关口就会被杀死了。"

这么一说，我终于想到那个身穿红色外套的青年与橙子小姐原来是同类的人。

……确实，我也想过那个相当奇特的怪人不是普通的人。

"不过，昨天不是什么事情也没有发生吗。"

"那是因为昨天你被认为是一般的人。之前不是也说过吗？魔术师不能对魔术师以外的人使用魔法。随便出手引起麻烦的话，至今为止的辛苦都化成泡影了。那栋公寓的异常被外界所知晓，并不是阿鲁巴所希望的事情。"

虽然这么说，魔术师想要玩弄我这种程度的人的话不是很简单吗。连催眠术也会让人的记忆模糊起来。要是魔术之类的东西效果应该更高才对。

将这个疑问说出口，橙子小姐点着头的同时否认了我的说法。

"那个呢，关于人的记忆这方面的话，有许多方式可以操纵。如尼符文中的忘却刻印就是一种。但是，这种方法已经是过去的事情了。在过去记忆被消除的人出现一个两个还没有问题。只要说是被妖精诓骗也就没事了。可是现在就不一样了吧？一个人的记忆有异常的话就会被彻底调查。要调查的并不是被消除记忆的本人，而是周围的人们。家人或友人，以至上级都没有疑点的可能性也会存在，了解到这一点的话就不能轻易去将人的记忆消除。与结界相同。为了隐蔽一个异常而操作记忆的话，下一次便会显露出操作记忆的异常来。不但再度回到那栋公寓的可能性并非是零。被消除记忆的本人突然回想起来的可能性，也不能说绝对没有。"

一脸为难地吸着香烟，橙子小姐说道。

……原来如此，确实是这么回事。虽然对于神经质的担心多少有些反感，不过在现在的社会中再小的不可思议的东西也会被穷追到底。不，为了去说明所有的事物，最终使得无法说明的事物浮现出来。

那么不只是记忆，让那个人整个消失的话又怎样？破坏理性使其成为废人，或是消去生命使其成为亡者。死人是不会讲话的，这样一来也就不会泄漏秘密了。

……啊啊，是了。即使这样结果也还是相同的。周围的人一定会注意到的。在将信息化渐渐推至极限的现代中，追踪一个消失的人的足迹并不困难。最终结果是，来到了那栋公寓。所以说——去到那栋公寓的一般人不会看到任何的异常。那里奇异的建筑设计，就是为了在没有外界因素干扰的情形下将之驱逐的东西。那个名为阿鲁巴的魔术师，纵然是暗地在策划着什么不好的事情（这一点，只凭刚才的对话就可以推断出来），他也只能保持沉默。即使知道偶然来到公寓中的溜门窃贼，还有被暴徒袭击逃入公寓的女性会将警察叫来，也还是不能出手。操作他们的记忆，或是杀死他们的话，反而会引起关注。

是的——作为一个完全普通的公寓，只是接受那些运气不好的人们所引发的事件。我想起之前鲜花在这间事务所中所说出口的反论。

为了消除现象而引起的现象，最终会变成将自己向绝境逼迫的行为。但是果然，即使留下最初的现象不管，也会演变成被逼迫至绝境的情形。无论怎样努力，现象这个词的含义是不会消失的——

是问题自身将问题逼迫至绝境。已然发生的现象，在某种意义上只能进行修改粉饰。因为现象本身是绝对不会化为无的。

"就是这么回事。那个结界没有缺陷。如果没有那两个事件的话，式便会在我们没有注意到的情形下消失，就连其位置也无法确定。从中应该吸取一些教训呢，黑桐。由于事物总是连带有许多阻碍，所以并不存在完美的事物。"

橙子小姐的言辞一针见血。

……纵然其本身是完美的，外界却总存在着无法预测的阻碍。袭向那栋公寓的阻碍，可以说只是偶然发生的那两个事件吧。

"那个，方才那个人所说的抑止力就是指这种事情吗？"回想起刚才的对话而问道，橙子小姐依然一脸为难地点点头。

"——也许是指这个吧。所谓抑止力呢，就是指既是我们最大的同伴，同时也是最大的敌人的方向修复者。我们人类不想死，想要拥有和平。就连我们所身处的行星也不想死。想要永远存在下去。

所谓的抑止力正是这个。是名为灵长的群体中的任何个体都拥有的统一意志，是想让自己在这个世上存续下去的愿望。收束起除去自我后所剩下的名为人类这一物种的本能中所存在的方向性，因而产生了形态的东西。那是被称作抑止力的反作用。

是了，假设要让一个名叫 a 的温柔的人来征服世界。他身为正义的人，其统治也相当理想化。通过只有人类才能看到的道德性来治理世界。然而 a 的行动从灵长全体而非个体的角度看来是恶的，也即是成为了毁灭的要因的情形下，抑止力便会具现。

这是想要存续灵长的世界，这一个就连 a 也包含在内的人类无意识下的念想的集合体。

为了保护人类而将人类拘束的这个存在，在任何人都注意不到的情形下出现，在任何人观测不到的情形下将 a 消灭。人们无意识下的涡作成的代表者,由于无意识而无法意识到。

纵然是这么说,也并不是指有什么没有形体的意识通过诅咒将a杀死。抑止力呢,通常寄宿在能够成为媒体的人们中间,化作敌人来将a驱逐。成为媒体的人们只拥有将a推翻的能力,而没有被赋予更强大的力量。也无法将a取而代之。能够接受下所谓抑止力的灵长全体的意志的受信者,是被称为拥有特殊频道的人的稀有存在。历史上,通常称之为英雄。

不过到了近代这种称呼就不再使用了。文明发达了,人们变得很容易就能够将自身灭绝。

某处的企业的社长倾尽财力来增加亚马逊森林的采伐量,一年时间地球就完蛋了。看吧,不管什么时候在什么地方地球都处于危机之中吧?抑止力的冲动在任何人都注意不到的情形下拯救着世界,这样的事情有很多。

英雄在一个时代只有一个。拯救世界这种程度的事情在现代还不至于被称为英雄。

再有,如果人类的力量无法制止那个a的话,抑止力便会化作自然现象将a连同其周围一同消灭。

在过去,某处的大陆沉没等等也都是这个东西的力量。这样说起来确实是人类的守护者,但是这家伙并没有人类的感情。有时也会在使万人幸福的行为之前起到阻碍作用。

虽说是相当麻烦的东西,这家伙到底是人类的代表者。纵然我们无法去认识它,抑止力却又是最强的灵长。过去不知有多少次,它出现在挑战某种实验的魔术师们的面前,将魔术师们全部斩杀。"

……橙子小姐的话相当长。但是与此相似的论点,我似乎在高中的课上听到过。到底是在什么课上,又是怎样的内容呢。似乎是讲人类都是以个体生存,却又在某处维系在一起之类的论点。

……另一方面，我从方才的话中联想到了圣女贞德。平凡的农家女孩受到了神的启示而战斗的故事。实际上只是采用了被当时的骑士们认为是卑怯、下贱的战法，却取得了出人意料的结果。

突然像变了一个人似的活跃起来的某人。仅在那一刻人格转变与恶人斗争的某人。那都是名为抑止力的，灵长的守护者。

"……说的话我明白了。那么，那个实验与式有着什么关系吧？"我也与橙子小姐相处了不短的时间，能够读出这个人对话前进的方向。这个人不会说一些没有意义的事情。到了后来必定与主题发生关联。所以——那个实验应该与式被掠走有着某种关联。

橙子小姐将香烟捻熄，似乎很高兴似的看着我。

"——我不知道阿鲁巴打算把式怎么样。只是那家伙的目的是抵达根源漩涡。那么恐怕需要打开式的身体，可遗憾的是那家伙没有那种勇气。直到期限来临之前都会在思索。从过去就一直是这样呢，将小红帽活捉很兴奋，却找不到合适的解剖法，最后只好任其腐烂。其本人既然是这种性格，式的身体在七天内应该是不要紧的。当然，那是在毫发无伤地将其捕获的前提下。"

橙子小姐说着相当不吉利的话。

"——式没有危险。那家伙，说的是在他手里吧。那也隐含了依然活着的意思。"

反驳着橙子小姐的我，无意识地瞪着她。

因为，从自己口中说出的——式被杀之类的话，本身很容易形成相应的印象。

"——所以，必须尽快救出她。"

但是要怎么做？这个时候，我没有任何手段。只能是叫来警察调查那栋公寓。但是，即使那样做也未必会有什么效果。那可是能将准备工作做到那种程度的对手。警方大举出动的话，他肯定会毫不犹豫地消失掉。

要想救出式的话，方法只有两个。打倒那个身穿红的外套的男人，或是在不被其发现的情形下将式带出来——对于我来说最为有可能的是后者。

……嗯，再重新调查一下那栋公寓的设计图。也许在某处还存在着连制作者本人也没有注意到的入侵通道——

这样陷入自行思考的时候，橙子小姐略带吃惊地打断了我。

"等一下。为什么一遇上与式相关的事情你就管不住自己呢。这可是很危险的，黑桐你还是老老实实等着。这一次可没有你的出场机会哟。因为魔术师的对手，就只能是魔术师。"说着，她站起身来。在平时穿的衬衫上面披上一件长外套。褐色的革质外套显得很厚重，似乎连小刀都切不透。

"阿鲁巴那家伙是这么说的呢，去挑战那家伙的城堡用不着花两三天去准备。如他所愿我现在就动身。黑桐，我的房间的壁橱里有一个手提包，帮我拿过来。是橙色的那一个。"

橙子小姐的语声中并没有感情。在身为魔术师的她的催促下我来到隔壁的房间，打开壁橱……里面放的并不是衣服而是手提包。比起一般的手提公文包要大上一些的橙色的提包，以及另一个可以拿来旅行用的大提包。

我取过橙色的提包。相当的沉重。制作得很奇特，包的外侧还贴着种种标签一样的东西。回到事务所递上手提包，橙子小姐从胸前的口袋中取出香烟盒，递给了我。

"先帮我保管着。这是台湾制的难抽香烟，就只剩下那些了。当然不是什么大公司做的，是某个好事的人手工的一箱中的一盒。是啊，在我现在的持有物中是第二有价值的东西哟。"

留下了很奇怪的话语，她转过身走去。

……难道第一有价值的东西是指我吧？正当我想这么问时，

她回过头来回答道。

"真失礼呢。纵然是我也不会把人当作东西对待呢。"

完全像是戴着眼镜时的她一般，别扭地噘起嘴来。之后，又回复原先冷淡的神情继续说道。

"黑桐。所谓魔术师这一类人呢，对待弟子也好亲人也好都和自身无异。因为是如同自己分身一般的存在，所以也会拼上性命来守护……不过正是因为如此，你就安心地等着吧。今晚我就把式带回来。"

脚步声再次响起。面对她的背影我什么也说不出来，只是目送着身穿茶色外套的魔法使离去。

5／矛盾螺旋

paradox paradigm・下

12

矛盾螺旋 9

火红的阳光，映照着螺旋之塔。

在即将日落的橙红色的世界里，苍崎橙子踏入了这栋公寓用地。

她身上那件如同蜥蜴皮被茶色染透的皮革大衣，并不适合她纤细的体型。外套不像衣物，反倒洋溢着一股盔甲的感觉。

她抬头望了一眼公寓，便单手提起橘色包包走了进去。

穿过被绿色皮草所覆盖的中庭后，她进到公寓内部。

铺满玻璃的大厅，果然被夕阳染成一片赤红色。

无论是地板、墙壁、或是用来往上层的电梯柱子，都像存在于太阳中般艳红。

稍稍考虑后，她转过身决定变更目的地。

目标不是电梯，而是继续向东走下去的大厅……这个公寓被分为两半，在东栋及西栋都设有各自的大厅。

她走向其中之一，位于东栋一楼的大厅。

大厅是半圆型的广阔空间，

可说是一、二楼连接在一起，没有地板隔开的空间。在处于建物中的此处，并没有染上夕阳那股橙红色，只有电灯的黄色光芒照耀着大理石地板。

"真令我惊讶，原来你这么性急啊？"

一个就男性来讲相当尖锐的声音在大厅响起。

橙子没有回答，一言不发地抬起视线。有如划出缓缓斜线通往二楼的楼梯上，那中间站着一位身着红色大衣的男人。

"不过，这也算是一件令人欢喜的事，欢迎来到我的地狱，最强的人偶师。"

魔术师柯尼勒斯·阿鲁巴高兴地笑着，他用如演戏般夸张的动作，深深地行了一个礼。

◇

"地狱？"

"是的。这里正是欣嫩谷①火之祭坛的再现之处，将人们灼烧、杀害、施加痛苦之负面想法集合起来的熔炉。不恰巧的是，身为神殿主人的摩洛不在此地。这里是个相当完美的地方不是吗？有了这样的异界，便可切断外界的物质法则。为了准备打开那条通道，我们老早就开始调查了啊，苍崎。"

红色的魔术师看着下方的橙子，得意地说着。和开朗的青年相反，橙子终究只是抑制自己的感情如此回答："阿格里帕的直系受到犹太思想影响，这真是讽刺啊。正因如此，所以你才没发现到自己的本质。

地狱？那种东西地球上各个角落都存在着，想看超越人类知识的杀戮就去战场。想看不合理的死法就去饥饿的国家吧！像这种东西根本不是地狱，单单是座炼狱罢了。"

说完，她便将包包放到地上，

发出"喀碰"的一声。

"因为犯了一点小罪，无法落入地狱也无法进去天堂，遭受永远的折磨的灵魂所在地，便是这里的真面目。并不是有所目的而使他们痛苦，只是为了让他们尝受折磨为目的的封闭之轮。因为如此，所以并没有任何魔术方面的效果——当然，处于状况外

---

① 地狱的希腊原文是：矶汉那 (Geenna)，指的就是欣嫩谷——过去位于耶路撒冷城墙外的一个谷地。书中指代地狱。

204

的你也是。"

仿佛刺进心中的话语，让红衣魔术师皱起眉头。她微微眯起眼睛，好像对手是这整栋大楼，而不是眼前这位青年。

"太极图的具现化不会是你的点子吧？好了，快叫荒耶出来。你器量根本不足，之后会发生的事对你也没什么好处！虽然我并不知道你究竟有何目的，但这里的价值并没有你想探求的那么容易理解，作为你之前给我的忠告的回礼，我就先提醒你吧。"

说完，橙子便开始留意周围，完全不将目光放在应该注意的红色魔术师上，而开始寻找不存在的对手。

魔术师就这么看着她。

用仿佛要哭出来般，充满杀意的眼神。

"你总是这样！"

这句话像是忍不住说出来一般。

"没错，你总是这样，就像这样贬低我的评价。如尼符文是我先专攻的，人偶师的名声也是我先得到的，明明如此，你的态度却骗过那些低能的家伙。那种贬低我的态度，让那些家伙也跟着认为我的能力低劣。仔细想想就知道吧！我可是修本海姆修道院的下任院长啊！我学习魔术已经超过四十年，这样的我，为什么一定被排在二十几岁的小女孩后面！"

他的话语何时激昂到响透整个大厅。

面对这位舍弃至今总是装出亲切态度，开始散布诅咒之语的对手，橙子只是兴味索然地看着他。

"学问和年龄无关，柯尼勒斯，虽然你外表看起来很年轻，但你总是只注意外表，所以内在才会追不上啊。"

虽然是一句冷静的话，但没有比这更为挑拨的侮辱了。

年过五十的青年听完，美貌的面庞充满憎恶地扭曲。

"——我还没说过我的目的是什么吧。"

努力让自己冷静下来，红色的魔术师改变了话语。

"我啊，才不管荒耶的实验呢。我其实对什么根源漩涡也毫无兴趣，追求那种不知是否存在的东西实在太没意义了。想碰触神的领域，只要追求真理就好，没有必要追溯本源吧？"

说完，他向后退了一步，打算爬上二楼而缓缓向上走。

"告诉你两仪式的消息也是我擅自作主的，荒耶为了活捉两仪式连命都丢了。还真是两败俱伤啊。为此这个结界已经是我的东西了。可是呢，我不打算接着完成那个家伙的实验。这是理所当然的吧？苍崎，我啊，可是为了杀你才来到这个穷乡僻壤的啊！"

用像是弄坏喉咙的声势，魔术师高笑着快速跑上楼梯。

而她只是默默看着魔术师上去二楼。

……一楼的大厅，已经完全充满魔术师恶意的具现之物了。此时，她用包含前所未有的侮辱和憎恶口气说："这些是史莱姆吗？"

苍崎橙子简洁地描述充斥在自己周围的异形们。

可是从大厅外壁渗出的它们可不是这么单纯的东西。奶油色的黏液从墙壁溢出后，立刻急速成形。

有些是人型、有些是兽型，

表面的疤痕疙状虽然开始溶解，可是他们的外表立刻重新成型，再也没有比那个更像真实的东西了。比喻来说，就像是人或野兽永远不断在腐烂着，是同时具备丑恶和精巧的东西。

"在这里你只能具现化这些东西吗？阿鲁巴，你真该从魔术师转行去当电影监督，有你在的话应该能省下不少怪物道具的费用。不过，你大概也只能专门参加一些小规模的恐怖作品吧？怎么样，比起院长，这职业更适合你啊！"

她被塞满大厅的怪物包围，一边抱怨着。

的确，这个状况很像恐怖电影，说到不同点的话，大概是十字架或散弹枪都对这些东西无效吧？

明明被包围到身边只剩下一米左右的距离，她仍眉毛动也不动地将手伸进胸前的口袋。

"……啧。"她不禁咋舌。"这么说来，香烟好像寄放在干也那了。"说完，橙子稍稍感到后悔。"早知如此，日本制的也没差，先买起来就好了。"她在内心暗骂自己。

她完全没有意料到会出现这么无趣的东西，这么一来，不抽点烟就会受不了。

"不，看来你连监督也当不成了，演出效果实在太烂了。这种程度无法使现在的客人得到乐趣，没办法，说到奇怪，至少应该维持这样的水平。"

说完，她用脚尖用力地踹了脚边的包包。

"出来吧——"

那是不容许拒绝、充满威严的命令。

作为呼应，包包"吧嗒"一声开了。如郁金香般打开的包包内，空无一物。

同一时间——某个黑色的物体，环绕在名为苍崎橙子的魔术师周围。

黑色的物体，是持有身体的台风。

以橙子为台风眼呼呼地高速回转着。疯狂般的气势不出数秒间，让大厅变得空无一物。

大厅不断溢出的怪物们，也不留踪迹地消失殆尽。

仍存在的，只有苍崎橙子和紧闭的包包、以及坐在她身前的猫而已。

"——什么？"

阿鲁巴做梦般地望着这个光景。

猫比橙子的身形还大,它的身体全黑,并没有所谓的厚度,是一只用影子构成的平面黑猫。

不,连判别它是否是猫都办不到。像是猫的影子,只有在头的部分有状似埃及象形文字的眼睛。

"那是,什么——"

他从二楼俯瞰着那只猫。

和猫如同画一般的眼睛相对时——猫开始微笑起来,它把脸孔嘴巴的部分消去来表示笑容。

"我该不会是在做一场恶梦吧?"阿鲁巴不禁咽了口气。

橙子一句话也不说。

只有从不知哪里传来,唧唧唧唧唧唧唧的声音。

"和我听到的不一样啊!传闻你的使魔已经败给自己的妹妹难道是假的?"

或许是无法忍耐这股沉默,阿鲁巴开始大叫。

她只是回答了一句:"谁知道呢?"便将视线转向黑猫身上了。

"让你吃了难吃的东西啊,不过接下来就好多了,等等就不是那种能源块,而是真正的人肉,灵力的储存量也十分足够。因为他是我的同学,所以你不用顾忌。我平常也好好教过你了吧,只要是敌人就吃。"

她一说完,黑猫立刻冲了出去。

它像是滑行在大理石地板上,横越大厅跑向楼梯⋯⋯

然而,猫的双脚并没有在动,还是维持坐着的影子,只有眼睛冲向红衣魔术师。

从橙子所在的一楼大厅到阿鲁巴所在的二楼平台,大概花了不到十秒,

但是,及时作出反应的阿鲁巴也不是普通人。

他毕竟是魔术师。

"Go away the shadow. It is impossible to touch the things which are not visible. Forget the darkness. It is impossible to see the things which are not touched.

The question is prohibited. The answer is simple.

I have the flame in the left hand. And I have everything in the right hand——"

阿鲁巴冷静下来,并以接近限界的速度咏唱咒文。

对于魔术而言,咒文不过是给予个人的自我暗示。起风的魔术和一把武器相同,从一开始就被决定该性能拥有的力量。无论哪个魔术师使用,效力都不会改变。只是,咏唱能让它有所差异。咏唱咒文是为了发现刻在自己体内的魔术,那段内容可以深刻表现魔术师的性质,除了含有发现该魔术所必要的固定关键词,咏唱的细部也是根据各个魔术师的喜好。喜欢夸大、矫揉造作、容易自我陶醉的魔术师,咏唱往往很长。不过光是咏唱增长,威力也会因此增大也是事实。给予自己的暗示越强,从自身导引出来的能力也能向上提升。

从这方面来谈,阿鲁巴的咏唱可说很优秀,既不夸大也不过长,用最低限度的韵文,以及包含让自己精神高昂的话语,咏唱的发音连两秒都用不上。

这个事实让橙子"喔——"地一声感到钦佩。

名为阿鲁巴的青年虽然喜爱超出必要长度、采用许多无用内文的咏唱,但看来这几年的确有相当大的成长。

咒文咏唱的组合形式和速度、让物质界动作的回路联系,令人惊讶的灵巧。他的咏唱若只单纯从破坏物体的魔术来看,绝对是一流的技术。

"I am the order. Therefore,

 you will be defeated securely!"

阿鲁巴伸出单手。当黑猫来到楼梯第一阶的一瞬间，大气微微震动——楼梯立刻燃烧起来。

仿佛从地面摇晃升起的海市蜃楼般，青色的火海将楼梯吞噬殆尽。仅仅只花数秒的时间，火焰从楼梯出现，贯穿二楼的地板消失在天花板中。就像是火山地带的间歇泉一样。

短短一瞬间，夺去大厅氧气的火海，只将黑猫从这个世界中烧灭掉。这是理所当然的，超过摄氏千度以上的魔力之炎，不管怎么样的动物都能将它如奶油般从固体转化成气体。中间变为液体的过程，连千分之一秒都不到。

可是阿鲁巴看到了。

他看到在火焰烧尽后，意外出现的奇怪的黑猫之姿。

"不可能……"

碧绿色的双瞳凝视着楼梯。

黑猫可惜地舔着自己变浅的黑色身体，突然，将视线转向红色魔术师身上。黑色的奇怪物体再度疾走。

阿鲁巴连看破黑猫本体的余裕都没有。

"Repeat！"

阿鲁巴用撕裂般的尖锐声音，不断地重复咒文。

楼梯再度起火，不过，这次黑猫却没有停下来。或许是已经习惯这股火焰了，它一直线地冲向魔术师。

"Repeat！"

炎之海再度喷上，然后消失。黑猫爬上楼梯。

"Repeat！"

第四次的火焰，也告无疾而终。

黑猫到达二楼后，立刻接近阿鲁巴并张大口。像人那么大的猫的身体，从脚底开始大大张开，如果在头顶上加一个铰链，就很像开启的宝箱。

没有厚度，应该是在平面的黑猫体内刚刚吞进的异形残渣像泥巴般黏着。阿鲁巴终于知道了，它只是外形像猫罢了，其实根本是个只有嘴巴的生物。

"Repeat！"

死前的恐怖让他重复念出最后的咒文。

但是在那之前，像鲨鱼双颚一样的黑猫的身体夹住魔术师。从红色的大衣开始，都一并被大口吞了进去。阿鲁巴失去了意识。

◇

"……王显，"

不意间，传来短短的韵文。

将阿鲁巴的身体吞至肩膀的黑猫停止不动了。

仿佛旁观者般观看事情发展的橙子，也对这个声音立即有所反应。阿鲁巴的背后，站了一个男人。男人脸上充满无法忍受的苦恼、一脸严肃，身着一袭黑色外套。

他像是从一开始就待在这里一样，完全看不到他现身的形迹。黑衣男子单手抓着阿鲁巴，轻松地将他从黑猫的口中拉出置于地板之上。

黑猫碰触到男子身上三重结界之一，因此无法动弹。

男子转向下方的女子，光是这么做，大厅的空气便为之一变。空气为之冻结就是指这件事吗？

先前大气的缓和已经渐渐消失，像是为了迎接真正的主人般，公寓本身都不禁感到紧张。

"——好久不见了，苍崎。"

"啊啊，彼此彼此，不过我们都不想见到对方吧。"

一楼和二楼——就像分为天与地，橙子和名为荒耶宗莲的元凶对峙着。

"看来阿鲁巴似乎做得太过火了,本来应该是预定在你不知道的情况下结束这一切……可是没办法,我一个人没办法准备六十四个人的身体。你会在这个城镇虽然是偶然,但或许其中也有必然的存在吧?"

"虽然不知道是谁把我们牵引在一起,不过,就是这么一回事吧!偶然这个词便是神秘的隐语,为了隐藏无法知道的法则,而创出偶然性这个词。"

一边回答,橙子一边向墙边移动。这个对手和阿鲁巴的等级完全不同,也许能力方面大同小异,可是在这建筑物内,荒耶宗莲比任何人都占有优势。不靠着墙把意识集中在前方的话,大概会被发现很大的破绽。

"——那么,这公寓是为了什么目的而做的装置?不会是既有生也有死,将这种不确定性汇集成形的箱子吧?捏造一天完结的世界,再收集面临死前那一瞬间炸裂的灵魂,这样的作业没什么效果,老早在几百年前就作出这种结论了吧?就算收集数百个死亡,你的目的还是无法达成。"

"当然。但还有你所无法知道的真实。的确,我总是追寻着死亡的数量,我相信体验过几万个不同人类的相异死法后,在那之中会有通往根源的灵魂扩散。不过,那还是无法到达万物的大元。用那个方法所能到达的,只有人类的'起源'而已,无法走到灵长类总体的起源。而且重要的不是死的数量,而是死的质。要追溯本源的话,死亡的种类也有相当大的差别。我将可能的死途大致分过类,结果总共接近六十四种。在这里所集中的人们,便是背负各种种类的死。真要说的话,这里是世界的缩图。终究会从八卦单纯化为四象,而最终是为了到达两仪。"

"哼,世界变成单一真有这么好吗?荒耶,光与暗并不是因为敌对而被区分，是因为它包含最多事物的属性才被分开。所有万物变为一个很孤独，所以才会划分为多样化，你只是无法容许这一点罢了。调查各式各样的死，专注地研究各个人生，并将其化作自己的东西蓄存起来。连我的死也一样，你已经将名为苍崎橙子的人从诞生到死去，化为知识保管在脑髓的角落吧。

虽然要如此检定人类的价值是个人的自由，不过那可是夜摩①的职务啊。对于身为人的你来说，那只是不断吸收死亡的地狱罢了。"

"那样就够了，不管是地狱还是天堂，接近真实的事还是不会变。"荒耶的话中毫无迷惑。

结论是"这世界上只有我一个人"——如此过度强烈的意志。

橙子想：在这不断重复名为日常的螺旋建筑物，是人类体验一切死之原型的漩涡。至今名为荒耶宗莲这个肉体所执行的记录，现在已经交由这栋建筑物继承了。

所以这里是他的化身，也是荒耶宗莲的意识。

……也就是说，我现在就是位于他的体内。橙子自言自语完，便开始观察充满在大厅里的空气。这紧绷的空气，不是荒耶所造成。而是与他为敌，在这栋建筑物里被杀害的人的怨恨。这股连她都要被压垮的怨恨，荒耶一天又一天不断让它增加。因为数百个死，到头来还是一种死法而已。

为爱情死——也就是家庭、恋人、母性、父性、养育。

为憎恨死——也就是家族、恋人、朋友、前辈、他人。

因各种各样的理由所造成的死。

每天都在重复，每天都更加确定结局。

——越来越浓厚的，死。

这栋建筑就是咒文，这是为了让荒耶宗莲的意识更为坚固的祭坛。高度的魔力，还得加上牺牲生命和土地本身的力量才行。

---

① 即阎罗王，概念源自印度婆罗门教的夜摩神。

213

荒耶现在藉由盖起神殿，打算使用更高度的魔术。不、不是魔术。造成这种异界的神秘，已经不是魔术的领域。

没错，这是——以现在的世界常识来说不可能的神秘领域。要行使人所不及的禁忌力量，才能称作魔法。

"——是要打开通往根源的道路吗？但是要怎么做？就算不张开魔术结界以证明自己不是魔术师，也骗不了灵长的意志。只有魔术师才能用近代技术造出结界蒙蔽事物，这栋建筑物的确可以打开道路，因为这是太极图的体现，洞一定会开启，但首先从那洞里出现的东西，会是灵长的守护者。我们既然以自我的身份存在，绝不可能胜过那玩意。"

"——抑止力已经发动了，就拿住在这里发生的事来说吧，毫无理由的碰上犹如被附身的闯空门男人，还碰到上班女子遭遇这里从没发生过的杀人事件。我明明已经将自己的行动压抑到这种程度，抑止力还是发动了三次。不过这也到此为止了。我纵使无法更加接近根源，也不会让数次的失败白费。虽然能够不惊动抑止力开启道路，但还是不可能骗过那个东西。就算要找出打倒抑止力的方法去打倒抑止力，那个东西还是会带着更强的力量出现。结论只有一个——就是我没有才能。"

第一次——他发出带有情绪的声音。黑色的男子看着下方的魔术师。

"抑止力会这样拼命阻止人前往道路，是因为那是人所不能取得的力量、这种行为也是造成回归虚无的原因。人类的个体若是完成，生存的意义就会消失。但各种人类却只为了生存下去的欲望而无意识地拒绝它，所有的人类在以人类身份思考时，变成比动物还要不如。明明为了完成而生存，却为了生存而拒绝完成。人的起源，就是这种矛盾开始的。那么为什么会有到达根源的人呢？答案很简单，不是有可以到达的方法，只是有已到达之人。

不论学习再多智慧，魔术毕竟是后天才能得到的东西。才能就是这么一回事，差别就在诞生时有或没有、被选上或没被选上罢了，那是从出生时就已经与根源连结的人类啊……虽然灵长已经太复杂、种类太多，距离根源也已经非常遥远，但偶尔还是会有直接从根源中诞生的人。与'空'连结而出生的无色灵魂，那就是唯一能够到达根本的存在吧？那么我只要找出那个东西就好了，为了把那个东西找出来，我花费了十年的岁月。"

"原来如此，然后你就得到破坏两仪式的结论。"她瞇起了双眼。

两仪式——是两仪家为了创造极致泛用性的人类，这个族群经年累月尝试藉由容器的身体产生出空之人，而空也就是指"空"。他们没发现自己在进行多么危险的事，而创造出式这个与"空"相通的身体。

"——所以你利用了巫条雾绘还有浅上藤乃对吧？因为你亲自行动会让抑止力察觉，所以得用间接、不会让人发现与你相关的方法来解决式。我没说错吧？藉由让式与本质相反的杀人者较量，察觉自己体内的本质。让一个人了解事物，与其教他，不如让他自己体验来得快。

那么，荒耶你期待什么？是式跟织相杀而成为空，还是只不过遇见两仪式而已？"

"——两年前是为了让'两仪式'出现，但现在已经不同了。我说过我已经有了结论。对式来说，她不需要那个与根源相通的身体，所以由我来接收。"

荒耶堂堂说出这些话，橙子"咦"的一声张大嘴巴，她因为一瞬间了解荒耶所说的意思，意识一瞬间变得空白。

"你该不会是想把自己的脑髓移植到式的身体里去吧……？"橙子讶异地说道，"真是难以置信。"

215

但荒耶却没有回答。看见他一副"这还用说"的眼神，橙子说："你的兴趣还真奇怪。不过既然你还待在那个身体里，代表式还是平安的。为了保险起见还是问你一下，你有打算把式交还回来吗？"

"你想要的话就尽管来吧。"

"哼，也就是只能一战的意思吧？真是的，我原本就不擅长战斗，跟那种东西扯上关系还真麻烦。"

"我也为了保险起见问一句。苍崎，你愿不愿意协助我？"荒耶带着毫无变化的敌对眼神及杀人的意志开口道。

橙子回答了。

她那琥珀色的眼眸回答着"绝不"。

"……是吗，真是遗憾。我对你的评价很正面，也想过要一起竞争前往根源，真要说的话，甚至能说我很中意你。"

荒耶"咯"的一声往前走了一步，他朝通往一楼的楼梯靠近。

"在那个学院里，只有你不属于群体。我追求魂之原型，你则追求肉体之原型。我确信，会先到达的人一定是你。

但是——你却放弃了。为什么？现在的你，连自己是魔术师的身份也舍弃了。舍弃你那为了某种目标而学习、而取得力量、为了拯救、为了完成的过去。"

黑色的魔术师吼叫着。

他的口气平静跟平常没两样，只有眼神里燃烧着怒火。

面对他的愤怒，橙子回答："并没有什么大不了的理由，我只是对学习越多反而产生越多相反之事感到累了而已。我们越学习就离目标越远，根源漩涡也一样。明明是无知的存在才能接近，但因无知却无法了解，所以也没有意义——我跟你一样，只不过我承认而你不承认，在于这种微小却具有决定性的差别而已。"

对于这股带着哀伤的告白，荒耶连眉头也不皱的听着。两者的视线相遇了。橙子告诉荒耶魔术师的本性、那股越是聪明就越愚蠢的讽刺。

荒耶对橙子说魔术师的本质——那个越是学习越能往上提升的道理。

"你堕落了。"

他简短地带有各种感情这样说道。

"那么你的目标是什么，又为了什么来这里？"

"……这个嘛。我会在这里的理由其实没什么，对式的身体我也没兴趣，那玩意充满了秘密，连相似的东西都做不出来。"

没错，她没有什么明确的理由。说不定连她也在不知道的情况下，被抑止力这种莫名其妙的东西带到这里。

但是，就算那样也没关系。她接受目前这个苍崎橙子的生活，她知道那个环境积累了许多奇迹与偶然，是无法再度产生的东西，就算跟这栋矛盾公寓一样不断重复，也无法回到跟现在一样的生活。

"……真是的，实在太堕落了。我真是越来越弱了。荒耶，能超越我理想的人应该称作仙人，虽然拥有卓越的力量和知识，却什么也不做只是待在山中——我一直很憧憬那种存在，但当我回头才发现已经回不去了。我一直认为我的体内积累太多东西，不可能到达那个境界。

荒耶啊，魔术师为什么想躲避死亡？如果只为了自己其实不需要跟外界接触，但是他们又去接触外界。为什么要依赖外界，是要用那股力量做什么？是要用王者之法来拯救什么吗？若是那样，就不要当魔术师，当王好了。

你虽然说人类是活着的污垢，但你本人却不可能那样生活，连想要边承认自己丑陋、没有价值地苟活下去都做不到。如果不认定自己特别，不认定只有自己才能拯救这衰老的世界，仿佛就无法继续存在。

没错,我也曾经那样,但是那却一点意义也没有——荒耶你承认吧!我们就是因为比谁都要弱,所以才选择成为魔术师这种超越者。"

魔术师没有回答。

他一步又一步地走向楼梯。

"……通往根源之路已经得到了。再走几步,愿望就能实现,谁敢阻挡,我会一律将其视为抑止力。苍崎,你也不过是个人类而已啊!"

大厅的空气越来越紧绷。空气凝固了,带有一种或许被魔术师的杀意给扭曲、危险的压迫感。

在那之中,她远远看着以前的同学。

填补长期分离的回答交流,到此为止了。

在最后,她以一个魔术师——苍崎橙子的身份向荒耶宗莲询问。

"荒耶,你在追求什么?"

"真正的睿智。"

"荒耶,你在何处寻求?"

"只在自己内心。"

男子毫不犹豫地回答,脚步声在楼梯入口停了下来。

为了将彼此的存在从世界上排除,两人开始行动。

◇

荒耶从黑色大衣下举起了一只手。

缓缓地,将左手举到与肩同高。其手掌无力地张开,姿势就像在召唤远方的某个人一样。

他举着一只手和对手对峙着。这就是荒耶宗莲这个魔术师的战斗姿势。

相对的，苍崎橙子则只是抬头看着黑色魔术师，她脚下的皮箱放着不动，全神贯注地看着敌人的行动。

她的使魔黑猫，目前被封在荒耶的背后无法动弹。

橙子已经看穿荒耶以自己为中心建立了三重结界。不俱、金刚、蛇蝎、戴天、顶经、王显。

那是在地面与空间，平面与立体间架起来的魔术师蜘蛛丝，只要生物在接触到那构成圆形的线时，就会瞬间被夺走动力。

……一般来说，结界是保护不会移动之物、也不会移动的界线。以自己为中心带着它，明明看得到却感觉不到气息，让攻击敌人的方式有如怪物一般。

在接近战中，荒耶宗莲可以说是无敌的。但反过来说，荒耶宗莲也就只有这招了。

橙子跟荒耶原先都没有学到阿鲁巴那种可以直接破坏物质界的魔术，不过橙子所学到的如尼符文带有攻击的手段，古文字是一种具有力量的刻印，是藉由刻在对象身上来发生文字效果的魔术。若把象征火的如尼符文刻在荒耶身上，荒耶的身体将跟着燃烧。

……然而，缺点就在于非得直接写上文字，从远处贴上文字对魔术师无效。间接的魔力影响对于直接让魔力在体内流动的魔术师而言，效果会在对方的身体外弹开。

从学院时代起，两人就对攻击魔术没什么兴趣，橙子只制作人偶、荒耶只对收集死亡有兴趣。

所以，荒耶要除掉橙子的方法就只有进行格斗战。

荒耶是经历过动乱时代的男人，假如光论使用身体来战斗，当今世上没人能赢过他吧？

橙子即使知道这点，还是等着他靠近。也只能等待了。她打算等荒耶走下来大厅的瞬间进行攻击。

但是，魔术师却只站在楼梯前，微微动了一下伸出的那只手。

"——肃。"

他简短地说。

魔术师将张开的手掌一下合了起来，那个动作仿佛在捏碎什么东西。橙子的身体同时突然开始震动。

她那能够遮蔽各种魔术系统回路的大衣，此时变成碎片散落在地上。被击中了。

那是眼睛无法看见的冲击，从所有方向均衡地打向全身，她跪了下来。

橙子在一瞬间领悟到刚才的冲击是什么了。

……荒耶把橙子所站的空间整个捏碎了，要举例的话，应该就跟全身被碾过一样。

橙子难以置信地喷了一声，她并不知道荒耶竟然也有那种靠一点动作就能够影响空间的魔术。

"……中招了。可恶，肋骨断了几根？"

橙子边吞咽嘴里涌出的血，边确认自己身体的损伤。对于没有锻炼身体的橙子来说，她无法像式一样知道自己断了几根骨头。她能理解的，应该只有因为大衣才能捡回一条命。如果再被命中一次，就一定会被捏碎。

"去吧！"

那么，她也不能手下留情了。突然——动作被封印的黑猫动了起来。

刚才的僵硬都只是在演戏，黑猫往放心背对它的荒耶扑了过去。

"什么！"

荒耶流露一丝惊讶快速转过身去，然后毫不停顿地——张开伸出的手掌再度用力握紧。四周产生一阵"嗡"的震动。

橙子看到荒耶面前的空间，正一步步往内侧崩毁的景象。黑猫在被压碎之前往上跳了起来。有如重力反作用力一样，它站在天花板上看着魔术师。

"到此为止了。"

藏在黑大衣下的另一只手，用力握起了手掌。黑色的猫，跟天花板一起被捏碎了。天花板的一角往外开了个洞，黑色的猫被压缩直到看不见眼睛，然后消失了。

"棋子消失了……你在学院时说过——魔术师本人不需是强者，只要做出最强的物品就好……

的确，人偶师在其人偶被击败的瞬间，就等于输了。"

荒耶再度转过来看着橙子，张开手掌这样说道。而她则是一脸不高兴地听完这段话。

"嗯，我并没有修改这个论点，不过你的确了得，我都忘了这里就等同在你的体内，能随心所欲地操纵空间。

我早已掉进一个巨大的魔术之中……哼，既然准备得如此周到，怎么还会差点被式逼到无路可退？"

"——要活捉可不简单，要是我使出全力，将会毁了她。但现在不同。对于该杀的对手，我会用全力来加以对付。"

"你这么想要式的身体啊。对你来说，式是唯一一条道路。要不让她死的话，应该是弄断了几根骨头吧？我祈祷这不会反而成为你的致命伤。"

重整快倒地的姿势后，她慢慢靠上了墙壁。

"——虽然我对阿鲁巴说过，但你也不懂恐怖是什么东西，你知道要让一个人感到恐惧，有三个条件吗？

第一，怪物不得开口说话。

第二，怪物必须是来历不明。
第三，怪物若不是不死之身，那就没有意义了。"
"！"
荒耶转过身去。
在应该已经被破坏的天花板上，黑猫仿佛什么事都没发生般生存着。
"——肃！"
他朝天花板用力握拳。空间一瞬间就被压缩起来。
黑猫因为那歪曲而摇晃，一边朝魔术师跳下来，然后"啪"地张开嘴。黑色的魔术师逃避不及，被一口咬了下来。
"——嘎"他喊出死前悲鸣一般的声音。
"刷"的一声响起。跟对付式时不同，魔术师来不及反击，失去了一大半身体。
只剩下头跟肩膀的魔术师"咚"地掉到地上，带着死还是充满苦恼的表情，曾是魔术师的肉片滚下了楼梯。
橙子一边冷静观察那景象，一边简短地说着：
"要杀人就要一招毙命。荒耶，这才是真正的偷袭。"
橙子离开了墙壁转身走出去。

——噗。

有一个沉重的声音——她想着，仿佛是别人的事一样。
血从嘴里流了出来，被赶出内脏，无处可去的血从身体忍不住吐了出来。
她稍微将开始模糊的视线往下移，那里看见一只手。
某人的手，从自己的胸口伸了出来。
苍崎橙子想，这真是奇怪的艺术品啊……自己的胸口伸出了一只男性的手腕，手上握着一颗心脏，那一定是自己的心脏吧？

结论很快就出来了。

自己被从后面出现的敌人贯穿了身体，快要死了——

"杀人就要一招毙命是吗，有道理，我受教了。"背后传来了声音。混杂了忧郁、叹息、憎恨的沉重声音。无庸置疑的，是来自荒耶宗莲这个魔术师。

"刚刚的那个是——人偶吗？"

橙子边吐着血边说道。

从她背后突然出现的魔术师说道：

"那当然。我制造人偶的技术虽然不如你，但我有着先人们的技巧，你应该不会不知道，那个制造人偶的'妖僧'之名吧？"

魔术师贯穿橙子的身体，边看着拿出的心脏边说。

"——嗯，而你是真的。从这颗心脏可以知道没有错。美丽、造型完美，要握碎很可惜，但没办法。"

荒耶握碎了她的心脏，有如装水的塑料袋摔到地上一样。

"你的使魔机关我也看出来了，魔物并不是从皮箱里跑出来。那只是皮箱照出的影像吧？"

被荒耶一瞪，放在地上的皮箱就碎裂了。

破碎的皮箱里，有个装有镜头和底片的机器。它"唧唧"地发出声音，那是台还在运转的投影机。

"投影魔物啊？原来如此，这样就能让各种攻击无效了。就算破坏空气反射出的以太体，只要本体机械还在运作，就能不断重生……我越来越觉得可惜了，竟然非得除掉这么优秀的才能者。"

橙子没有回答荒耶的话。

在消失前，她说出了自己的问题。

"……荒耶，我问一个以前问过的问题。作为一个魔术师，你期望什么?"

"——我什么都不期望。"

跟那时一样的问题,一样的答案。

橙子听完格格地笑了,带着血迹的双唇,有股悲壮的美。

什么都不期望——以前提出这问题的不是橙子,而是他们的师傅在集合弟子后所问的问题。

集合的弟子们纷纷得意地诉说完成的魔术理论或是光荣,但只有荒耶回答:"我什么都不期望。"群众的弟子嘲笑他是无欲的男人,但她笑不出来。

……那时侯,橙子所感觉到的是恐惧。

这个魔术师并不是回答没有期望。

什么都不期望,代表对世界上的一切——包括自己都不抱期望。荒耶宗莲期望的东西是完美的死之世界。

正因如此,他的期望才会是什么都不期望。

这个男人憎恨人类到这种地步,因此自己做了壳与外界隔离。要说无欲是无欲没错,这男人连些微的幸福都说不需要,只憎恨人类这个矛盾。

"荒耶……最后我想说些话。"

"我在听。快点,你只剩几秒钟了。"

橙子回嘴:"明明是你自己下手的还这样说。"

但现在的确如他所说的,她的身体,已经连嘴唇都无法好好动作了。

"……想接触根源漩涡会让抑止力发动。因为像你这种憎恨人类的人要是全能,发生世界末日的机率就会提高,而这里说的抑止力又分为两种。一种是身为灵长类的人,想让自己的世界存续下去的无意识集合体。还有一种,是这个世界自己的本能……这两者的目的虽然一样,但性质却有微妙的不同。世界自己的本能之所以会限制接触根源漩涡的人，单纯只是因为现在支配地球的是人类而已。人类文明社会的崩坏，很可能直接造成这个天体的毁灭。所以世界意志所创造出来的救世主，会跟英雄一样防止人世的崩坏。"

"——所以说？"

听见橙子对他说出再也清楚不过的事，荒耶皱起了眉头。

她虽然呼呼地喘着气，但还是很清楚地继续说着。

"也就是说，把星球整体当成一个生命盖亚论的抑止力，这跟我们人类所拥有的抑止力不一样……而荒耶你当作生涯之敌憎恨的，到底是那一边呢？"

——唔，魔术师不禁思考了起来。要这么说的话，的确是有这样的看法。

荒耶思考至今都没察觉的事……没错，学了很久、很久，久到过头的神秘学，但他至今连想都没想过这件事。

盖亚论的抑止力——这意图让人类世界存续的东西，结论却是只要世界没事，人类怎样都无所谓。

相反的，人类全体产生的抑止力，就算是侵蚀掉星球，也要让人类世界存续下去。

……答案明显是后者。

"这还用说，我战斗过无数次的信念，荒耶视为敌人的东西——就是无可救药的人性。"

"那可是地球上所有人类的意识，你是想凭一人之力，胜过近六十亿人口的意志吗？"

"——我会赢的。"

魔术师毫不犹豫、毫不夸张地马上回答。

集合各种人死亡而作成的活地狱啊……就算是再怎么样没有价值的死，魔术师都会构想那人的历史和应有的未来，并要将其当成自己所有。

橙子思考着。

那种就算与全人类为敌也会胜利，真是锻炼到有如钢铁般的极限自我。

而荒耶宗莲没有这种东西，是否真的如此并不是问题，因为他那如此断言的意志是真实的。

在进行这个回答时，荒耶宗莲一定清楚设想与六十亿人类尊严一个个战斗的场面。

带着非常接近真实的假想，就算知道那是何等艰苦的事，但荒耶还是断言他会胜利。

这股强劲的意志，正是这个魔术师厉害之处。

但是——那之中也存在着最大的漏洞。

那是他这种程度的魔术师马上会察觉的事，但他却始终没领悟最大的矛盾与抑止。

"……真悲哀啊，荒耶。"

"什么？"

荒耶虽然发问，但她早已停止了生命活动，苍崎橙子的身体已失去身为人的功能了。

剩下的死灭只有脑髓，没有血液流动的脑，也不用多久就会毁坏，她所累积的知识和技术，也会全部丧失。

黑色的魔术师把手从苍崎橙子的身体里抽出来后，就这样把手掌放到她的头上，抓住脸后一使力，将脊椎给折断。

接着他把头从身体上拔出来，将没了头的身体丢弃在地板上。

魔术师一手拿着以前同学的头，转过了身子。

他来到的地方——是位在苍崎橙子背后的公寓墙壁。

橙子确信胜利后而离开的这面墙壁，正是荒耶宗莲之后出现的场所。

橙子虽然嘴上说着，但到最后，都没有真正了解意思。

这栋公寓就是荒耶宗莲本身，不管是墙壁或地板，一个建筑该有的常识都对荒耶宗莲本人没用。

他能存在公寓的任何地方，能够抓到任何的空间。这里是名为荒耶宗莲的异界，只要他在这个范围里，就能瞬间移动到任何地方。

作为本体的黑色魔术师，像沉到水中一样，消失在公寓的墙壁里。

14

能想起来的，只有一片烧焦的原野。

走到哪里都能看到尸体，

铺满河岸边的不是沙石，而是骨头的碎片。风带来的尸臭味，就算充满三千年也没有止境。

这是战争的时代。

在没有兵器这种东西的时代里，人们活在没有明天的世界里，空手互相残杀。

不管走到哪里都有斗争存在，人们的尸体都被凄惨地丢弃，无一例外。

弱小村落的人被强悍的人屠杀是常有的事，

谁杀了谁不是问题，战场上本来就没有善恶。

有的只是死了几人，救不回几人而已。

听到发生了争斗，就往哪个地方去。

听到发生了叛乱，就前往那个村子。

有赶上的时候，也有晚一步的时候。

但不管如何，结果都相同。尸体堆成的小山，是准备好的结局。

人类，是无法抗拒死亡的东西。

有边哭边死去的女人祈祷孩子能多活一天就好，

也有边哭边断气的孩子。

死毫无道理地侵袭而来。

不断做善事度日的人生，在死亡面前也变得毫无意义。

人一点办法也没有，企图反抗还会死得更惨。

就算这样，他还是为了救人而走遍全国。

映入眼帘的，是只有无尽的焦黑原野。

他们无法得救，人类没有被救赎。在宗教里，不可能有人的救赎。

原因在于——

人不该被拯救，而是要让其结束。

绝望叠上了绝望，昨天的叹息在更浓厚的今日叹息里淡薄而去，面对死亡不断重复的压倒性数量，我领悟到自己的渺小。

——我救不了任何人。

既然救不了他们，至少要将他们的死明确记录下来。

把至今的人生，还有未来等待人生给保留下来。

那股痛苦，我会让它持续存在。

生命的证据不是如何去追求欢乐，

因为生命的意义，就是要去体会痛苦。

——于是我开始，

收集死亡。

在蒸气和滚水的声音中，他醒了过来。在没有光亮的黑暗里，被公寓住户包围的荒耶宗莲静静站了起来。

是梦……吗？

"没想到我还会做梦……虽然我看过很多人的遗憾，但看到自己的遗憾还是第一次。"

魔术师一个人说着。

不，他不是一个人。在他旁边还有鸟笼般大的玻璃容器，里面放着的，液体还有……人类的头。

只剩下头的那个东西，像在睡眠般的闭上眼在液体里漂浮着。不用说，那正是苍崎橙子的头。

"咻"的响起了蒸气的声音。只有放在房间中央的铁管亮着，烧得通红的铁板亮着光，照耀这个魔术师的研究室。

魔术师，只是静静等着。

两仪式和苍崎橙子，这两人使用至今的身体完全被破坏了。

现在存在于此的肉体，只不过是用来当作预备品而已，要完全熟悉得花上一段时间。

虽说到头来还是要转移到两仪式身上，但如果因为使用了不熟悉的身体造成失误，可就无法挽救了。

荒耶宗莲只是等待着，现在已经没有任何威胁他的东西存在了。

"荒耶！"

突然，另一个魔术师走了进来。

穿红大衣的魔术师不停说着"无法接受"，并向荒耶质问道："你怎么还能这么悠闲？还有事情要做，不快点设法不行吧！"

"……事情已经结束了，不需对苍崎的工房动手，胭条巴也一样，那个就算不管他也什么都做不成，你应该比任何人都清楚。"

"的确，他差不多到极限了……好吧。我承认外面的事不会构成问题，但两仪式怎么办。她现在只不过是失去意识而已，一旦清醒过来就会逃出这里，这是非常明显的事情吧！我不想再多做无谓的事，不但要阻止逃走的小女孩，别说要一直监视她了。"

"不用你杞人忧天，她可不是关在公寓的房间里，她被送到连接空间与空间的无限里，创造这个扭曲异界的第一目的，就是要产生封闭之轮。这是不论用什么手段、什么力量都无法逃出的黑暗，就算两仪式到时醒了过来，她也毫无办法。你不需要监视，原本她的伤就已经很难起身，就算醒了也无法自由使用身体。"

面对还是一脸苦恼的荒耶，红色魔术师不满地闭上了嘴。

"……算了，我原本就对两仪式没有兴趣，之所以答应你的邀请，是别有目的的。"说完，红色魔术师转移了视线，朝放在桌子上内有橙子头颅的玻璃壶看去。

"荒耶，这跟约定不一样。你说过要让我杀了苍崎，是骗我的吗？"

"我有给你机会，但你却失败了，所以我亲手解决苍崎也是没办法的事。"

"解决？别笑死人了，那家伙还活着。像你这种人竟然会留对手一命，真是变得很仁慈了嘛。"

听见红色魔术师的质疑，荒耶开始思考。的确，现在苍崎橙子并没有完全死亡，头脑的机能还存活着。只是处在无法说话、无法思考的状态而已。要说这算活着，的确是还活着没错。

"荒耶，你处理得太天真了。苍崎可是被称为'伤痛之赤'的女狐狸，就算只剩头，有机会还是会反击，你应该确实杀了她。"

"住嘴！柯尼勒斯，你说了不该说的话。"

"什么？"

红色魔术师一时之间哑口无言。

荒耶无视他的反应，将手伸向玻璃壶。

"拿去吧，这确实是你的东西，不管怎么做我都没意见。"

荒耶率直地把橙子的头颅交给红色魔术师。

红色魔术师两手拿着鸟笼大的壶，感觉有点困惑——之后，他发出一声令人不快的窃笑。

"那我收下了,既然这个已经是我的东西,荒耶,不管我怎样处理都没关系吧?"

"随便你,反正你的命运早已注定。"

荒耶沉静但却沉重的声音,并没有传到红色魔术师的耳朵里。

他一边愉快地忍着笑,一边很满足地离开了这个房间。

13

矛盾螺旋 6

咔嗒、咔嗒、咔嗒、咔嗒——

……头痛变得很严重,身体的疼痛也越来越强,像是到处被钉住一样。我忍耐着疼痛,抱着膝盖缩成一团。

牙齿在颤抖、意识不是很清晰,我一边重复着"可恶"这两个字,一边毫无意义地瞪墙壁。

——从那之后已经过了多久呢?

自从两仪式败给荒耶后,我就什么也不做地呆站着,荒耶保持站姿死了。

这是当然的,胸口跟脖子被刀刺中,脖子上的深度还直至刀柄,若还活着才奇怪。

但是荒耶打算活过来,插在脖子上的刀一点点往外移动着。直到了解那是肌肉在将刀子推出去前,我只是一直看着他。等到刀子发出"喀唧"的声音掉在地板上,荒耶已经停止的呼吸又再度开始了。

我——则因为那刀子掉落的声音终于能重新开始思考,我趴着爬到掉落的刀旁,然后用两手紧紧握住。抬头一看,荒耶那对刚刚醒过来的眼睛正在瞪着我。

我想,我应该叫出来了吧。荒耶非常恐怖,虽然他是两仪的仇人,但我也只能一直拼命地逃。

奔跑、奔跑,有如喘不过气般地奔跑,我逃出了公寓,就这样跨上骑来的机车离开那座塔。

……然后，回过神来才发现我在这地方不停地发抖。这是主人恐怕已经不会再回来的两仪公寓，在这杀风景的房间里，我又只能抱着膝盖而已了。

"……可恶。"

我说着这句已经讲过千百遍的台词。

除了这个，什么也做不到。我真是差劲透了。

我丢下两仪逃了出来，明明看到父母的尸体就在眼前，却不觉得有罪。明明看到自己被杀的梦变成了现实，却没有任何感觉。

至少——明明应该可以整理出那是什么，脑袋却无法顺利转动。

"……可恶。"

我无法停止发抖，又再说出这句话。

接着，我大笑起来。明明到现在为止什么事都是一个人去做，但现在，一个人却什么也做不到……连帮助两仪也做不到

"……可、恶……"

就算叫喊，脑袋还是故障。

要帮助两仪，也就是要和那男人战斗。我光是想到荒耶的身影就不停发抖，更别提什么要去救两仪了。

咔嗒、咔嗒。

……有一种时钟齿轮转动的怪声。左手肘受伤了，应该是逃跑时撞到的吧？

现在的骨头有如裂开般地疼痛，我的身心都已经到达极限了。

头痛停不下来，关节的疼痛也一直没有消失。呼吸都没办法顺利进行，真的非常痛苦……

"……"

哭了、我哭了。就这样抱着膝盖，悔恨地哭了。我一个人哭、很可怜、很痛苦地哭着。

这让我想起，只能这样一个人哭泣的我是假的。我果然跟其

他人一样，只是单纯活着的假生物而已，虽然我想象两仪那样变成真物，但与生俱来的属性无法作假。

真物？

没错，我有一次曾经想变成那样。那是——对，是最近的事。我不再抱着膝盖，将视线投射到床铺上。总是在那里的两仪不在了，只有一把日本刀丢在床上。

……相信我是杀人犯的女孩。

……很自然对待我这个杀人犯的女孩。

……帮助我的女孩。

……我第一次想在一起的女孩。

——为什么我会忘了呢？那份心情并不是虚伪的，我是认真的——想要保护她。

"——那我做了什么。"

虽然要保护她、想保护她。但是——

"……"

我真的搞不清楚，但我应该从没认为自己的性命更为重要才对。到底有什么别的事，因为什么很重要的事，因为想要谁帮助我找什么，才让我在那一天离开了自己的家。

"可恶。真像个娘娘腔。"

"你能为我而死吗？"

但是两仪这样问我，而我不是回答了吗？有什么好怕的呢？

该做的事已经决定好了，所以就算是不论谁看来都很逊的忍耐，我也非站起来不可。

"……没错。嗯，可以喔两仪，胭条巴要为了你而死。"

说完，我紧紧握住两仪留下的刀子。

这时候，房间的门铃响了。

一阵"叮咚"的明亮声音，让我转过了身子。是荒耶追来了吗，或者只是普通的客人呢。

因为这里是两仪的家，所以不可能有客人，那么来者就一定是荒耶了。

虽然我决定假装不在，但很快改变了主意。

……我已经有所觉悟了，我决定在开门的瞬间展开攻击，让对方说出两仪的所在。

我拿着刀子走到玄关后，用放松的声音说道："来了——请问是哪位……"

接着，我就用力把对方拉到了房内。我把对手扑到走廊上，然后用脚跟踢上了门。

对手因为出其不意而无法有任何反应。

我跨上那家伙打算揍下去。但，接下来却停手了。

因为被我压倒的对手，一看就知道对人畜无害，也不会让人认为他是两仪的客人或是荒耶的手下。

"……你是谁啊。"

他没有回答我的话，这个被压倒的对手只是边眨眼边看着我。

那家伙是个黑发配上黑框眼镜，有着温柔眼神的男人。年龄应该比我大几岁吧。虽然全身都穿着一身黑，却完全没有奇怪的感觉。

"你——是两仪的朋友吗？"

"是没错，那你是？"

男人虽然突然被拉进房间，甚至差一点被揍，但却很冷静地回答着。

"我？我是——"

这样说来我到底是两仪的什么人呢？因为想不到好的说法，

我嫌麻烦了起来。

"这不关你的事吧!两仪不在,你赶快回去吧!"

我从他身上离开站了起来。

但男人就这样倒在走廊上,一直看着我的手。

"干嘛?推倒你是我不对,但我现在没空理你。"

"那是式的短刀吧?为什么在你那边?"

男人用不能大意的敏锐瞪着我所拿的短刀。

"……这是寄放在我这里的,和你没有关系。"

虽然我别过头去回答他,他却是像中国人般的口气说:"有关系喔。"接着站了起来。

"式不会让任何人碰自己的刀子,特别是那把短刀。既然你拿着那个,如果不是式彻底改变了自己的信念——"

男人一下抓住了我的领口。

"——就是你从式那边抢过来的了。"

男人虽然没有魄力,但却有一对让人不想移开目光的直率眼神。

我拨开男人抓住我领口的手。

"两种都不是,这是两仪掉的东西,所以……我想尽快还给本人。"

我转过身背对男人,因为我得去房间准备一下才行。

"等等……你是他们的同伴吗?"

我背后的男人这样问道,虽然我打算不理他,但男人说法的某个地方让我在意起来。

"他们,是指哪个他们?"

"小川公寓。"

男人用有如刀般锋利的声音简短说着。

我停下动作,男人应该是在试探吧,但我响应他说"是"。男人听完重重地叹了一口气。

"……是吗。式真的被抓住了啊。"

然后，男人就把手放到玄关的门上。

不知为何，我那时察觉这样会被抢先一步，于是我终于开口叫住了他。

"喂。"

虽然可以不管，但我感觉不能让这男人一个人前去……再加上我察觉到这男人跟我有着相同目的，因而感到放心起来。

"喂，等等！"

我带着跟刚才完全不同的情绪，将男人强迫拉了过来。

◇

这男人是两仪式从高中起就认识的朋友。有关这家伙的详细故事我现在没兴趣听，我只是想救出两仪，而这家伙只是想帮助两仪而已。

我们两人连名字也不说，只是交换着彼此的情报。根据这男人所说，今天来了个叫阿鲁巴的红大衣男人，公开说他绑走了两仪。我跟两仪前去公寓是在昨天晚上，时间听起来符合。我瞄了一眼时钟，时间刚好到了晚上七点，从那以后已经过了整整一天。

男人似乎在等一个叫橙子的人，但那人却始终没有回音。仅剩下自己的男人，无法忍耐到明天便开始行动了。我跟他说了所有昨晚发生的事。

包括公寓东栋与西栋的事、我的两个家、两仪被叫荒耶的怪物抓住……还有我杀了父母在街上游荡时，遇见两仪的事。

男人认真地听着我说。连处在那怪异中心的我，都觉得这些说明像在说谎一样，但这家伙却毫不怀疑地听着我的话。

"……你接下来有什么打算？"

男人听完我说后，表情一脸沉重地问我。

"没怎么想，两仪现在也还在那栋公寓的某处，除了救她出来也没别的选项了吧？"

"不是问那个，我是说你父母的事，４０５与４１０室，你觉得哪边才是真的？"

男人用很担心的眼神说出我想都没想过的事。我的父母——我杀了养育胭条巴的至亲。

"……那种事情跟现在没有关系吧？"

"有关系，橙子说那栋公寓的构造刻意让人容易精神失常，若有自杀的家庭，责任也不在家庭，而是在设计者身上吧？你也一样，你说害怕梦见自己被杀死，才会杀死父母，但那真的是你本人的意思吗？你真的有杀人吗？或是说，其实你的父母是不是早就死了？"

男人像是看穿般地看着我。这家伙的视线并不锐利，但却有透入人心的力量，他跟两仪完全相反，是能看穿真实的一方。

……其实我也察觉到那个矛盾，不，我内心也因为母亲而全死光了吧。我所杀的父母，是仿佛每晚都在杀害我的父母。

那个梦是现实。我不是为了逃离梦境——而是为了从现实逃离，所以干脆就亲手——

"咔嗒"地响起了一声齿轮转动声。

"——吵死了，那怎样都无所谓？我只想把两仪救出来，其他的事情我都不管。"

没错，现在只有那个是我的真实，现在没空考虑其他的事，也没有意义。

"你有什么方法吗？既然打算一个人去救人，应该有考虑过什么计划吧。"

我瞪着他说完后，男人一副不太能接受的样子点了点头。

"方法的话只有一个,但听完你说的话后我改变主意了,这不是我们能解决的事,或许应该交给警察来处理。"

男人一脸奇妙的表情这样说道。

……这家伙现在还在说这种话,怎么可能去依靠那些人呢。

"你说的是认真的吗?"男人像是在说"怎么可能"般摇了摇头。

"虽然不是认真的,但这种判断也是必须的。从我看来,你太钻牛角尖了。式虽然很重要,但你不能不珍惜自己的生命。"

"少啰唆,你根本不懂我的心情!我已经一无所有了,从来没有人保护过我,我也能保护得了任何人,我只剩下救出两仪这件事。除了实现为她而死的誓言之外,什么都没有了!"

说到这里,我胸口一阵难过。我知道,这跟那一晚相同,我并不是想帮助两仪,是为了想救两仪而死。现在的我已经太多痛苦而不想苟活,什么都不剩,那连活下去的意义都没有了。既然如此——为了两仪赌上性命而死,就算非常有意义的事。能为了喜欢的女人而死,对我来说已经十分足够。

……这个男的因为察觉了我的真意,所以才会哀伤地看着我。

"——你是不会懂的。"

我只能这么说着。

男人静静地站了起来。

"我知道了,我们去救式吧。不过在那之前我要先去一个地方,你也一起来吧,臙条巴。"

他说出我还没告诉他的名字,便走进夜晚的街道上。

我跟在男人后面搭上了电车。电车跟目的公寓方向完全相反,最后我们在一个陌生的地方下了车。

那个城镇是远离喧闹市中心的宁静住宅区,在车站前只有两家小小的超市，寂寞但却热闹。

"走这边。"

男人很快看了看站前的地图，接着便走了起来。

走了几分钟，周围只剩下吃过晚饭又归于寂静的住家，路上很昏暗，只有路灯很不可靠地照着道路。

狭窄的路、狭窄的天桥，垃圾场里的野狗像是流浪汉般群聚在一起，充满低俗感。

男人似乎是第一次来到这个城镇。

一开始我以为要做拯救两仪式的事前准备，但看来似乎并非如此。我边跟着无言的男人前进，心中越来越不满，我们可没有在这种地方散步的空闲啊！

"喂，够了吧？你到底打算去哪里。"

"就快到了，你看那边的公园，旁边有一块空地对吧？就在那边。"

我只好跟在男人后面通过那个公园。

夜晚的公园渺无人烟，不，这种公园就算白天也不会有人吧！它只是个狭小又有着平坦地面的游乐区而已，连溜滑梯之类的东西都没有，只有凑数般的生锈单杠，已经不知几年没整理过了。

"——咦。"

我的脑中突然浮现出了什么，我……的确认识这个公园。小时候，在已经记不清楚、甚至没有回忆必要性的小时候，我曾经在这里玩耍过。当我站着凝视公园时，男人已经走到很远的地方了。

他停在旁边空地上的一户房子前，我小跑步往男人的方向跑过去。

男人沉默地看着那房子，当我接近时，他就直接把视线转到我身上，那是一种非常悲哀的眼神。我被那眼神催促着，将脸转向男人刚刚还在看的东西。

——我感到一阵眩晕。

……那里有一间房子,只有一层楼的小房子。

房子的门已经腐朽了一半以上,庭园十分荒凉,生长出的杂草已经侵蚀到房子的墙壁,油漆到处剥落,与其说是房子,还不如说是劳累而倒下的老狗。从无人居住开始到底过了多久?这已经不是房子,而只是一栋废墟而已了。

"……"

我发不出声音来,

只能紧盯着那栋废墟看。不知不觉间哭了出来。我明明不难过也不悔恨,但眼泪就是停不下来。我不知道这东西,也没见过这东西。

但是,魂魄记得,胭条巴一定不会忘记的。就算长大的我舍弃了,巴还是一直记得这个地方。

我……的家……

我自己在八岁前所住的地方,早已忘却每个回忆的日子。

"……胭条,你的家在哪里?"

当我回答这个问题后,少女摇了摇头。

"不对,是你真正想回去的家,不知道的话就算了。"

……两仪,你是指这个吗?都到了这个地步,这里还剩下什么吗?一个崩塌、毁坏、连外型都失去的废墟,对我来说没用处。

我对于家,只有痛苦的回忆。

无法工作后便拿我出气的爸爸,在家里是个暴君,而母亲则是一个只会对父亲连声应和的木偶。能吃饱的食物和温暖的衣服,我都没有。

对我来说，父母只不过是个累赘罢了，所以比起父母已死的事，两仪的事对我来说重要得多。

应该很重要啊……

但为什么——我却哭成这样呢？

感觉麻痹、无法动弹，在看见父母尸骨时也一样……我忘记了很重要的事，因此感到这么难过。

"是什么……？"

说着，我踏入了废墟的庭院里。

庭园很狭窄，对一家三口来说还算刚好吧？但是现在的我已经是大人了，比起小时侯，现在觉得庭院变得狭窄多了。

……我记得这个庭院。

我记得父亲很幸福地笑着，用手抚摸着我的头——

我记得温柔的母亲很幸福地微笑着，目送我离开——

令人难以置信，那种梦一般幸福的日子，我竟然也有过。

那种理所当然般的幸福，我也曾拥有。

"——巴。"

一个声音响起，我回头一看，那里站着一位面孔很精悍的青年。

"我要拜托你保管一个很重要的东西，来这边一下。"

小小的孩子往青年脚边跑过去。那是个有着红头发像是女孩子一般的孩子。

"爸爸，这是什么？"

"这是家里的钥匙，小心拿好，别弄丢了！因为巴也是男孩子，要用那个去保护妈妈喔。"

"用钥匙保护吗？"

"没错,家庭的钥匙是守护家族的重要物品。不但能锁上门窗,就算爸爸妈妈不在也没问题吧?钥匙啊,可是家族的证据喔。"

……当时还年幼的孩子,了解多少父亲的话呢?但孩子还是紧紧握住了钥匙,抬头说道:

"嗯,我知道了。我会好好保管。爸爸你放心,我会保护家里的。就算一个人,我也会好好做的——"

我的脚突然使不出力来,跌坐到庭院的地上。就算想站起来,也没办法好好站着。过去的回忆鲜明刻画在脑海,现在的肉体无法顺利活动。

……没错,对我来说,家里的钥匙是用来保护家族的东西、是家族的证明,有如宝物一样的东西。

但那个家族毁坏了,以前的影子一点也不剩。

我诅咒它,是因为现今太过严酷,因而忘掉了过去的事。

……那是以前家族还很平和时的记忆,温柔的母亲、值得夸耀的父亲,把孩子成长摆在第一位的父母。那是真的,只因为过了一段时间而失去它的我,竟然就把它当成假的,真是太愚蠢了。

明明父母是这么温柔。

明明世界看来是这么耀眼。

我只顾看着眼前,把父母当作没救的人而加以隔离。无视他们求救的声音,给了他们最后一击。

事物——难道必须是永远才行吗?

不对,不能希望永远,父母的心情是真的。而遗忘这件事的我——把真的被害者当成加害者而逃了出去。

……父亲受到周围的迫害，想工作也没班可上。母亲在打工处一直被说坏话，还是忍耐着继续工作。对这两人来说，我是唯一的救赎。

我上班回来后，母亲一定等待着我，虽然母亲想说什么，但我不想去听父母的声音，只是一直背对着他们。明明辛苦的不只是我，母亲一定比我还要辛苦。

她没有交谈的对象，被父亲殴打，只是静静工作着。她的心会坏掉当然是理所当然的，我——要是有回过头一次，就不会发生那种事了。

"——我真——愚蠢。"

眼泪无法停止，我掩面而泣。

杀了父母是因为梦境的缘故，还是公寓的缘故，对我来说已经没什么分别了。不对的人是我。

明明母亲是被害者，我却更加责备她，连头也不回。杀死父母的人是我，我明明比任何人更得去拯救他们不可。要补偿那件事，现在不做不行——我就这样坐在庭院里，紧紧握着庭院的泥土。眼泪停了下来。

之所以在哭，并不是像刚才那样因为悔恨而哭，是因为难过——因为父母已死的事实太过沉重，我才流下泪来。

第一次……这是在父母死了半年之后，才终于流下的告别仪式。

不过那也到此为止了，我没办法一直在这里浪费时间。

——风停了，信号也已响起。

来吧——该开始认真地奔跑了——

……当我察觉之时，才发现男人一直站在我背后。

245

他什么也没说，只是看着蹲在庭院里的我。

虽然不想承认，但我的确非来这里不可。可是被别人看见正在哭泣，我怎样也没办法直率面对他……不对，我一定到最后都跟这家伙不合吧？毕竟，我可是没有跟情敌建立良好关系的兴趣。

"可恶，你满意了吧？"

我头也不回地这样说着。

男人一脸难受地点了点头。

"……抱歉，我虽然清楚你的不幸，但却说不出一句话来。"

嗯，没错。能了解我的痛苦，只有我自己而已。

我可受不了别人带着一副同情模样去解说我的痛苦，就这一点来说，这家伙说出的话还算令人不难过。

"因为我出生在幸福的家庭、幸福的成长。所以，我什么也说不出来。"

……对，这家伙是好人。对现在的我来说，连安慰的话都是谎言。我虽然讨厌别人的同情，但我知道拒绝别人同情的代价，最后报应会发生在自己身上。而这家伙不想让我有那种讨厌的感觉。

"……哼。既然知道就闭嘴啊，笨蛋。"

"可是这非得说出来才行吧。虽然不知道是第几次了，但若什么也不剩的话——现在的你最重要的就是你自己，如果你想轻蔑自己，绝对是错误的举动。"

在月光照耀下，男人这么说着。

比起其他任何事，自己都是最重要的，

即使欺骗人也得要守护的，就是胭条巴这条命。

——嗯，大概是最纯粹的真实。

不虚假、不带有修饰，真正的本性。

如果会认为那是丑陋的，一定是因为自己软弱的缘故，在说出要为两仪而死的那一晚,式会轻蔑我也就是因为如此。

……真厉害啊,如此不同类型的人,竟然到头来都对我说同一件事。我保持蹲姿笑了。

然后,男人的手伸了过来。

"一个人站不起来的话,我就助你一臂之力吧。"

……他让我感到刺眼,于是我缓缓把他的手推开。虽然体内各个关节都在发出哀号,但这乃是我死都非得坚持的面子。

胭条巴站了起来。

"多管闲事,我不论什么时候都是靠自己一个人。"虽然这只不过是我一个人认真而已。

男人"嗯"的一声,毫不做作地笑了。

"我也认为你应该会这么说的。"

那是一股不可思议、连我也想回报的笑容。

◇

男人构思的计划很单纯。

两仪被困在公寓西栋十楼的某个地方,就算从正面大厅进去搭电梯,也很快被对手发现。

所以男人提案由他当诱饵,把拯救两仪的任务交到我身上。男人确信地说,比起那栋公寓住户在走动,他这个外人走动会让荒耶等人更加注意。

"不过,到头来我不是一样会被发现吗?"

"你从地下侵入,这是那栋公寓的蓝图,有看到地下停车场吗?从离公寓一段距离的孔进入下水道,就可以潜入其中。那栋公寓的地下停车场没有在使用对吧?"

男人的每一句话都很正确,正如这家伙所说,那栋公寓的地下停车场并没有开放，电梯虽然有 B 的按钮，却不会移动到地下。

"我认为那里应该是他们的工房，地下停车场非常不错，那里既不会让声音泄露，也完全不会令人起疑。"

男人边说边推给我一个装着螺丝起子等工具，用来从下水道爬到地下停车场的袋子。男人驾驶的车就这样到达了公寓所在的填海区。

我们在离公寓约一公里远的地方停车。时间是晚上十点，四周不见人影。

"那里就是下水道口。沿着往西边的下水道走，第七个下水道口就是停车场。"

"真是的，别说得好像很简单一样。"

我一边抱怨一边进行准备。除了放有工具的皮带，还有两仪留下的刀子。

加上……为了保险起见，从两仪房间借来的日本刀。因为被荒耶发现时，武器是越多越好。

"那么我们开始对时，大约十点半我会进入公寓，你也要在那时入侵停车场。"男人用我习惯的作法开始下达指示。于是我决定，把一直放在心里的疑问说出来。

"……虽然我是已经习惯这种事了，但你为什么要做到这种地步。为了两仪吗？"对于我的疑问，男人只是一脸困惑的表情、并没有回答。

"喂，搞不好可是会死喔。你一点都不怕吗？"

"害怕是当然的，因为我本来就不是负责扮演这种角色的人。"

男人闭上眼说着，那宁静的说话方式，就有如说给自己听一样。

"我自己也感觉到惊讶，因为这对我来说是很大的冒险……但不久前，我认识的一位自称可以稍微'看透未来'的人。"

"啊？"

……他突然说出一句我无法理解的话。

"根据她说，跟式扯上关系，就会碰到赌命的事。"男人认真地说着，而我则是配合他的话问道："对，那就是指现在啊，一定是的。那么，结果会怎样呢？"

"不管怎样——结果都不会死。"

男人这么回答，接着补上一句。

"所以这就是我逼迫自己的理由喔！"

听完这句很暧昧、但很适合这家伙的理由后，我背起了行李。这种事如果在平常很轻松……但现在非得开始奔跑了。

"我就先谢谢你了。对了，我们还没互报姓名呢。我是胭条巴，你呢？"

……虽然我知道对方知道我的名字，但还是刻意自己报上了姓名。

男人叫黑桐干也……我知道，那是两仪曾经提过的名字。

"是吗，你还真的有像是诗人一般的名字啊。"

然后，我抓住男人的手让他握住钥匙。

那东西是对我来说已经没用的——两仪家的钥匙。

——在很久以前。
被我当成是宝物、那个小小的金属片。

"这个是？"

"你就拿着吧，因为这以后得由你来守护才行。"

我努力露出灿烂的笑容，但不知道是不是顺利笑了出来。

"事情结束后，我们别再碰面比较好，也别再寻找对方。爱上同一个女人的同志，就爽快分手吧！"

"为什么？"男人话说到一半，脸色暗了起来。

……这个乍看之下很悠哉的男人，头脑其实很灵敏。因为他在一瞬间就了解我想说的事。

"就是这样，我不认识你，所以你也不用在意我。要是因为某一边的责任让某一边死去，可是会让人睡不好的。所以——彼此约定不再见面比较好。"

然后，我踏出了一步。男人什么也没说地看着我离开。我一边开始奔跑，一边挥手说再见。

"再见了！全部结束后，我要从头开始。我虽然爱两仪，但对她来说我是不必要的。虽然你不适合两仪，但就是这样才因此适合。

……我啊只是因为在两仪身上看到同一个东西而感到安心，对我跟她这种人来说，像你这种无害到令人向往的家伙最合适——"

然后我开始奔跑。不再回头往后看。

— 14 —

  黑桐干也走进那间没有人的气息、有如机器生活般的公寓。穿过感受不到绿意的庭院，来到充满人工照明的大厅。

  大厅里面一点声音也没有。

  统一成奶油色的大厅，只有非常干净的感觉而已。电灯的光线不会反射，而是被吸进地板和墙壁，这里不存在有所谓的明暗可言。

  白天来的时候——这栋公寓里充满了温暖的恶寒。但现在不同，晚上来到这里，只有充满令人喘不过气的寂静。

  脚步声轻轻响起，随即就被抹杀掉了。

  好冷——连空气都仿佛被确实订定角色般，每走一步就令人无法呼吸。黑桐干也深切感受到，自己对于这个异界来说是完全的异物。就算这样也不能转头回去，于是干也有如拨开水面般地前进。

  "总之先到三楼吧。"

  他不想走楼梯，决定坐电梯上去。按下了电梯的按钮。一阵巨大的引擎声响起，电梯从五楼降了下来。门一声不响地开启了。

  "耶？"

  干也一下子无法理解在那里的是什么东西，他咽了口气之后稍微往后退。

  "哎呀，你来了啊？正好，我刚好打算去找你呢。"

  搭电梯的红大衣青年，边笑边这么说。

干也用一只手拼命压抑涌上喉头的恶心感觉,他摇摇晃晃后退了几步,用因为恐惧而一脸要哭出来的表情一直看着青年。明明知道只要不看就好,但他就是无法把眼睛从那个东西上移开。

"做得很好对吧?真的,我也很中意呢!"

青年愉快地笑着,一手把那个东西举了起来。那个干也怎样也无法移开视线的东西……

红大衣的青年,用一只手,提着苍崎橙子的头。

橙子的头颅,制作得非常完美。颜色和质感都与生前没有两样,像是睡着般闭上眼睛的脸庞,有如一幅美丽的画——除了头部以下完全不见这件事以外。

"啊——"干也用手捂着嘴,拼命忍耐想吐的感觉。

不,他是只能这么做而已。他只是站着,拼命压抑要从嘴里涌出的各种东西。

"你是来替师傅报仇的?真是有心,苍崎有个好弟子啊!真令人羡慕。"

红大衣青年从电梯里走了出来。脸上的笑容像是把人工做出来的东西贴在脸上一样。

"正如你所见,你的师傅死了,不过还不算完全死了哟。她还有意识,还是可以听见外界声音,并理解那是什么的机能存在,这是我的慈悲心喔,是慈悲心。虽然她造成我很多的麻烦,但我起码还知道要尊重死者。我打算让她再多活一下。"

穿着红色、有如鲜血般红色的青年,往干也的方向走去。如同恶魔般自然的说话模样,仿佛忍耐诱惑而动弹不得的圣职者。

"你问我为什么?很简单,因为光这样我还无法完全发泄。只是将她杀死,无法让我长年受到屈辱的愤怒平息,我得让她更了解什么是痛苦才行。啊,不对不对,这样会让你误解的,我并不是想让她知道'痛苦就是这样'喔！因为对只剩下一个头的人来说，肉体的痛苦是很琐碎的问题吧？"

说完，青年就把手指伸向拿着的头颅，然后将手指插进她已经断气的双眼中，血淋淋地把眼球拿了出来。

像眼泪一般的鲜血，化成瀑布从她的脸颊流了下来。沾满鲜血的眼球，跟她生前的眼眸完全不同，在那里的，只不过是圆形的肉块而已。

青年把那个交给了无法动弹的干也。

"看啊，就算这样她也不会呻吟。但你放心，痛觉还是有的。虽然苍崎很会忍耐所以不会说什么，但眼睛被挖出来到底是什么感觉呢？很痛很痛吗？痛到令人想哭吗？你认为呢？既然是弟子的话，应该能了解师傅的感觉吧！"

干也没有回答，他的神经已经快要烧断，已经没有办法思考事物了。红大衣的青年很满足地看着他。

"哈哈——不过啊，这一定只是没什么大不了的痛苦吧？老实说，与其痛苦我还比较想让她悔恨。像这样子变成只剩头颅，对苍崎来说一定是难以忍受的屈辱吧？但我还准备了更高一层的屈辱，所以我需要你，你知道自己培养的东西被破坏掉，那是什么感觉么？而且那东西就在眼前，让自己一边体会连声音都发不出来的无力，若是我的话一定无法忍受，就算只杀了破坏者也会不甘心。你知道吗？这女人一直无视我，恨我恨到想杀了我。真是太棒了，还能有更棒的复仇吗！虽然直接下手的一击被荒耶抢走了，但这个我怎样也不会让给他。"

红大衣的青年毫无表情地跟她的头颅说话——接着突然地，用两手抓住流着血泪的头。

"在我知道苍崎有弟子的时候，我实在太高兴了，从那时开始我就盯上了你。要恨的话别恨我，去恨你师傅吧。放心，我不会只让你下地狱的——我不是说,这个头就算这样还是活着吗?不过……"

青年"嘿"的一笑,就像用上拼命的力气一样用两手压碎了头颅,像是苹果一般,曾为苍崎橙子的东西碎落到地面上。

"看,这样就死了。"

青年有如要填满大厅一般笑了起来。

干也连声音都发不出来,只能开始跑着。眼前橙子变成一堆肉片的光景,让他仅存的理性也断了线。

干也不是往外,而是往东边的大厅跑去。

现在的他完全想不起来那是一条死路,只是——看在他没惨叫的份上,还可说他真是了不起吧。

"好了,要落幕了。你等着,我马上去追你。"

青年停止了笑声,开始悠闲地追着他。那双沾满鲜血的手也就保持那样,边走边在地上落下红色的水滴。

◇

地下下水道有如迷宫一般,理所当然没有什么照明,只有污水流动的声音,让人感受到时间的流逝。

即使这样,巴还是一手拿着干也准备的下水道说明图,一边走到了目的地。那里有个通往天花板的窄小洞穴,他关掉变成一点光源的手电筒,开始攀爬墙壁上的梯子。

爬几米后就碰到了天花板,他把螺丝起子插进被当作天花板的下水道口,在变大的空隙里插进扳手,然后用力撑开盖子。

圆形的铁盖"喀啷"一声掉到地上。地下停车场的情况,漆黑到无法辨识。巴先把放有工具的袋子丢进停车场里,然后拿着式的短刀爬了上来。

"——"

停车场里没有光线，巴静静地看着周围。

……感觉有点不对劲。明明是偷偷潜入，却完全感受不到会被发现的危机感。

地下停车场有多宽广，巴无从把握起。这里连一点亮光都没有，只有蒸气声回响着，让人不知到底是宽是窄。

"蒸气的声音？"

巴突然一阵昏眩。他知道，这股黑暗、这个空间的味道。不对，不是知道。而是像现在一样，很切身地感受到。

我……回来了？

身体不断发抖，"咔嗒咔嗒"的怪声在脑袋里来回着。

胭条巴不自觉地环顾了四周。

这里很热。

只有铁板烧红的声音，和岩浆般的光线可以倚靠。

周围的墙上排列着很大的壶，地板上布满了细长的管子。

一个人也没有，只能感觉到蒸气的声音以及水的沸声，像他平常感觉的一样。

"——"

巴沉默地走了起来，身体很重，已经越来越接近极限了。

在房间中央的铁板被烧得通红，铁板上会定期洒水，而水则化为蒸气消失在房间天花板上。

天花板上有好几层管子，管子吸入了蒸气后，就会沿着墙壁把如同空气般的东西送到周围的壶里。

"哈哈。"

巴无力地走近了壶，

刚好是人类头般的大小。

里面放了不知是什么的一块东西,像被泡在实验室的福尔马林里一样,轻轻漂浮着。

不管怎么看,都像是人的脑。

从壶下面伸出了一条管子,它沿着地板伸展到墙上,然后穿过天花板。巴有如面对他人之事般想着,那大概是连接到公寓各个房间吧?

"什么嘛,这不就跟廉价恐怖片一样了吗?"

巴一边笑,一边沿着墙走着。

……他应该要试着思考,每天重复同样生活的人们,并不是重复跟昨天一样的今天,那样一来,就会让异常性泄漏到外面去了。

以人来说他们每天过着只有细微变化的螺旋日常生活因为这样,所以不能杀人,得让会思考且使身体活动的脑存活,虽然很难假定只会思考的东西能存活,但总之必须让脑活动才行。每一天只是为了在夜晚死去,在跟死去身体不同的地方度过每一天。

那不就是地狱吗?

死亡、生存、死亡、生存,仅仅是这样的封闭之轮,但人类就只是这种被封闭的轮。甚至对逃走或停止都不会感到疑惑,一个灵魂的牢狱。

……每一天醒来,都把晚上发生的这段重复结局当成梦境。

胭条巴每晚,都把这个现实当作梦境看待。

"……原来如此,原来是这么回事。"

说完,胭条巴触碰其中一个壶——听到了不该听的声音。

应该不存在的意识,说出一句话"帮帮我"……壶这么说着。

巴笑了。

……因为他也只能笑了。帮你是要帮你什么?帮你恢复成原来的人类吗?又或者是从这个不断重复中解放出来?但不管哪种，都是不可能的要求。

"——我只能杀了你。"

所以要笑，即使悲伤、即使悔恨、即使滑稽，也只能笑了。

"……我也一样，希望有人来帮我，一直希望有人来帮我，但是，我却不知道该把自己从那里解放出来……而结果也不该知道的，因为根本没有可以帮助我的方法。不管意义如何替换，只有一开始的现象无法消除。"

巴一边道歉一边寻找着。那东西一定在某个地方，没有的话就相当奇怪，也不符合逻辑。

……名叫荒耶的魔术师，并不是自己杀了公寓住户后再收集脑髓，而是在住户自杀后，为了重复最后一天而将脑髓予以收回。

所以……应该会有的。胭条巴每晚重复那一夜的原因……在半年前发生的那段现实。

没多久，他找到了那个东西。

不过，他还真希望只有那个东西是不存在的。

"哈哈。"

巴很温柔地摸了那个壶。

有如看着镜中的自己一样，他用肉眼看到了现在正在思考的自己。管子有两根。一根延伸向天花板，另一根中途断裂开了。

简直就像遭到废弃处分一样，彻底从这公寓隔离开来——

响起了"啪"的一声。从昨天起就受伤的左手肘，从手腕处发出掉落的声音。

像血一样的东西，啪嗒啪嗒地从手肘滴了下来。

在掉下来手腕的断面上，除了像肌肉和骨头的东西之外，还夹杂着齿轮般的东西。

咔嗒、咔嗒、咔嗒、咔嗒、咔嗒。

这个怪声从那一晚开始——在自己什么都不知道，只是呆坐着的时候开始响起。

在被揍、被叫唤名字的那一天——这个叫做胭条巴的东西，在启动时开始发出了齿轮声。这个人偶对一直重复的夜晚、一直被杀害感到厌烦——因而在预定的调和之前杀了母亲后逃走。

那就是——我。

"呵呵——啊哈哈。"

巴失神般地跪下，开始大笑。

"哈哈、哈哈哈、呀哈哈哈哈哈哈哈！"

已疯狂的人类声音，充斥在停车场里。

——我笑了。

我早就知道了，虽然我早就知道自己是假的。但没想到竟然真是被制造出来的东西。

脑袋空空如也，一片空白，什么也想不出来。

但是……明明已经什么都无法思考了，却还是停不住地笑。

"……哈哈、哈……啊哈哈哈。"

真是件奇怪的事。

既然重复了这么多次，为什么——不论我或我的家人，连一次都无法避免悲剧呢？

重复了数十次，数百次——竟为了逃出螺旋而杀了母亲，真是无可救药。是因为我不是真正的胭条巴，而只是被制造出来的巴，所以才无法改变发生的事吗？

假的胭条巴，所以只能按照荒耶的想法行动。因为是假的——所以那家伙知道我什么也做不成，才会让我逃走。

"——不对。"

说完，巴走了起来。咔嗒、咔嗒。

齿轮的声音响起，这声音让他听到这里的人不断重复"救救我"，不允许他发狂……不允许他发狂……允许不去正视这个现实。

……不对——又或者说……

巴靠近了铁板后,就把断裂的左手肘压到铁板上。

"！！！"

流出一阵苦闷的声音,

肉烧焦的滋滋声响起。

从切面漏出的血液,因灼烧而停止了。

巴边笑边把止血的左手从铁板上移开。

……又或者是,他其实早已发狂了也不一定。巴一边大口喘着气,一边寻找电梯。电梯位在房间的角落,他按了一个按钮,把停在一楼的电梯叫了下来。

巴拿着短刀和日本刀搭上电梯。

他回头看了一眼,

那个被蒸气和水声包围的地下室非常安静。

那是连自己死了都不知道,到今天也还继续梦见日常之轮的脑髓灵魂安置所。

巴思考着。

永远不会改变的每一天,以及永远不会结束的每一天。

两者哪个能称做螺旋呢？他不怀疑这栋公寓充满了怪异,不怀疑那就是永远。

因为就算死了——就算是相同的每一天,到了早上就能够重来。但是只要身在那个轮中,螺旋就不会扭曲。

只要一点点……若这个轮扭曲一点点的话,总有一天胭条巴不会被母亲所杀、也不会有杀害母亲的一天吧？但那也是不可能的,扭曲的轮不会在同一个地方转动,若死者不能亲自结束身为死者的存在,日常生活永远不会到来。

就算是这样,巴还是思考着。

——啊，若这个螺旋里有矛盾存在，那该有多好啊？

那是不可能存在的答案，不可能实现的愿望。胭条巴按下了十楼的按钮，并深刻体验到自己身体终结的日子即将到来。

◇

黑桐干也正喘不过气地跑着。

如果现在能变成毫无理由就大哭大闹的婴儿，该有多好啊？他只能一边寻求不可能的援助，一边拼命跑着。就像是要逃离红大衣的青年般，头也不回地跑着，等到跑到东栋的大厅时，他停了下来。

"……无路……可走……"

他猛然看向整个大厅，

虽然有通往二楼的楼梯，但大厅完全是死路。

干也终于察觉自己失去了冷静。

"——可恶，为什么会变成这样。"

虽然已经有所觉悟了，但他还是不断对慌乱的自己抱怨。但眼见昨天为止都那么亲密的人脑袋在眼前被破坏，他的举动已经可说是正常了。干也用双手压着不停发抖的双膝。总之，现在非逃不可。

干也四处张望着大厅。此时——走道上响起了坚硬的脚步声。

"！"

糟了！干也开始跑了起来。先走楼梯上二楼再说，这种直觉让干也动了起来。但是他的脚还未能踏上楼梯。"刷"的一声，当他听到身边发出砍断东西的声音，他的双脚失去力道而跪到地上。

"啊——"

他伸出去的手虽然碰到楼梯的扶手,但干也就这样滑了下去,整个人倒在楼梯上。干也趴在楼梯上,看着自己的脚。

……从膝盖的部分,流出了红色的液体。他有如看着他人般,了解到有人从背后用刀子之类的东西砍断他的膝盖,但这种感觉不像是自己受伤了。原因是,伤口与其说是痛,不如说是烫,而动也不动的脚真的像他人的脚般没有感觉。

"喂喂,你这样就倒下我可是很困惑喔……这一下只是打算吓你而已耶!连这种只是放出魔力的招式都弹不开,年轻人,这样不行喔!"

穿着红大衣的青年有如在演讲般地张开了双手。干也一句话也不说,就这样趴在楼梯上看着自己的血,红色的血,有如倒下的杯子里流出的水一样。

他意识越来越模糊,不是因为那股红色太恐怖,而单纯是生命所需的血液一直在消逝而已。

"还是说你只擅长制造呢?但是无法保护自己的人,是不能被称为魔术师的喔。

……嗯,看来苍崎作为一个老师并不太优秀嘛——没错,她原本就充满了缺陷。你知道吗?在我们的协会,最高阶的魔术师会被赠与颜色的标号。其中又以三原色是该时代最高的荣誉。

苍崎正如其名,想要'蓝色'的称号。但协会并不给她。她被自己妹妹夺走继承权,为了报仇而入会的人并不适合纯粹的颜色。很讽刺的,苍崎得到跟她姓氏相反的红色系称号,跟她的名字一样的俗气颜色。跟橙色魔术师相配的颜色!

那是想当原色却不成功的伤痛之赤。哈哈,这不是很适合那女人的称号吗?"

红大衣青年走到了楼梯旁。

261

他俯瞰倒在楼梯上的黑桐干也，浮现了满足的笑容。

"跟师父死在同一个地方也真是有缘，因为你是苍崎的弟子，我还以为你会有什么不得了的招式呢！真是令人失望。"

青年边笑边伸出手，缓缓地、为了要抓住倒地少年的脸而弯下身。然而跟他缓慢的动作相反，黑桐干也的身体忽然弹了起来。

"呜！"

因为惊讶，青年的思考空白了一瞬间。

就像要抓住着空隙一般，干也"啪"地弹起上半身，把藏在身体下的银色小刀刺向青年。

黑桐干也，把应该不会用上而属于苍崎橙子的小刀用力往青年刺了过去。

因为是有生以来第一次拥有杀意的缘故吧，少年闭上了眼睛，有如在忍受什么般的咬紧了牙关。干也拿着小刀的双手，确实感觉刺到了什么。

嘴里不知说着什么的红大衣青年，照理说应该会一时大意，不可能躲过这突如其来的反击才对。

……如果没受重伤就好了，在朦胧的意识间，干也睁开了眼睛。

但是……因为脚部出血而意识渐渐浑浊，他最后看到的东西，是青年用手挡住刺出小刀的影像。

在他伸出的手掌上，小刀深深地插了进去。

青年奸笑起来，容貌变得有如恶魔一般。

……

短暂的一瞬间。

"你真是过分……竟然刺人，这很危险啊！"青年说完伸出另一只手，他抓住黑桐干也的脸后，用力往楼梯敲了下去。

干也的后脑就这样碰上楼梯间，敲了一次后马上又被抓起，然后再用力敲下去。

"很危险啊，很危险啊，很危险啊，很危险啊，很危险啊，很危险啊，很危险啊，很危险啊，很危险啊，很危险啊，很危险啊。"

大厅里只有"杠杠杠杠"的敲击声，与他说话的声音相互回响着。过了一会，青年在察觉黑桐干也这少年的呼吸已经很微弱时，终于放开手站了起来。

"啊呀，真痛。要说有多痛，应该是痛到想哭出来吧？你啊想长命的话就不能作这种惹人嫌的事喔。"

青年很不快地拔起插在手掌上的小刀，有如对自己的话深表同意般认真地点着头。

"好了——工作完成。虽然我对荒耶的研究成果有兴趣，但还是回老家去吧，这国家的空气很脏，我实在受不了。"

青年转身背对动也不动的黑桐干也走了出去，往那细窄、仅有一条通向中央大厅的通道前去。

但在那之前，他看到一样意料外的事物出现在眼前，于是停了下来。不，应该说是被迫停了下来。

有一阵脚步声从通路上传了过来。青年——柯尼勒斯·阿鲁巴看到了无法置信的东西，不由自主地开始往后退。

因为发出咯咯的脚步声来到大厅的人竟是昨天来到这里的那个人。青年发愣道："真难以置信。"

一手拿着超大行李箱，应该已经死亡的苍崎橙子就站在那里——

15

"柯尼勒斯,你可别说'你应该已经死了'这种老掉牙的台词喔!这会让人看穿你的程度,别让我太失望啊!"

苍崎橙子用含有一股温柔的声音静静地说着。

红衣青年——阿鲁巴无言地看着她……他的身体,因为恐惧而微微颤抖着。

橙子走到大厅后,"嘿"地一声把行李箱放到地板上……只有这点与昨天不同。昨天的行李箱跟公文包差不多大,但今天的则大到仿佛可以塞下一个人。

"——虽然我用赶的,还是来不及了啊。你说黑桐不是我徒弟这句话得更正一下。虽然我什么都没教他,但他仍然是我的人。"

"你——你应该死了啊。我明明亲手杀了你!"

阿鲁巴根本没听见橙子说的话,只是握紧手大喊着。

他不肯承认眼前的橙子是真的,有如一个耍赖的小孩般地说:"一定是什么地方搞错了!"

跟拼命隐瞒心中慌乱的阿鲁巴相比,橙子却非常冷静。她无视双眼血红瞪着自己的红大衣青年,从口袋里拿出了香烟。而阿鲁巴……则因为对手的动作越像橙子会有的行为,就越无法阻止自己背上发出一阵寒意。

最后,他终于受不了而说道:"你不可能存在在这个地方,一定是哪里搞错了。苍崎,你疯了吗?虽然不知道你把什么东西留在这世上,但死人就乖乖的像个死人一样去阴间吧!"

阿鲁巴用力一挥他那沾满鲜血的手。被干也刺伤的手掌血液四溅，魔术师自己的血和怨恨形成诅咒，一碰到空气就象汽油着火般燃烧起来，化成火焰包围在那个不应该存在的敌人。但⋯⋯火焰虽然想包住苍崎橙子，却在还没有接近她之前，就在一瞬间消失了。

　　橙子轻轻拨了拨头发后，把叼在嘴上的烟点燃。

　　"死者就不能存在于这个世上吗？这间公寓可是充满了矛盾呢！我想，不管是尸体还是什么，活人和死人的差别，应该是烟抽起来舒不舒服吧。"

　　说完，橙子便用力地点了点头。

　　"没错！那可是很大的差异啊，没办法享受这个的话，就算活着也没什么用了。"橙子格格地笑着。

　　看到她那太过自然的态度，阿鲁巴才理解站在眼前的这个女人确实活着，而且是跟以前毫无两样的正牌货。但就因为这样，他才一直重复着同样的疑问虽然理解眼前的现实，但对其答案却一无所知。

　　"——你应该已经死了啊！"

　　听见青年的话，橙子皱起眉头。她那琥珀般的眼眸，透露出已经听腻这句话的事实。

　　"嗯，我的确是死了。身体被完全破坏，用来保留住灵魂的头也被你亲手毁了，那不叫死还叫什么？"

　　"那么在这里的你又是什么东西！"

　　"这还用说么？当然是苍崎橙子的代替品。"她很快地回答道。

　　太过直率的响应，让青年不禁张大嘴迟迟无法合拢。

　　"替代品⋯⋯你是人偶吗！"

　　说完，阿鲁巴自己下了否定的答案。

　　他也算是制造人偶方面知名的创造者，不管再怎么神似人类举止的自动人偶，他一眼就能看出真人与制造物的差别。

就算外表再怎么像人，内部的构造还是无法蒙骗过去。制造出的身体，从血液流动到肌肉构造全都无法完美，就算再怎么模仿人类，也不可能成为跟人一样的东西。

"就算制造出的是超越人类的人偶，也不可能做出跟人一样的东西"——这是魔术势力最大的光荣时代，中古世纪所留下来的绝对法则。

但是眼前的苍崎橙子却完全没有那些做不好的地方。

以结论来说，站在这里的苍崎橙子是如假包换的本人，这么说来——

"原来如此，那么我所杀的才是人偶吧！"

"柯尼勒斯，欺骗自己不好喔。你不可能对一个人偶出全力的。"

"嗯——的确，那是真人。毫无疑问的是你没错。苍崎，但这样就产生了矛盾。你意思是以前的你和现在的你都是真的吗？那你要怎么解释这个矛盾！"

阿鲁巴喊着，然后——找到了答案。他拼命地摇着头。真难以置信。不，那种事情是不可能的。

……但是，除此之外就无法说明这一切——那么，眼前这状况就是有可能的了。但，阿鲁巴又再一次问道：那种事情，真的有可能吗？

"苍崎。你该不会是——"

"答得好，以前的我跟现在的这个我，都是被制造出来的。阿鲁巴，连我自己啊，都不知道是什么时候跟本人交换的呢。"

橘色的魔术师边浮现邪恶无比的微笑边说着。

"什么——那个，那个才是真的不可能啊！那么你是什么？你不是原始的人？难道没有原始的人吗？但你自称为苍崎橙子，拥有自我的智慧，怎么可能了解自己是伪物却还能正常运作。伪物就是因为拥有明白自己是伪物的智慧，所以才会因为受不了而自我毁灭，这是常理！但是，你明明承认自己是假的，却……"

"知道自己是假的就会崩坏？那种智能是二流的喔。而且你那种想法跟我完全无关。我的身体虽然是被作出来的，但却是苍崎橙子唯一的存在。哼，看来没什么时间了，这就算免费赠送的吧！我就来稍微解释一下。

听好了，现在的我是保管在工房里的东西。在苍崎橙子被你完全杀害的时候觉醒。所以，我才诞生了一个小时而已。苍崎橙子本人是人偶师。我在好几年前，在某个实验的过程里偶然做出了跟我毫无两样的人偶。没有超过自己的性能，也没有不如自己的地方，是拥有完全一样功能的容器。看到那个东西，苍崎橙子思考着——有了这个，不就不需要现在的自己了吗？"

听见人偶师的话阿鲁巴不禁咽了口口水。他忍不住怀疑起自己的耳朵，那简直是完全相反的想法。他能理解作出跟自己同样的人偶有多么喜悦。但那毕竟是自己创造的人偶，实在无法想象有人会把自己的存在让给人偶——

"笨蛋，那只不过是个过程罢了。假设你做出跟人一模一样的人偶，既然能做到那种地步，应该要继续朝更高层次迈进。若是魔术师，就绝不会满足于现状！"

"所以啊，若是跟我完全一样的人偶，就算在我死后也会和我一样去追求更高的层次吧！就算我不在了，结果也不会改变。"

青年只是静静听着，在他恍惚了一阵后，否定般地摇了摇头。

"那只是狡辩！自己——身为绝对自己的本身绝无法完全舍弃！我就因为是我所以才会留下我。就算有跟我一样的东西，结果也一样，我也不会把柯尼勒斯·阿鲁巴这个存在让给他！在历史留名的是不是我并不重要，重要的是，如果我无法观测在历史上留名的我，那不就毫无意义了吗？"

267

阿鲁巴一边抱着自己的胸口，一边反驳眼前的人偶师……他的本能告诉他，如果不这么做，所拥有的一切都将被否定。

终究拘泥在本身的自己，还有选择舍弃本身的橙子……这差异，是一道分隔凡人与非凡人、令人绝望的墙，这都是因为绝不能承认这件事的缘故。

"这是想法的不同啊，阿鲁巴。我不但不会怪你，而且我也羡慕你。连我自己都不知道自己何时变成那样，我会在活动中的我死亡时觉醒，因为刚刚那个橙子所得到的知识曾被记录下来，如果继承那些东西，我就跟以前没什么两样了。接着，我会在做出跟我完全一样的人偶后再度沉眠吧！在制造一样的人偶时，我毫无疑问是本人。所以说，刚才被杀死的我，搞不好是原始那个我也不一定。不，原始的我可能在连我也不知道的地方沉睡着。但因为都是完全一样的容器，所以早不存在所谓分辨的方法。虽然全都是一堆'不一定'，但这就是真实。跟打开箱子前都不知道死活的猫一样，重要的是目前发生的现实吧？就因为这样——我毫无疑问是苍崎橙子，说得简单一点，既然我在这里，你刚刚破坏的就是假货了。"

接着，她便把手伸向放在地板上的行李箱。阿鲁巴则愕然看着与自己能力相差太多的对手。

"……是这样吗，并不是荒耶放过你，而是只要你活着，就不会让下一个你开始活动？"

橙子没有回答。

她只是用冷冷的眼神看着穿红大衣的青年。

阿鲁巴已经无法再忍受那股恶寒，用双手抱紧了自己……但寒意，却更加地强烈。

橙子的眼神像机械一样，明明不带任何感情，却带有很明显的杀意看着他。

阿鲁巴不知道她有这种眼神，在学院时也不曾看过。

他无意间想起，自己到目前为止所知道的苍崎橙子，真的是本人吗？说不定现在这个无言又静静站着的模样，才是她毫无隐瞒的真实自我呢！没有感情也没有自我，非常像魔术师的存在的一种形式。

在这么想的瞬间，他至今对苍崎橙子抱有的复仇念头全瓦解了。

到目前为止，自己到底为什么对那种东西抱有妄想呢？

到今天为止的自己，真的憎恨苍崎橙子这个人吗……至少，他所知道的苍崎橙子不一样。她变得能轻易将越卓越就越难舍弃的魔术师的自我抛开，俨然成为一个怪物了。

没错，他遇见的橙子更像人类，自己明明一直注意那样的她……

"你——是真实的吗？"

阿鲁巴不自觉露出——有如分手恋人般的哀求眼神，他边发抖边这样问道。

她咯咯地笑了。

"你啊！对我来说，那种问题有任何意义吗？"

她冷淡地、保持太过玲珑的美丽这样说道。

◇

橙子把夹在手上的烟，又抽了一口。

她的眼神在说，无谓的对话就谈到这里吧！

"好，回归正题吧。我家小子的性命也危险了，因为你胡作非为的关系，已经过了大约一个小时的时间了。"

"什——么？"

才过了一个小时？这么说来，橙子说过她是在头部被毁后才觉醒的。

若她沉眠的地方是自己的工房,来到这公寓大约要花上一个小时,不可能快速到只花不到几分钟的时间。

阿鲁巴猛然看向倒在楼梯上的少年。

……脚上的伤还是一样,但是——自己敲击好几次的后脑却没有出血。这个少年,单纯只是因为脚部出血而失去意识而已。

"怎么可能……苍崎,你是用了什么魔法。"

青年无力地问着。

阿鲁巴已经没有一丝活力了,充分看到身为魔术师之间的差异,他不可能还存有攻击橙子的念头。

"魔术师可不能随便把魔术挂在嘴上,我来这个大厅已经是第三次了,只有这里是我从头开始建造的结界。为了预防万一,我多少准备了一些机关。比方说,像是你因为黑桐的反击而惊讶的瞬间,我稍微介入你意识之类的小手段……"

"是那个时候——"

阿鲁巴悔恨地呻吟着。的确,在用手掌挡下少年小刀的同时,他脑中确实出现过一段奇怪的空白。从那时起,自己就陷在梦中了吧!只是茫然等待施术者的橙子来临而已。

"哈哈,哈哈哈哈——原来如此,从一开始我就落入你的掌心了啊!苍崎,你很快乐吧?虽然不愿承认……但这样看来,我果然从一开始就只是个小丑。"

"倒也不是这样,毕竟我也没想到居然会被杀,而且也不打算报被杀之仇。我会来到这里是别有原因的,黑桐只是顺便而已。"

橙子"磅"的一声把脚下的行李箱放在地面上。那个大过头的行李箱就算倒了下来,外观形状也没什么变化。那个几乎跟立方体一样的行李箱,让阿鲁巴想起这跟某样东西很相似。

"你说……不是来报被杀之仇,那你来干什么?打算阻止进行魔术师禁忌实验的荒耶吗？"

"那才更不可能呢！那件事怎样也不可能成功的。阿鲁巴，我啊，其实只是来找你的。"

"果然啊……"

红衣青年点头道。

但他还是不了解，苍崎橙子说，她并不会因为被杀而记仇，而且也不打算妨碍他们的实验。

那么——到底是为了什么，让她用这样冰冷的杀气对着我？

"……为什么。我对你做了什么吗？"

"没什么。既然活着，被恨或者恨人都早有所觉悟。说实话，你那从学院时代起就开始的憎恨还不错，因为那是我苍崎橙子优秀的证明。"

"那么，为什么？"

"很简单。因为你用那个名字叫我。"

"碰"的一声。

橙子脚边的行李箱发出打开的声音。

大行李箱里面，正是那股黑暗。

那黑暗的固体连电灯的光线都无法照入，就那样集中在行李箱里面。

在里面，有……两个。

"这是我从学院时代定下的规矩，只要叫我'伤痛之赤'的人，全都得死！"

行李箱中发出了光芒。

是——两个眼睛。

"原来如此。"阿鲁巴点头道。

自己从刚才就一直注意的箱子，潜意识里老认为跟什么东西很相似……但答案其实很简单，为什么自己没察觉到呢？

那个说成行李箱还嫌太大的立方体，不就是哪个出现在神话里，封印住魔物的那个箱子吗？

这时，出现在箱里的黑色魔物伸出荆棘般的触手，抓住了柯尼勒斯　阿鲁巴。

阿鲁巴就这样被拉进箱子里去，怪物开始用数千张小口从他的脚开始吃起。他只能这样活生生被吃下去，在失去意识以前，他只剩下头颅的视线，对上超然看着他的人偶师。

一边看着这可怕的死法，她眼神中还带着轻蔑。

光是看见这样的眼神，他便开始后悔自己不是她的对手。荒耶最后的话在他脑中响起，他应该早就预料到柯尼勒斯　阿鲁巴会有这样的下场吧？

最后一片脑浆被咀嚼着。

……我失败了。不该跟这些怪物扯上关系啊！

……那就是，红大衣魔术师最后的思考了。

16

电梯上升着。

在没有他人的小箱中,胭条巴靠着墙壁凝视虚空。

巴的呼吸很急促。

他的手只剩下一边,为了止血而灼烧的伤口,神经发狂般地持续传送着痛苦。他脑海里长期无视的真现实在来到眼前,支离破碎的自己在想些什么也变得很朦胧。

巴只能想,自己的心灵与身体都试着突破极限。

在上升的电梯中,他重复深呼吸以求呼吸平稳。

只有今天,感觉用惯的电梯速度缓慢,用几乎要停下来的速度朝十楼上升。

途中——巴把手上的刀放开了。"喀"地一声,日本刀落在电梯地板上。

刀这玩意比想象中还重,光拿几分钟手就麻了。如果两手还在时应该可以挥动吧?但只剩一只手的巴,现在连把刀拔出来都做不到,只用单手拿小刀还能让自己好过些,于是,他剩下的右手便紧紧握住了小刀。

电梯停下。十楼到了。穿过两边的门,巴离开了大厅。眼前是通过东栋的走廊,成为死角的电梯后方则是通往西栋的走廊。巴朝没有光亮,放着真正尸体的西栋前去。他绕到电梯后侧,来到绕着公寓的走廊上。

时间,已经将近晚上十一点了。

从走廊看出去的夜景很安静、很寂寞，公寓周围只存有旁边那栋形状相同的公寓，公寓之间铺着柏油道路，还有绿色的庭院。

那光景，与其说是夜景，还不如说是被绿意包围的墓碑。

他"呼"地深深吐了口气。虽然面对的是眼前的夜景，但他也确实感应到刚刚出现在旁边的人。

所以他才大口呼吸，来整理混乱的意识。

巴手握着小刀，转向椭圆形的走廊。

走廊上充斥着没有光明的黑暗，连月光都显得相当微弱。

在离巴约两个房间的距离，站着一个黑色外套的身影。

那个枯瘦并且高挑的骨架，光看影子就能判断。

刻画在他脸上的苦恼，应该永远都不会消失吧。

魔术师荒耶宗莲就站在那里。

在跟魔术师对峙的瞬间，胭条巴整个人无法动弹。

混乱的呼吸、疼痛的身体，都像是结束般的平静。

面对眼前的对手，他感到无比恐惧，几乎连意识都要冻结。

自己……什么都作不到。

——但是，他反而感谢这种情况。因为刚刚都还纷乱不已的心，现在已经像湖水一般平静。

"荒耶。"

面对荒耶这个绝对强者，巴已经失去了自由。但是，明明什么也做不到的自己，却开口说了话。

互相交谈同时也是对等的证明，现在的他，已经不是以前那个害怕荒耶宗莲的东西了。

面对这个事实，魔术师的表情更加严肃起来。

"为什么回来。"

魔术师用沉重的声音问着。

巴无法回答，只是一直看着荒耶。他没有回答的余力，若不是全力集中精神，他连正面看着魔术师也作不到。

"这里没有你存在的余地，胭条巴的替代品已经准备好了。你是从这螺旋被排出去的东西，再回来也没有什么意义。"

魔术师睁着那双恐怕没有光芒的双眼问道。

……巴想，我的确从这里逃了出去。但是我现在却回来了，为什么？是的，第一次是被两仪带来……但这次，一定是因为——

"为了救两仪式吗？愚蠢。你到现在都没有发觉自己的心不是胭条巴的东西，你毕竟只是一个人偶，离开这个螺旋就无法正常动作了。"

"什么……？"

"你的确离开了这个螺旋。但我也知道，你在那之后选择了自杀，是因为家族死亡而选择死亡的死者。你离开自己的家庭后自杀，放着不管的话你一定会死，但如此一来就会让外界发现有你这个异常。既然这样——我就给你一个新工作让你活下去，以跟今晚死亡的胭条巴不同的胭条巴身份，那个工作——你知道吧？"

巴喊着："骗人！"

但那没有变成声音，他只是静静站在原地而已。

魔术师的表情没有改变，只有眼球像是在嘲笑般地扭曲。

"没错，这对我来说是不太重要的赌注。虽然迟早都要引她来，但事情若能秘密进行最理想。你并不知道我是谁，只要是跟我毫无关系的胭条巴自己把两仪式带来，真是再好不过了。虽然我并不期待，但你竟然成功把她带了过来，原本打算因为这样而放你一马的，但没想到你还敢再回来。自大也该有个限度，你不是因为自己的意志而喜欢上两仪式的，那是因为我对逃走的你附加了唯一一件事，那就是你的无意识里，刻下'关心两仪式'这件事。"

胭条巴从头到脚都失去了力气。

对于荒耶所说的事,他无法反驳。因为确实如此。

明明自己从不曾真正喜欢过别人,为什么单对两仪式那么关心?因为第一次见面时,就有什么在命令他观察那个少女、跟那个少女培养关系。

"理解了吗?你完全没有用自己的意志决定任何事情,你只是照我的希望把两仪式带来而已。说到底,你体内拥有的东西只是我让螺旋进行一天的记忆,在这天之前、还有这一天之后的记忆,一概没有。

你的意志只不过是由幻想产生,由幻想所活化的东西而已。在这个世界死亡的胭条巴,已经只能在这里生活了。

所以你什么也做不到,所以才让你负责引出两仪。若是什么也作不到的人——也就不会成为任何障碍吧?"

魔术师的发言就像是咒语,让巴急速回想起自己被创造出来、只拥有在这间公寓里发生的一天的记忆,在藉由那个幻想过去和未来。对两仪式的思念,还有对死去的父母的思念,全都是——现在的自己捏造出来的,胭条巴从出生生活至今的想法。那是仅只有一天戏份、毫无岁月积累的自己产生的浅薄的想法。

……那些究竟是真正存在的东西吗?自己是一开始就不可能存在的人,从这个螺旋离开的自己,已经无处可去了。

"被制造的你,到头来也只是假货而已。连杀的价值都没有,随你滚到什么地方去吧!"

说完了想说的话,魔术师便从这个胭条巴身上抽离了一切的注意力。

荒耶把眼睛转离了巴。

但是——所有生存意义都被破坏的他,却浮现笑容看着魔术师。

"……什么嘛,荒耶。这没什么大不了的嘛!"

虽然那只是逞强——但无比纯洁的逞强也足以动摇魔术师钢铁心灵。

"……面对你这种人,我终于领悟了。我到现在为止都跟你一样,不肯去承认脆弱的部分,所以一直错到现在。但是事物没有虚假,不管真的或者是假的,不管是否会成为结局,虽然只有一天——但我即是臙条巴,就是个拥有完整过去的臙条巴!虽然没有过去,但巴身上有着这么强烈的思念,这样就足够了。"

咬紧牙关的声音响起,那是他觉醒的力量,那是他决意对抗的坚强意志。

"……我真的喜欢两仪。虽然我不知道理由,跟她度过的日子也没有剩下什么东西,但那样就够快乐了。所以——若给予契机的人是你,我甚至还想感谢你呢。"

现在才算是真正的与魔术师对峙着,巴啧了一声。

……喜欢你,现在一定也还是喜欢。不管多久以后,只要想到她都会感到解脱。巴想,这就叫爱吗?他又啧了一声,不过——即使这么思念式,但现在她并不是最重要的。来到这里的理由不是为了帮助两仪式。

在被黑桐带到以前的家时,我想起来了,那段自己不应该知道的过去,臙条巴的灵魂所无法忘记的每一天。

我来到这里的理由是为了赎罪,臙条巴非做不可的事情,我也非做不可。

"抱歉,两仪。我无法为你而死,我——必须为了自己,赌上这条性命才行。"

他开始喃喃自语、道歉,

并将两仪式的记忆,从思考里排除了出去。

"荒耶，我是假的吗？"

听见这含有坚强意志的话语，魔术师皱起了眉头。

"——已经不用我说了。"

魔术师用明显带有轻蔑的口气回答道。

巴说着"也许吧"，并率直地点了点头。

那里不存在迷惘。

他明显以跟魔术师对等存在的身份站在那里。

"明明是个人偶也想假装觉悟吗？那只不过是梦境，就算你得到明镜止水的境界，但你不过是制造物这个事实也不会改变。"

"嗯——即使这样，我的心还是真的。"

静静的话语，乘着风回响在夜里。

魔术师举起一只手，这个把手伸到眼前的姿势，代表荒耶宗莲认定对手是一个值得消灭的对象。

巴看到那个，用力地压抑牙齿的颤抖。

"我——要杀了你。"

握紧小刀，胭条巴并非为了谁而开始奔跑起来。

◇

胭条巴的目标只有一个，那就是荒耶宗莲的中心。

魔术师胸口的中央，是以前式毫不犹豫刺下的地方，如果把刀插进那里，说不定可以打倒这个怪物。

胭条巴抱持着这个信念奔跑着。

与魔术师的距离跟式那天一样是大约六米，我要用全力跑完这段距离。我将所有精力集中在脚上，一次又一次用比在学校练习还快的速度接近魔术师。

魔术师的周围浮起了圆形的线。或许是轻视胭条巴，那线只有一条，不像对付两仪时有三条之多。

线分布在魔术师眼前大约一米的地方。

胭条巴不知道躲开那个东西的正确方法。

他只是从正面来挑战。

身体"咚"的一声停止了，踩着地面的脚也无法使出力气。

真的——什么也做不到。

魔术师维持满脸苦恼的样子往前走了一步。

这是已经知道结果的缓慢动作，他向无法活动的胭条巴前进。

魔术师伸出的手，缓缓地、有如要抓住胭条巴头颅一般伸长。

"果然还是不行啊。"胭条巴说完就闭上了眼睛。

但——就在视野变暗的同时，记忆逆流了。胭条巴本来不可能体验的这一个月记忆、我以巴的身份存在这里的确切证据，顿时爆炸了开来。

"在这里——"

胭条巴的身体注入了力量。

他把全身的气魄灌进站在地上的脚，一边想着，就算脚变得粉碎也没有关系。不能就这样在这里结束，因为自己并不是无价值的存在。

"因为我存在！"

他动了起来。

其中一只脚在一边发出声音的情况下毁坏了。

多亏如此——他边向前倒下边往前进，钻过魔术师伸出的手，来到可以碰到荒耶毫无防备的胸口。

巴这时叫了出来。

"没错，我的家人不是什么正常人！但他们也没有坏到该这样子被杀，他们的罪并没有深到得这样子死！"

声音化成了力量，他的手爆发开来。

279

小刀挥舞着，留下银色的轨迹，深深刺入了魔术师的胸口。
但是，那也仅仅如此而已。
"没用。"
魔术师强悍的手随着声音伸长了。胭条巴的头被一把抓了起来。
"——两仪式的魔眼不光目视到死亡，还得捕捉得到才有意义。你虽然想攻击我的死亡，但对于看不见的东西，是无法击中死亡的。"
魔术师的手开始用力。小刀从胭条巴的手上落到了地面。
"我会选择你的理由，还没有讲吧。"
胭条巴没有回答。
因为他从被魔术师的手抓住开始，就彻底夺走他活下去的意志。
"听好了。人类有着其存在根本的现象，那并不是前世的业，而是成为胭条巴的因，我们称那个混沌的冲动为'起源'。我在你杀了母亲对自己绝望时救你，是因为你的起源其实很明确。"
胭条巴没有回答。
魔术师将他的身体举高后，用冷酷的声音说道：
"最后告诉你，你什么也做不成，那是因为——你的起源是'无价值'。"
魔术师的手挥动了。构成胭条巴形状的肉体，随着这一挥而完全消失。
身体变得粉碎，连头也没有留下。
有如一开始就是那样一般，变成魔术师所说的无价值灰烬，消失在虚无之中。

◇

在解决胭条巴后，魔术师不带目的地停留在走廊上。

时机接近了，从用到昨天的身体移到现在这个身体已经半天，终于可以让意识到达身体的每个角落。

荒耶宗莲不像某个人偶师准备了跟自己完全一样的东西才死，他还没有体验过死亡。

虽然身体在漫长岁月中数次腐朽，但每次荒耶都保留意识因而活到现在。

荒耶宗莲只有一人，一旦这个肉体消失，就真的无处可逃了，事情必须谨慎进行才行。

但现在可以不用等了，荒耶宗莲这个灵魂所拥有的意志，已经完全支配了这个不知道是第几代的肉体，让肉体活动的魔术回路伸展到了指尖，魔术师终于让这个暂时的肉体升华成了真正的肉体。

于是魔术师开始追求原本的目的的行动。

但是在那之前，他感觉到公寓内发生了变化。

"——阿鲁巴，输了吗？"

不带感情地说完，魔术师闭上了眼睛，在没有光亮的走廊上，犹如要潜入海底一般，荒耶让自己沉睡过去。

◇

睡着的魔术师意识把身体留在十楼，就这样出现在她面前。

无形无影，看着一楼大厅的情况。

……一楼东栋的大厅，苍崎橙子跟那个叫做黑桐干也的少年在那里。

苍崎橙子正在照顾趴着的少年，那里看不到柯尼勒斯·阿鲁巴的身影。

"果然是那样的结果。"魔术师点点头说道。

281

在确认了事情的经过以后,魔术师让意识回到十楼的身体里。但,却被她给留了下来。

"荒耶,你要去哪里?偷看可不是好兴趣喔!"

有如看到不存在的魔术师一般,苍崎橙子转过头来。

她在楼梯下方,魔术师无形的意识在楼梯上方。很巧的,两人用跟以前一样的位置对峙着。

'哼,虽然知道你用某种手段杀死了阿鲁巴,但没想到竟然有另外一个苍崎橙子啊?我贯穿的心脏确实是真的,那不是人工物。那么,你就是被制造出来的了。'

只有声音在响着。不,那连声音都不是。荒耶的话,只有苍崎橙子听得到。

听见魔术师的话,她只叹了一口气。

"不管阿鲁巴也好或是你也好,老爱研究些无聊的事耶!那种事怎么样都没差吧?差别只不过在于一开始出生的东西跟其次出现的东西,对于只有一点不同的事,别一直拿出来说。"

'听那种口气,你的确是真的。那么——要再跟我比划一次吗?'

"不要,因为我在这公寓里没有胜算。"

坚决地回答后,她将视线从魔术师的意识移开。

对她来说,照顾少年的伤势比跟荒耶宗莲进行问答重要,她从大衣下取出绷带,很利落地包着少年的双膝。

'这样好吗?那箱子里躲着的魔物,说不定可以打倒我喔。'

"我拒绝,这家伙的胃口是无底洞,弄不好的话整栋公寓都会不见。作出这种招摇的事协会也不会不理,到时候就换我被协会通缉了。好不容易才隐瞒行踪,我才不做那种会让协会发现我的事呢。"

虽然回答着魔术师的问题,但她还是看着别的地方。

"我在自己被杀时候就已经输了。我不打算现在出手,你要拿出式的脑袋，然后接收她的身体都请便，若是有阻止的东西在，那绝对不会是我。"

"到现在还在期待抑止力吗，但我说过那个不会有反应的。"

她摇了摇头。那与其说是否定，到不如说是有种怜悯的成分在。

"抑止力原本就不会发生了，所以说不定你这次真的能成功。我不知道憎恨人类的你在接触根源时会发生什么事，大部分的魔术师在接触到根源就会前往那个世界，并遗忘这个世界全部的事。但你不同，你一定会在这边留下影子，结果来说可能造成这个国家消失吧？如果讨厌人类的你真的要拯救人类，那只会是痛苦后来临的死亡而已。

所以说荒耶，你并不是憎恨人类。你只是爱你心中的理想人类形象而已。所以你才无法原谅丑陋的苦界人类。拯救人类？哼，别笑死人了。你才不想拯救人类呢！你只是拯救荒耶宗莲所幻想的人类形象而已。"

听见她的话魔术师没有回答。两人间的接点，这次才真正的，彻彻底底断绝了。

"……不用你说，救济到头来也只是种固定形式而已。再见了苍崎，没有证据证明接触根源的我还会以我的形象存在，但我相信——最后阻止我的人是你，是有其根据的。"

魔术师的意识打算离开了。她在打算对他送行时，忽然想到了一个问题。

"荒耶等等，我问你一件事，这公寓本来的目的是为了纳入太极而成为太极的具体显现吧？"

"正是，为了将两仪式完全从外界隔离，所以我创造了这个异界，其他机能只不过是附属品。"

对于魔术师坦然的回答，她——突然莫名哈哈笑了起来。

"——有什么问题吗？"

她的笑声让魔术师的声音粗暴了起来。

苍崎橙子用完全无法克制的声音不停地大笑着。

"原来如此,这栋大楼就是一个魔法啊!要抓住式,然后不让我或者协会、甚至世界发现的封闭世界,也就是牢笼。若是出现跟你有一样目的想杀式的人,世界一定会发动抑止力。为了隐瞒关住式而制作的这个异界,这里还好,到这里都还很完美。但是很讽刺的,荒耶,你最后犯下了一个非常大的错误。"

魔术师没有出声。荒耶宗莲即使被说成这样,还是无法抓住她真正的想法。

魔术师感到困惑……为什么自己怎样都想不出来,究竟犯了什么像她所说的巨大的错误。

"没有错误。"

这个声音如此断言,但却没有人能否认它带有一丝迷惑。

她边克制大笑边说道:"嗯,你没有犯错。因为对身为魔术师的你来说,这是最棒的答案了。但是,作为那前提的东西根本就是错了呢?把式隔离起来?你不是用这个公寓的某个房间,而是用公寓全体来隔离吧?这叫做空间遮断,已经达到魔法程度的结界。这只有身为结界专家的你才能做到,是只有你才做得到的神业。被关在莫比乌斯之环这个密闭空间的人绝对无法逃出来。不管什么物理冲击都无法逃脱的牢笼。你把式丢在那里之后就放心了。

那结界确实很完美,但那种东西对那个东西是没用的。就犹如魔术在文明世界是万能的一样,那个东西跟我们这些活在观念里的人相克,'虽然我们的存在是常识的威胁——但式则是非常识的死神',这你明明应该体会过了!"

听完她的话,魔术师的意识冻结了。的确,能目视死亡的两仪式是非比寻常的存在。但,只求能够杀人的能力者在世界上多如牛毛，若只求杀害生物，不可能胜过文明产生的各种近代武器。

没错，两仪对魔术师来说是异质的原因，绝对不只是因为如此。

连不可能的东西，没有实体的概念也能抹杀，究极的虚无正是那个东西的本性。

"至无之死"就是两仪的能力。

没有出口、无限延伸的空间，是各种兵器都无法干涉的密闭世界。因为没有形体，所以只能跟有形之物冲突的物理兵器绝对无法接触，但是——两仪式的能力，就是对付这种没有实体的东西。

那么？

"对，要关住式的话把她埋在水泥里就好了。要关住腕力只有少女程度的式，只要单纯准备铁制的密室即可。荒耶宗莲，你因为身为魔术师，所以把魔术当成绝对的东西，封闭空间一点意义也没有。那种半调子的东西，那个东西很快就会突破的！"

一直背对魔术师的她，把脸转了过来。

在知道眼神是何种意义之前，魔术师的意识突然被拉回原本的肉体。

◇

回到肉体的魔术师，察觉到自己身体的变化。

他的身体发冷、指尖麻痹……

额头在出汗。

一部分的内脏，通知他功能停止的危险。

"被砍了吗？真难以置信。"

魔术师喃喃说着。

但这是事实。

就在刚刚——可说是荒耶宗莲本身这栋公寓的某处，被硬生生砍开了。

有如切奶油一般滑顺、毫无窒碍，空间本身"啪"地被切开了。

和魔术师将意识支配身体一样，他也让这栋公寓建筑的活动，跟自己的意识通话。这栋建筑就是他的身体，电灯的配线是神经、水管的分布是血管，身体被清楚切断的痛苦，不是能轻易忽略的东西。

证据就是——痛苦让魔术师的意识中断，使他从一楼大厅回到了十楼的走廊……有如被巨大的手拉住一般，是他无法抵抗的强制力。

"……这是，怎么回事。"

他边说边用单手擦去额头上的汗。

背后有股像蜘蛛一般侵入体内的寒气。隔了数百年，他才又想起这就是恐惧。

"你在怕什么——荒耶宗莲！"

魔术师在怒骂自己的软弱。但是，身体的变化却无法停止。

刚才遍布各处的力量，现在没有了。命令身体活动的魔术回路，从指尖一路啪滋啪滋断了线。

——死，已经来到了身边。

嗡——

突然听到了声音。

在走廊的前方，从大厅传来的震动，毫无疑问是电梯的声音。

有什么东西要上来了。

没多久声音消失，他感觉到门打开了。

轻轻的、不带有痕迹的声音回响在大厅里，那声音像是木屐之类的东西在硬地板所产生的。

"喀啦。"脚步声接近这里。

魔术师将身体转向面对大厅的方向。

虽然很难相信，但荒耶承认了，那个即将来到这里的对方的身份。

那个人，很快出现了。她背对大厅的光线，只能看到影子般的轮廓。

白色的和服，还有很不搭配的皮衣。有如湿了般艳丽的黑发，点缀蓝色的纯黑眼眸。

少女的手上，拿着一把刀。

在夜晚的黑暗中，鞘里的刀"刷"地被拔了出来，她毫不做作一手拿刀的模样，犹如伫立在战场上的武士一样。

带着无比静谧和死亡的气息，两仪式来了。

17

　　当式来到公寓的走廊上,她便停下了脚步。将单手拿着的刀朝向地面,然后把远处的黑色魔术师映入眼帘。
　　两者的距离大约是三间房间——以数字来说大约是十米了吧。
　　"我不了解——你是怎么逃出来的,两仪式。"
　　魔术师保持一脸苦恼的样子发问了。
　　那是在他心中重复无数次的疑问,黑色的魔术师荒耶宗莲虽然知道答案,但是还是问着。
　　她逃出幽闭空间的方法,他心里早已有数了。
　　昨晚——因魔术师的一击而断了几根肋骨且丧失意识的少女,在被封闭的空间里,她在公寓的房间与房间中所存在的异界中醒来,用她的手砍开不存在空间里不存在的墙。
　　无限,并不是"空"。要让无限成为无限,就必须界定出有限才行。
　　没有有限,无限也不会存在。
　　事物就是因为有尽头,所以才能观测到无限这件事。
　　两仪式在陷入的无限中,找出了不存在的有限然后将其斩断。
　　但当然,无限里不存在有限,因为无法砍断不存在的东西,所以要逃出那牢笼是不可能的事情。
　　但是——没有有限,也就没有无限。不论有没有无限之墙,在两仪式之前那种无尽的世界原本就没有意义。
　　若真的没有有限,那就不是无限而是"空"。若含有有限,式就会找出它然后砍断这一切。

……原本应该是绝对的黑洞，对这人来说却只是狭窄的暗室，魔术师对自己感觉到可耻。

"应该有原因的，我在你身上造成的伤到现在也没有痊愈，你的身体为什么能动作，你伤这么重为何会醒过来。为什么，不再多昏睡几分钟？"

维持充满苦恼的表情，魔术师只有声音焦躁了起来。

没错——就算这个结界没有意义，只要式昏睡就没有问题了。

只要几分钟……

若式再晚几分钟醒来，事情就已经结束了吧。

这女孩现在醒来了，仿佛没有存在任何外在影响，就像从睡眠中醒来一般，自然而且理所当然地清醒。

在她了解自己被关住以后，于是毫不犹豫地砍开了墙壁。

真要说原因，只能说是运气不好了。

是因为跟苍崎橙子的对话花上了太多时间了吗？

不，那对话只有一瞬间。

那么——浪费掉的时间，究竟在哪里呢？魔术师回想着，然后不愉快地皱起了眉头。

他往手掌看了一眼，那是几分钟前杀害胭条巴的手。

只有几分钟，但却是无比关键的几分钟。若没有管那玩意的话，说不定——

"胭条巴——啊。"

说出来的话语里，含有怨恨。

但是，那被两仪式给否定了。她说，自己清醒跟胭条巴并没有关系。

"我是因为自己高兴才醒过来的，并没有靠任何人的帮忙，胭条来这里是没有意义的。"

289

式静静地说着。晚风沙沙地吹拂着她的头发。

"不过我可以确定，毁了你的人是朏条。"

式的话让魔术师的眼睛眯了起来。

式说，是朏条巴毁灭了荒耶宗莲，但那种事情绝对不可能。

就算有让自己破灭的原因在，也只会是苍崎橙子跟两仪式中的一位。

那个被操纵的人偶竟然会是原因？绝对不可能。

"说什么傻话，那个东西什么也没有做到，就连带你来这里这件事情，也只不过是他被交付的任务而已，他只不过是一个傀儡。"

"嗯，那家伙不但什么也没做，也什么都做不成。但是，你并不是从开始就打算把他当作傀儡吧？"

"唔……"

魔术师说不出话来。荒耶想，的确是这样。

在朏条巴逃出日常时，他想到可以藉由这件意料之外的事，来利用朏条让他的计划可以顺利继续进行下去。

但——那并不是荒耶本人一开始就决定的计划，顶多只算是因为朏条巴逃跑才产生的二次计划。

那难道不算成就了什么事情了吗？本来应该在没人察觉下而结束的计划，竟然被那个干扰了，就算那只是非常微不足道的一件事。

式说。

"你看到那家伙出现预定中的错误，利用这件事倒不算坏事。但从那时起，你就已经充满破绽。那家伙——朏条巴从这螺旋逃出去，本身就带有非常大的意义。"

然后，她往前走了一步。那步伐太过自然，让魔术师连举起手都做不到。

魔术师看着身穿白色和服的少女，想着：有什么地方改变了。

的确,现在的式跟昨晚的心境完全不同、她在知道胭条巴已经被杀害之后,可能会因此憎恨荒耶宗莲。

然而,这种变化是很琐碎的,因为单是感情的变化不会让人的力量有所不同。

可是魔术师却感觉到,眼前这个对手跟昨晚是截然不同的人。

少女又走了过来。那是有如散步般自然的步伐。

在那之前,式很无聊似地开了口。

"嗯,你想怎样都无所谓。但我可不希望以后因为这件事情一直心烦,所以要在这里杀了你。"

式的眼神一副想睡、无力的样子。

"但我一点都不开心倒是第一次,在猎物面前心情也兴奋不起来,明明知道能跟你战到几乎不分胜负,却笑不出来。"

"锵。"式手中的刀发出了声音。那是把至今都轻轻拿着的刀柄重新用力握紧的声音。

式一边走着,一边缓缓地把刀举到前方……大约到腰部的位置。

魔术师慢慢举起了单手,这时,他的周围出现了三层圆圈。

"——也好。我一开始就不该打算活捉你的……现在事情完全没有改变,虽然可能无法顺利复活,但我要摘下你的头换上我的头。我可能会死,但只要能接触到根源,这条命根本不算什么——"

式没有回答魔术师的话,也没有停下来。两人的距离越来越接近了。

魔术师的三重结界直径约有四米,式来到大约两米前的地方。

她身上散发出来的杀气,把冬天的晚风变成了夏天的热风,这股弥漫着走廊的杀气,让魔术师的皮肤仿佛燃烧了起来。

——但是,即使如此。魔术师还是知道自己不会输给式。

他也理解她所拿的刀是拥有百年岁月的名刀,然而,式的战斗技术还是不如自己,如果排除活捉的可能,荒耶宗莲很有自信

291

不让式靠近就能解决她。

式走到结界面前后突然停了下来,把至今都用单手拿的刀柄,再用一只手握住。

她腰部的重心微微蹲低,眼前所拿的刀柄固定在腰部前方,刀身慢慢朝向面前的敌人。

这是正眼的架势——最常用在许多剑术流派当中,是最基本也是最强的战斗架势。

式就这样跟魔术师对峙着,然后闭上感觉很想睡的眼睛,仿佛理解般点头道:"嗯,我知道了,我不是想杀你,只是受不了'有'你的存在而已。"

……那种强烈的感情,只针对杀了巴的那个人。

到目前都是锐利的杀气,化为明确的刀贯穿了魔术师的全身。那是瞬间攻防战的开始讯号。

◇

式的双眼"啪"地张开了。

魔术师伸出的手腕开始出力。

这时……

荒耶不是因为战意,只是纯粹、畏惧地直觉自己非杀了式不可。

"——肃!"

荒耶的怒吼,是瞬间破坏空间的恶魔之手,他看向式的周围的空间,然后连景色一起破坏掉,不存在有任何的延迟。在喊叫、握手的瞬间,式的败北就已经决定了。

但……

荒耶看到了。

比自己叫声还晚出手的少女，却比自己叫声还早行动的怪异光景。

拿着刀的双手举了起来，那速度快到让人看成闪光一般，那高举成上段的刀，用比之前还快的速度挥了下来。

"——肃"的叫声，

被"斩"的刀光砍断了。

原本应该被压碎的空间歪曲，在她的眼前整个被杀掉了。

魔术师再度把力量注入手上。

只不过是张开然后再握紧手掌的时间，只不过是这样的行动，但……在两仪式的疾走之前还是太慢了。

"——"

荒耶发不出声音，连想都来不及想，就吃下了那一刀。

两仪式，正如字面般地弹跳出去。

她保持一刀砍断歪曲的姿势，靠近魔术师发出一击。

在踏出去前，她把刀横向挥舞，

而魔术师所依靠的结界，就这样消失了。

……若只是最外围的那圈，就算被破坏也没有什么关系。荒耶觉悟般地想着，他认为就算被接近，也会在式杀掉第二层结界的时候分出胜负。

但——她光是一刀，就把距离外的两个结界同时消灭了。

然后她踏出了一步。

若挥动的刀是神速，那这脚步又快上许多。

两仪式光用一步，就把四米的距离化为零。

她的身体在流动，踏出的这一步，同时也是为了使出必杀的一刀的步伐。

那太过快速的身体,与其说是时间停止,倒不如说让人感觉时间倒退了。

斩击出招了,魔术师往后方跳去。

两仪式就这样保持挥完刀的姿势看着魔术师,从她嘴里流出了一丝鲜血。

她并没有受伤,只不过是昨天的伤口裂开了而已,她那断了几根肋骨和内脏受伤的身体,光是走路就会让血流到嘴里。

受了这么严重的伤,还能使出这么厉害的刀法……往后跳的魔术师右手掉了下来。

不,不是手,而是从肩膀开始,整块胸口连着手掉了下来。

魔术师荒耶宗莲——拥有能够躲开手枪发射子弹的运动能力,但却在完全挨了一刀后才往后跳去,连他本人都没有察觉。

"你,到底是什么人。"

魔术师连自己的伤口都没看,只是瞪着站在面前的对手。

……现在这一刀可以说是致命的一击,若式的第二刀杀的不是两个结界而是三个,荒耶的身体就会被整个砍成两半。

守护最接近魔术师的第一结界——不俱,因它的保护让她的步伐稍微减缓,魔术师才能躲开这致命一击。

不,应该惊讶的不是这个。式跟昨晚比起来,简直是完全不同的人。

是胭条巴被杀的愤怒让她发挥超越自己的实力吗?不,绝对不是。魔术师凝视白色和服的少女。

两仪式重整了姿势后,把两手握着的刀恢复单手拿着……光是这样,少女就变回了昨晚的少女。

她"咳"一声吐出了血,要是没有昨天的伤,她或许会毫不停留地砍向魔术师,取下他的首级。

"……为什么，这是因为武器的差异吗？"

荒耶感到愕然。

式变成另一个人的原因，除了发挥极限战斗意志的控制法以外，别无其他。

很久以前，在武士们拔出刀的当下，就把杀与被杀当作理所当然般地接受。那不是因为身为武士的心理，而是因为在握住刀柄的瞬间，他们就觉醒了。只为了杀人而存在的肉体，还有只为了存活而存在的头脑。这不是比赛前集中精神的程度，他们是藉由拔刀来切换脑部的功能，并非把肉体切换成战斗用，而是从脑部把身体改变成战斗用。

这时，肌肉就以不是生物的使用方法活动，血管改变了血液的流向，连呼吸都不需要了……没错，他们把对战斗没有用的"人"之部分完全排除，把一切都换成战斗用零件。

"架势。这自我暗示造成的改变还真惊人。"

听见魔术师痛苦的语言，少女"嗯"的一声回答他。

……在式张开眼睛那瞬间，荒耶所害怕的真面目就是这个。

魔术师诅咒着自己的愚昧，他没有想到竟然有把这种方法流传到现在的族群存在。

荒耶知道对以前存在的古流剑客来说，三米的距离犹如没有，刚才的式不仅是五米……大概九米的距离也可以一步踏完吧？

没有人知道她原本的样子。他把"魔眼的使用"和"小刀战斗"定位成为两仪式的战斗方式，但这女人实际上应该是拿着武士刀的杀人魔。跟现在的她相比，普通时的她完全不值一提。

"……被骗了。看来你跟浅上藤乃的战斗并不是认真的。"

听见魔术师的话，两仪式口中念着"不对"，并摇头否定。

她冷漠的眼神说，不管是什么武器，自己总是认真的。看到这个眼神，魔术师察觉了。现在——这个女人回答了什么？

在这里的容器是什么？这个对手——从什么时候开始不是式的？

"原来是这样……原来我终于遇到了……"

魔术师一边按着已经不能说是伤口的巨大伤口吼叫着。

穿白色和服的女子——两仪式，脸上浮现没有比那更像女性的微笑。

她就这样往魔术师杀了过来。

荒耶并没有躲过这一招的手段，

但就算如此——这里可还是他的体内，对荒耶宗莲来说，是不可能败北的。

就算把这栋公寓破坏，他也非得拿到现在的两仪不可。赌上胜利的机会，魔术师前进了。

"蛇蝎……！"

魔术师的声音响起。

他剩下的左手挡住了两仪的刀，那埋有佛舍利的左手还留在身体上，就算是两仪式，也不可能砍断圣人的保护。

在此同时，被砍下的右手动了起来，像蛇一样在地板上滑动，扑向了两仪式的脖子。

"！"

有如千斤万力般的手，握住了两仪式的喉咙。

就在这一瞬间的空隙里，魔术师更加往后退，并且伸出了左手。

"——肃！"手掌在瞬间压缩了空间。来自各种角度的冲击，以压碎全身骨头的力道朝两仪式的身体而去。

"啊"地响起了死前的声音。

皮衣粉碎，穿白色和服的少女倒在地上。

不，应该说是倒向地上。

——两仪式很干脆地消失了。

但是式并不想放过这个对手。

在确实失去意识的状态下,白色的影子跳了起来。她,只是单纯想要杀死荒耶宗莲。

一刀挥舞过去,刀刺中了魔术师的胸口中央。

自己生命消失的感觉,让魔术师感到厌恶。

"开什么玩笑!"

在这同时,荒耶朝式踢了过去。

那是仿佛要贯穿式的腹部、有如刺枪一样的中段踢。式往后跳躲过了这一脚。

在刀拔出来的时候,荒耶就领悟了。如果要阻止这个对手——

"——得连异界一起杀掉才行吗!"

魔术师的左腕张开了。

第三次的空间压缩开始,式在一刀砍断之后,愕然站在原地。

魔术师的身影,随着黑色外套一起消失了。

式没打算阻止它。魔术师用什么方法从这里消失、要怎样才能阻止。这些琐事,式想都没想。要逃的话就逃吧。

她把手放在走廊的栏杆上。

"——不过,绝不会让你逃走的。"

她就这么往外跳了下去。

◇

——荒耶把整个公寓都压缩了。

虽然两仪式的肉体会因此而被压烂，但外表怎样都行，只要留下能维持一个人活动的身体就行了。原本一开始就不需要头，就算头破裂脑浆四溅，只要换上自己的头即可，重要的是那个肉体，他只要那个与根源相连接的肉体。

这个身体被砍断一只手，胸口也被贯穿，大概没法维持太久，但是，只要能到达根源漩涡，那个所有事物开始的地方，他也不需要肉体了。也就是说在那之前，只要保有自己的灵魂跟两仪式的肉体即可。

虽然这可能是所能想到的最差方式，但到头来做的事还是一样，只不过是失败时的保险完全不剩而已。

……不论如何，如果这方法不行，他就无计可施了。荒耶思考着。

自己害怕失败的软弱，就是最大的敌人，如果一开始就杀掉两仪式，也就不会走到这个被追杀的地步。

不过无论如何，事情到此也都结束了。魔术师从他体内的公寓，逃到了体外的庭园去。

被绿色草地包围的公寓，虽然在结界里，却不是公寓建筑的一部分。就算破坏公寓，这里也不会受到影响。

魔术师突然出现在庭园里，在空间转移完后就毫不停息地伸出了手。

他看着星空，为了要握碎圆形的塔而张开手掌。

在这瞬间，他的身体……从肩膀被切开了。

◇

在这瞬间，他的身体从肩膀被切开了。

"两仪——式。"

看着星空，魔术师这样念着。

"这——家伙。"

"咳"的一声，魔术师嘴里喷出血来。

有如粉末般的血液没有落到地上，也没有沾到砍向他的两仪式脸上，就只是这样消失在风中。

"——真是没有想到，实在难以置信。"他会这样说，也是理所当然的事。

出现在庭园的魔术师仰望夜空时，他看见从十楼跳下来的两仪式。

这个对手……在魔术师从公寓连接空间移动到庭园的瞬间，毫不犹豫地从十楼，走廊跳下来。

他实在无法理解她拥有何种信念才会这么做，但他也不可能了解的。

就算真的预知到魔术师会出现在这里，但谁会想到从十楼跳下来？

那已经是超越无谋，可以算是奇迹之类的事情了。

从十楼瞄准一个人跳下去？那和从十楼丢一根针，然后命中目标有何不同？

但即使如此，这个对手还是毫不犹豫地跳了下来。

明明魔术师的身影还留在十楼，她仍朝不存在庭园里的荒耶宗莲跳了下去。然后，在魔术师出现的瞬间砍断了他。

为了破坏公寓而伸出的手虽然被当成了盾牌，但是也从肩膀到腰部一起被砍成两半。

虽说有左手的佛舍利保护，但还是无法承受从十楼落下的斩击。

式的身体，没有落到地上却静止住。很讽刺的——魔术师拥有的静止结界还有一个。

藉由这个结界，式没有受到任何落地时的冲击。但从四十米以上摔下来的压力，早已让她的伤势恶化。

式趴在结界上不动，手中拿的刀插在魔术师的体内没有离开。荒耶还是一脸充满苦恼的表情，并恨恨地皱起了眉头。

"……你已经抱有砍不到我就会撞到地面的觉悟了吗？不，不对。就算没有这结界，你还是会一样做的吧——真惨啊！荒耶宗莲，是不会被你这种不成熟的人打败的。"

这不是逞强，而是他真正的想法。他的左手从手肘被切断，也早就失去了右手。

只能单纯站立的魔术师，就这样直接踢向式。有如冲破天空的一踢，狠狠命中了式的胸口。式的身体被踢飞到庭园里去，即使如此，她还是不放开刀，而刀也还深深插在魔术师的身体里。

结果，刀从刀身断成两段，将它四百年的历史划上休止符。

式倒在庭园里动也不动。

魔术师看着完全失去意识的她，不愉快地说道："这样子，还比较像这个年龄的少女。"

魔术师没有动。他那充满苦恼的脸又深了一层。明明要的东西已经在眼前，魔术师却无法动弹。

这一刀，是无法挽回的最后一击。

真是的——这真是非常差的一刀，同时也是威力无比的一刀。

接了这一刀，的确只有死亡这条路可以走。

"没想到又是两败俱伤。"

这就是他们的因果。

目标就在眼前却无法动弹的身体，再加上自己的结界接住式跳下来的身体，荒耶一个人说道："觉醒于起源者会受制于起源吗？原来如此——我的冲动原来是'静止'啊！"

魔术师讽刺地说道，但不是说给任何人听。

18

这时,仿佛只有月光还存活着。

此时,有一位魔术师像是散步一般,朝在绿色草地上的式及失去两手站着的黑衣魔术师走了过来。

"荒耶,你这次也失败了。"

对于橙子说的话,荒耶没有回答。

"真是惨啊,收集人的死、制造出地狱、体验他们的痛苦。做这些事只会带来痛苦吧?为什么要逼迫自己到如此地步。你为什么这么固执于追求根源漩涡这东西。你该不会还认真做着身为台密僧侣时候拯救人类的梦想吗?"

"我早忘记理由了。"

回答完,黑色魔术师陷入了自我沉思中。

没办法拯救人类,已经是好久以前的事情了。只要活着,就一定会有没有回报的人出现,无法让所有的人都幸福。

那么——无法拯救的人类是什么呢?要用什么来回报他们的一生呢?

没有答案。无限和有限是相等的东西,若是没有无法救赎的人,也不会存在被拯救的人。如此说来——救济就跟流动的钱一样。

人类无药可救、世界没有救赎,所以他才会记录死亡。

记录事物的最后,记录世界的终结,这样就能彻底分析所有的东西。如此一来,应该就能判断什么是幸福吧?

如果能重新看待没有回报者和无法拯救者——就能判断什么才能称为幸福。如果能了解在世界结束以后，这些才是人类的意义——这些因为无所谓原因而死的人，也能在整体上被赋予意义。

要是世界结束，人就可以分辨人类的价值。

只有这个——是唯一、拥有共通性的救赎。

……

"喀嚓"的声音响起。

橙子点烟的声音，把荒耶的意识拉回到现实世界中。

"连理由都忘记了吗？你的希望是无，起源也是零。那，你到底是什么？"

"我什么也不是，只是想要追求结论而已。这些丑陋污秽下贱愚昧的人类，若是他们全死后只能留下这些历史——那我就能得到这丑陋正是人类价值的结论。如果知道丑陋、无药可救的存在正是人类、我就能安心了。"

两位魔术师避开对方的视线交谈着。

而荒耶则一直站在原地。

橙子保持着仰望星空的姿势问道："所以你才想接触根源漩涡吗？那里有所有的记录，就算没有，也能让一切回归虚无。你为了自己，而想把丑陋的人类全部消灭。"

"没错，就只剩下一步了，就在还差几步的地方，世界妨碍了我。信道不可能打开，连天生就拥有通道的人也会被阻止。真是——真是难看的死前挣扎啊！明明没有人知道世界的危机，每个人却都在无意识下希望活下去。明明每个人都不去拯救坏死的世界而沉迷于享乐，却人人都无意识排除对世界有害的东西。这个矛盾是什么？想活下去的心污染了活下去的祈祷。那个邪念，正是我的敌人。"

声音里含有深深的怨恨。

橙子"呼"地叹了一口气。

"世界？荒耶，并不是。这次阻止你的并不是灵长的抑止力，你真的做的很棒，抑止力并没有生效。因为毁掉荒耶宗莲的东西只有一个，你啊，是输给了一个叫做胭条巴——仅仅一个人的无聊家族爱而已。"

荒耶不肯承认。纵使与世界为敌，与现存所有人类的意志为敌，他都有自信能够胜利。谁会承认他竟然输给了那种小鬼——

"就算是他，在背后推动的也是想维持灵长之世的烂人。真正的胭条巴不可能会做出那种行动，让他行动的不是什么家族爱，人类才没有那种东西！他们有的只是想让自己活下去的愿望而已。他不过是为了隐瞒丑陋的真心，而用像是家族爱的东西遮掩罢了，只因为自己想活着，所以假装在保护他人。"

荒耶的话里，只有憎恨存在。

橙子并不认为这个痛骂人类污秽的男人想法正确，荒耶宗莲活了太久，本身早已变成一个概念。不会变化思考的方向性，就已经不能称为是人。

虽然多说无用，但她还是继续把诅咒说下去。

"荒耶，我告诉你一件好事。虽然你应该不知道，但有个知名的心理学家定义'集体无意识'的存在。他认为，所有人类意识的最深层都连接到同一个湖，'这是原为僧侣的你熟悉到不行的思想'，也就是非盖亚论的抑止力——灵长无意识下一致的意见。宗莲，这个一般称为阿赖耶识。[①]"

什……么？咽下一口气的声音响起。

橙子自顾自地继续说，魔术师以前曾这么回答她，自己的敌人是灵长的思想，是很难拯救的人性。

那个诅咒，现在在这里形成了。

"很奇怪吧，荒耶宗莲。你的姓氏跟你视为一生最大敌之物

[①] 荒耶的日文发音为阿赖耶。

相同。但你自己却不知道，你周围所有的人也都没有告诉你。世界真是设下一个坏心眼的陷阱啊，听好了，宗莲，这次的矛盾非常多——然而，身为支配者的你，就是最大的矛盾！"

诅咒成为凶恶恶魔的形象，侵蚀、攻击着荒耶的思考，要将他的存在给消除掉。

魔术师没有回答。但他眼睛的焦点消失了。

即使这样他还是完全不动，脸上依然露出苦恼的表情，其上的黑暗与沉重，有如哲学家背负永远无解的问题一般。

不进行否定，只接下诅咒后，魔术师开口了。

"这个身体已经到了极限。"

"又要重新开始了吗？这是第几次了？你还真是学不到教训呢。"

这正是螺旋。

荒耶到最后都没有改变他的表情。

橙子用明显带有轻蔑的眼光一瞄，便把手上夹着的烟给丢了。结果，点着火的烟一口也没抽。

虽然轻蔑他——但她却不讨厌这个化为概念的魔术师。

走错一步。不对，如果她没有走错一步，

自己应该也会变成一样的东西。不是人也不是生物，只是变成一个单纯现象的理论体现。

现在的她，觉得那实在很悲哀。荒耶"咳"的一声吐出血来。那身体，开始从残留的左半边化为灰烬消失。

"没有做好预备的身体，下次再会的话，应该是下个世纪了。"

"那时就没有魔术师之类的东西了，应该不会再见了吧！你到最后都是孤独的。就算这样——你也还是不停手吗？"

"当然。我是不会承认失败的。"

橙子听完闭上了双眼。

清算长年分别的短暂回答，到此为止了。

在最后——她以身为苍崎橙子这个魔术师的身份问了荒耶宗莲一个问题。

"荒耶，你追求什么？"

"真正的睿智。"

黑色的魔术师的手，毁坏了。

"荒耶，在哪里追求？"

"只在自己的内心。"

外套落下，一半的身体随风而去。

苍崎橙子看着这些演变。

"荒耶，你的目标在哪里？"

荒耶继续消失着，他只剩下一张嘴，在言语还没有变成声音前就消失了。

"你早知道了，就是这个矛盾螺旋的尽头"

她感觉似乎有这句回答传了过来。

橙子把视线从随风而去的灰烬移开，又一次点燃了烟。

那股烟，有如不存在的海市蜃楼般晃动着。

◆——矛盾／螺旋——◆
（19）

　　不知道为了什么，我现在正走在街上。今天的天气非常好，抬头可以看到无垠的青空。
　　天空干净到没有一朵云彩，太阳也不会过于毒辣。
　　如梦一般、白色耀眼的阳光，让街道有如海市蜃楼般的朦胧，看惯的路也变得像沙漠一样舒服。
　　虽然十一月起每天都是阴天，但是今天则是有如回到夏天般的大好天气。我穿着胭脂色的衣服走进咖啡厅里。
　　就算是我，最近也是会来这里光顾的。
　　平常的"Ahnenerbe"感觉相当灰暗，都是因为照明只有来自阳光，多亏了今天的福，在这种阳光强烈的日子里，里头的顾客相当的多。不做作的白色桌子上，映照着从窗户射入的白色阳光。其他部分，则是店里干燥阴影的黑。
　　这两股明暗营造出有如教堂般的气氛，约在这里见面的人络绎不绝。
　　今天的我也是其中一人。
　　桌子只有两张空着，
　　于是我坐了下来。
　　这时，一位十多岁的男性应该也是在这里等人吧？他也坐进了另一张桌子。
　　我坐在椅子上等待着。
　　跟我同时进来的男性也一样在等待着。

我们两人背对背，坐在温暖的阳光中。

安静到不可思议。

我的样子似乎有点没耐性，虽然我自己并不觉得，但周围的人都这么说，所以应该是吧？

不过我也并不因此而不满，只是一直等待着。我思考，为什么会这么平静呢？

这时，感觉找到了答案。

一定是因为坐在我背后的男人，也一样静静在等待的缘故吧？

因为有人跟我一样在等待而感到安心，所以我毫无怨言地等待着那个家伙。

经过了很长时间，我看见窗外那个一直在挥手的人。他似乎是用跑过来的，一边喘气一边挥手。

让我不禁有些担心，这样跑没问题吗？但是，这种好天气他却穿得一身黑，这种服装品味迟早要他改过来才行。

我的脑袋甚至开始胡思乱想起来。

仔细一看——外面还有一位在挥手的人，那是一个穿着白色连身裙的女子。

我站了起来。

……我放心了。那个身穿连身裙的女子，似乎就是身后男性在等的人。我松了一口气，朝咖啡厅的出口走去。

不可思议的是这间咖啡厅有两个各自位在东边和西边的出口，简直像是叉路一样。

我往西边，而男人则是往东面走去。

我在离开店前又回头看了一眼。那位男性也同时往回看。

他是个一头红发，像女性般的华丽家伙。

那家伙眼光和我对上后，就轻轻挥了挥手。

虽然是一个没看过的家伙,但是这也算某种缘分吧?

也是,我也举起手回应他。

我们两个人虽然站在不同的出口,但就这样打了个招呼。

那男人看起来像是说了一句"再见",但我完全没有听见他的声音。

我也回了一句:"再见。"然后就走出店外。

外面的天气,好到有如刚刚的事是场梦一般。

我在这有如要融化般的强烈阳光下,朝一个为了我而挥手的男人走去。

不知道为何,我的感觉很高兴,但又带着一点伤感。

白色的阳光太过强烈了,让我还是看不清楚挥手人的脸。

因为那个红发男人也有像这样可以前往的地方,我在心里向不存在的神感谢着。真是的,怎么会这样。

一定是因为"Ahnenerbe"像教堂一样,所以才让我产生这种突兀的想法吧!

我转过去,那里并没有什么教堂,只有像是沙漠一般平坦的地平线。

看吧!什么都不剩了,这些我都早有觉悟。我想,这真是什么都没有留下的人生啊!但有某个人却坚定的说,人生就是为了不遗留任何东西。

"叮咚。"

门铃响了起来。

听到这个声音,我才了解这只是个什么也不是的梦而已。于是,我缓缓地从有如沙漠般干净的城市醒了过来——

◇

听见不知道是第几次的门铃声，我从床上坐了起来。

看看时钟，时间只不过是早上九点左右而已。

昨晚像往常一样在夜晚漫步后，上床的时间是早上五点，这应该不是一段很健康的睡眠时间吧！

门铃还在响在这种情况下还能确信我在家的顽强角色，一定就是干也了。

我在床上坐起上半身，让意识漂浮着。

……一定是因为做了奇怪的梦的关系，不知道为什么，我提不起劲见干也。

我粗暴地抱住了枕头，继续躺了下去。

此时，门铃突然停止了。

"真是的，没耐性的家伙！"

我边说边重新盖上被子，真的打算去睡回笼觉。

但是，对方却使用了不得了的方式强行进来。

响起"喀"的开锁声，我吓一跳而从床上坐起身，但是这时已经来不及了。

"打扰了……式，你已经起来了嘛！"

黑桐干也自行跑了进来，一手拿着便利商店的塑料袋，一边跟我打招呼。

虽然他冷静的态度及为何有我房间的钥匙让我感到疑惑，但我却假装不知道一切地瞪着干也。

"怎么，你在想什么坏点子。我也还没有吃早饭，这个才不给你呢！"

……干也像是要保护塑料袋一般，把袋子藏到背后。这个完全错误的反应，让我更加火大了起来。

"你这个非法入侵者，谁要跟你抢那种东西啊！"

"那真是太好了，我今天终于可以吃顿平静的早餐了。你那总会想拿走别人东西的习惯，已经改掉了啊？"

干也这么一边说，一边把各种食物放到桌子上。我看着他幸福的侧脸，实际上体会到光阴的流逝。

……从那以后，已经过了大约两周了。我受了需要治疗大约一整个星期的大伤，而干也则是因为脚伤去了几趟医院。

虽然我的伤是比干也严重上许多倍的重伤，但因为我的身体比常人健壮，伤势只花了一个礼拜的时间就痊愈了……但是干也却还得继续去医院。他无奈地说，虽然可以走也可以跑，但医生叮咛他说最好不要运动过度。

这不光是现在，就算痊愈了也要注意。

然而，关于那间公寓的事情我们一次也没有提到，因为感觉不到有什么必要性。

只是，干也有时脸色也会阴沉起来，这家伙也是有在担心的事情吧？

相反的——我则没有很难过的感觉，虽然我了解我应该难过，但在仅仅一个月的同居人消失后，我还是过着跟往常一样的生活。但这件事让我有点不爽。

"式啊……"

干也一手拿着免洗筷，背对着我开口了。我则不带感情地说："干嘛？"

"嗯，是关于那栋公寓的事情，听橙子说，好像要被拆掉了。"

"是吗，不过不是会有很多的问题吗？像是住户。"

"那不需要担心。他们有这么一个规定，魔术师的事情要由魔术师来解决，所以协会那边派人来把一切都处理好了。虚构的住户也以虚构住户的身份搬走，地下也全都烧掉，一切都弄得仿佛不曾存在一样，这就是俗称的湮灭证据吧？今天上午就要全部拆除了。"

干也就是为了说这件事情才会来到这里的吧？

我没打算去看拆除的过程，干也应该也不会。

即使如此——干也还是想在拆除之前，把这件事情告诉我。

"真快啊。"

听见我这认真的说词，干也似乎也同意。就这样，我们结束了有关公寓的话题。

"不过这样一来，围绕式的事情也结束了。虽然我这次没有深入了解所以不太清楚，但麻烦的事情应该结束了没错吧？那么，再来你要开始认真去学校了，不好好升级然后毕业的话，秋隆先生可是会伤心的。"

"那个跟这个是两回事吧！话说回来，还不是因为你跟橙子那种人扯上关系，所以才会惹来麻烦事。想要让我改头换面，应该你先去改头换面吧。大学辍学的你，有权利说什么关于求学的事？"

干也"唔"地一声沉默了起来，像现在这种时候，这招"大学辍学攻击"可说是让这家伙闭嘴的最终王牌。

"说什么没权利的，太卑鄙了。"干也碎碎念完后叹了口气。

对话就到此结束，我终于能悠闲地度过一个早上。

虽然今天是假日，但干也却哪也没去而一直留在我的房里。

我趟在床上，干也则是坐在地上不知道在做什么。

……仅仅一个月前，这副光景是稀松平常的。

我，想起了以前在那里的一个男人。他现在已经不在了，是从一开始就不应该存在的同居人。

光是他的消失，就让我有些微的后悔。心中的洞无法填补，不管是多小的洞，那空洞的地方就是让人感到不快。

这时我想，光是那个男人消失就让我心情这么糟，要是眼前这个男人真的消失了，我会怎么样呢？

从六月醒过来以来，我只有仅仅五个月的记忆。不是以前的两仪式，而是现在的我所得到的每一天。

虽然那真的尽是些无聊、没有价值的东西。

但要舍弃也太过可惜，于是我很小心很小心地将它们收藏在心里。

……在我心中有欠缺的地方，但橙子却很自以为是地说那些都是可以填满的。

确实如此，空出来的洞只能拿什么东西去填满它。

那么难道说，累积一些时间和回忆后，现在的我，把这男人当成填补我的东西？

"喂，黑桐。"

我用以前应该讨厌的方式称呼他。

虽然过去的自己只不过是陌生人，但是我讨厌去模仿她。所以藉由这样做，说不定能让我与过去的自己有所联系。

但是干也却连头也不回。难得我在仔细思考事情，这家伙却悠哉悠哉在读着文库本，真是不爽。

于是我简短地说"钥匙"。而干也"嗯？"的一声转了过来。

我别过头去，伸出满是伤痕的手。很突然的——我想到了某件事。

"我没有你房间的钥匙，这很不公平吧？"

一定都是因为那个奇怪的梦的关系。

我知道自己满脸通红，一边像个小孩子般要求那种无聊的东西。

◇

但我想要跟这个太过平和的对象，一起度过这没有多少变化、有如螺旋的每一天。

季节是冬季。

街上，开始下起四年不见的雪。

跟两仪式与黑桐干也相遇的时候一样，天空飘落着红色的雪花——

/*矛盾螺旋*　完

解 说

菊地秀行

从奈须蘑菇的作品当中传达出来的,是强烈的孤独。也可以说是对于他人的拒绝。

只不过,拒绝并非意味着否定。并非因为喜欢这个人所以想靠近他、讨厌这家伙所以想排挤他那种随便的态度,而是无论人类花鸟万物——都一律从稍微有点距离的地方,用冷淡的眼神进行观察。

这种态度大概是源自奈须蘑菇本身虽然身为感情比别人加倍丰富的人——包含希望别人接纳自己、想要接纳他人这样的感情——却不容易接纳他人,同时也被周围的人保持距离的缘故吧?

我认为如果并非如此,是无法创作出这种彻底残酷且无情的故事。

真令人羡慕。

因为对作家而言,那意味着相当杰出的资质。奈须蘑菇并不会无谓偏袒自己创造出来的登场人物,让故事脱轨。他应该到死都不会说出什么有某人从天而降,自己只是任由他发挥这种幼稚的借口吧。

在此先声明一下,我并非在说奈须蘑菇是个冷酷无情的人。

举例而言,挖出同班同学的眼睛、结果被折磨个半死的巴,对于拯救了自己的式所说的"喜欢"这句话,是大众共通的感情。式一定也接受了这份情感。

尽管如此，却可以在某处感受到这两人并没有心灵相通的原因，是因为奈须蘑菇虽然试图相信这两人会心灵相通，却又不相信会有这种事。我可以想像出一边描绘着美丽的事物，却又在某处嘲笑着这种东西不过是假像的作者。因为奈须蘑菇的视线甚至能看透森罗万象中不该看见的事物。

仿佛为了弥补这点，这位洞察者的视线，充满着一般人类对于那样的自己抱有的——同时对登场人物们所抱持着的强烈哀伤。充斥在整篇《空之境界》当中，构成其基调的主旨，并非什么哀愁这种天真的情感，而是宛如身体被切割一般的悲痛。

父母杀害小孩、朋友伤害朋友、为了找寻自己而前去杀人——以小说的题材而言，算是随处可见的各种要素，一旦由奈须蘑菇经手，便伴随着仿佛从肌肤上流血一般的重伤和痛楚，压迫着读者的胸膛。

杀人和怀疑不只存在于小说里面，也充斥在现实之中的世界。在大叫"到底是怎么一回事啊！"之前，便被不知从何处冒出的黑手所镇压住的世界。我们活在那里面。

从本书传达给读者的那份逼真感来看，魔术和其使用者柯尼勒斯·阿鲁巴和苍崎橙子，也只不过是不起眼的小道具之一罢了。作者创造出来的幻想，无法凌驾作者传达的现实。

但是，就结果看来，洞察者的视线让本篇洋溢了极为罕见的硬派诗意。

那也可以说是悲痛所孕育出来的诗。

《空之境界》能够被众多读者所接纳的原因，大概也是由于这点。

盼望着想要被接纳，却无法实现——或是自己拒绝了一切。

在这种怪异又不明确的人性当中，唯一一个闪耀发亮的普遍结晶——那正是本书的诗意吧。

世界确实得到了现代化的作家。

平成十九年十一月某日
一面观赏着《化身博士（Dr. Jekyll and Mr. Hyde）》

本书于二〇〇一年十二月以同人小说发表，二〇〇四年六月由讲谈社小说化，
　"空之境界 the Garden of sinners(上)(下)"之第四章到第五章文库化并加笔·订正。

图书在版编目（CIP）数据

空之境界. 中 /（日）奈须蘑菇著；郑翠婷译. —上海：上海文艺出版社，2015

ISBN 978-7-5321-5771-6

Ⅰ. ①空… Ⅱ. ①奈… ②郑… Ⅲ. ①长篇小说—日本—现代 Ⅳ. ① I313.45

中国版本图书馆 CIP 数据核字（2015）第 132962 号

KARA NO KYOUKAI
© KINOKO NASU 2008
All rights reserved.
Original Japanese edition published by KODANSHA LTD.
Publication rights for Simplified Chinese character edition arranged with KODANSHA LTD. through KODANSHA BEIJING CULTURE LTD. Beijing, China.

责任编辑：秦　静
特约策划：李　殷
装帧设计：汪佳诗

图字 09-2015-415 号

空之境界　中
［日］奈须蘑菇　著
郑翠婷　译
上海文艺出版社出版、发行
地址：上海绍兴路74号
电子邮箱：cslcm@publicl.sta.net.cn
新华书店经销　山东德州新华印务有限责任公司印刷
字数 130 千字　开本 889×1194 毫米 1/32 印张 10
2015 年 9 月上海第 1 版　2018 年 3 月第 13 次印刷
ISBN 978-7-5321-5771-6/I.4601　定价：48.00 元